新潮文庫

# モーパッサン短編集

（二）

青柳瑞穂訳

新潮社版

1947

# 目次

# モーパッサン短編集

（二）

あな

「傷害致死」というのが、経師屋《きょうじや》レオポール・ルナールなる者を重罪裁判所に出廷せしめた告訴箇条だった。

被告のまわりには、有力な証人として、被害者の妻であるフラメーシュ未亡人、ならびに、唐木細工師ルイ・ラデュロ、鉛細工人ジャン・ジュルダンの両名が出廷している。

被告のそばには、その妻女がひかえている。黒ずくめの小柄《こがら》な醜婦で、貴婦人の服装をしたお猿《さる》さんといった格好。

以下記するところが、ルナール（レオポール）の陳述した事件の顚末《てんまつ》である。

「いや、はや、これはとんだ災難でございまして、じつはわっちのほうこそ、まったくひどい目にあったんでございまして、もとより、自分にどうこうという了簡《りょうけん》があってのことではございません。事情をそのまま申しあげれば、ひとりでにわかることでございまして、裁判長さま。わっちはいたって正直者でございまして、おなじ街に十六年から住んでおります職人でございまして、経師屋でございまして。世間にも顔が売れ、みなさまからはご贔屓《ひいき》にあずかり、なにかとたてられ、重んじられていることは、ご近所のかたがたをはじめ、お天気屋さんで有名な門番のおかみさんまでが証明してくださったとおりでございます。わっちは仕事が好きでして、節約が好きでして、まっとうなかたがたが好きでして、まっとうな道楽が好きでして。いやはや、このまっとうな道楽がたたって、わっちの運のつきとなろうとは、まことに残念でなりませぬ。もとより、了簡あってのことではございませぬゆえ、わっちは自分をやましいなどとはいまでも思っておりませぬ。

　さて、この五年があいだというもの、ここにおります女房とわっちは、日曜日となればポワシーへまいりまして、一日ゆっくり、遊び暮すことにしておりました。郊外の空気にあたるばかりでも結構でござんすのに、わっちどもときては、その、釣《つ》りが大好きでござんして、いやもう、タマネギよりも好きときているからたまりません。もともと、この道楽をわっちにしこんだのはメリーでござんして、この阿魔《あま》めでござんして、こいつは、この白癬《しらくも》ときては、わっちなどより数倍もの凝りようでして、いずれお話しすれば了解いたされましょうが、じつは今度の災難にしたところで、もとはといえばみなこの女のせいでした。

　このわっちときたら、気はやさしくて、力持ち、悪気などは爪《つめ》の先ほどもありませぬ。ところが、この女ときては、そら、そら、あのとおり、何くわぬ顔をしていますがな、ふん、ちっぽけで、やせっぽちでね。あれでどうして、鼬《いたち》よりもずるでござんすからな。もちろん、この女に取得がないとは申しません。なるほど、ございます、商売人にとってはたいした取得がね。だが、こいつの根性ったら、ご近所の衆に聞いてください。なんなら、いまさっき、わっちを弁護してくださった門番のおかみさんでも結構でございます……。このかたなら、さだめし、何やかやとお聞かせ申すことでございましょう。毎日のように、こいつは、わっちがおとなしすぎるといっては、がみがみ小言を言いまして、『あたしならそうさせておかない！』とか、『あたしならこうはさせておかない！』とか、何のかのと言って。いちいち、こいつの言うことを聞いていたら、裁判長さま、わっちはなぐりあいの決闘を、月に三度はせんければなりますまいて……」ルナール夫人はそれをさえぎって、「いまのうちにたんとおしゃべりよ。どうせあとでわかることだから」

すると、亭主は女房の方を真顔で見て、

「ふん、てめえに罪をおっかぶせてもいいのだぞ、もとはといえば、てめえから起ったことなんだぞ……」

今度はまた裁判長の方に向いて、

「さて、続行いたします。そういう次第で、わっちどもが土曜日の夕方にポワシーに出かけますのも、翌日は日の出といっしょに釣りをしたいからでして。これはまったく、わっちどもにとっては習慣でござんして、よくいう第二の天性ちゅうものになりました習慣でして。この夏で三年になりまするが、じつはわっち、釣場をひとつ見つけまして、これがまた絶好の場所ときていまさあ！　いやはや！　木のかげにはなってるし、水の深さは、少なく見つもって、八フィート、ひょっとしたら十フィートはありましょうか、これこそはまったくのあなでござんして、なんせ、崖《がけ》の下には横穴まであるときていまさ。魚にとっちゃ、もってこいの巣、太公望《たいこうぼう》にとっちゃ、天国でさあ。わっちがこのあなのクリストフ・コロンブスちゅうのであってみれば、裁判長さま、わっちがそれをわがものと思うのもしごくもっともでござんして。付近の衆もみなさまがご存じで、異議を唱えるかたなどだれ一人ありませなんだ。『あそこはルナールの釣場』で通っていましたで。どなたさまだって、そこへ来ようなどとはしませなんだ。げんにプリュモーさんのような、他人の場所をあらすので有名な、と言われてもいたしかたないプリュモーさんさえ来ようとはしませなんだ。

かような次第で、わっちはもう安心しきって、まるで地主さまのような気分で自分の釣場へやってゆくのです。土曜日に、そこへ着くが早いか、女房ともどもでダリラに乗ります。ダリラと申すのは、ノルウェー型のボートでして、わっちがフールネーズのとこでつくらせたんですが、まことにすべりのいい、安全なやつでしてな。――で、いまも申しあげましたように、わっちら、そのダリラに乗りまするると、今度はまき餌《え》に出かけます。じつはこのまき餌のことでござんすが、これでわっちにおよぶ者がないことは、仲間もみなよく知っていることでございまして。――わっちがどんな餌《えさ》をまくか、おたずねなさりたいところでしょうがね？　これは弱りましたな。今度の事件には関係のないことですし、どうかこれだけはご勘弁を。なんせ、こいつはわっちの奥の手でござんすからな。——わっちにそれをたずねた者は、二百人ではきますまいよ。なかには、酒だの、てんぷらだの、蒲焼《かばやき》だので釣って、わっちの口をあかせようとした者もありましたっけ!! ところが、それしきで銀白魚《もろこ》が寄ってくるものですかい。いやはや、あいつらときては、わっちをちやほやして、わっちのやり方を嗅《か》ぎ出そうってんですからな……それを知ってるのは女房よりほかにはございません。……また、こいつとて、わっち同様口外いたしますまいて!……そうだなあ? メリーや……」

裁判長はさえぎって言った。

「こらこら、早く事実を申したてんか」

被告は言葉をつづけた。

「はい、はい、ただいま申しあげます。さて、七月八日の土曜日、五時二十五分の汽車で出発いたしまして、例によって夕飯前、餌をまきに出かけました。天気はつづきそうでした。わっちはメリーに『このぶんじゃ、明日は大丈夫だぞ!』と申しますと、メリーも『そうらしいね』と答えました。わっちらは、これよりほかにしゃべることはねえんで。

やがて、わっちどもは夕飯にもどりました。わっちはうれしかった。わっちはのどがかわいた。じつはこれがすべて事の起りでござんして、裁判長さま、わっちはメリーに申しました。『なあ、メリー、天気も大丈夫だし、「木綿のナイトキャップ」を一本やりたいもんだな』とね。わっちどもがかような名前で呼んでいるのは、白葡萄酒《ぶどうしゅ》の小瓶《こびん》のことでござんして、それと申すのも、これをすこし飲みすごしますと、うまく眠れなくて、木綿のナイトキャップをかぶったのとおなじことになりますからで。お察し願います。

こいつの言うには、『おまえさんがその気なら飲んでもいいさ。だが、また気持でも悪くなって、明日の朝、起きられなくても知らんよ』とね。――これはまことに真実の、かしこい、ぬけめのない、眼識のある言葉でして、わっちも率直に認めます。そうとは知りつつも、どうにもがまんできなくて、その、一本やりましたですよ、いつもの瓶をね。これがいけなかったんでして。

やっぱり、眠れませなんだ。畜生！　朝の二時まで、その葡萄の汁でつくった木綿のシャッポをかぶりどおしでさ。と思うと、急に眠っちまって、眠ったのなんのって、あれじゃ、枕《まくら》もとで閻魔《えんま》さんにどなられても聞えますまいて。

早いとこ申しあげますと、女房に起されたときにはもう六時、寝床からはね起き、大急ぎでズボンをつっかけ、上着をはおって、顔をぶるぶるっと洗うと、ダリラに飛び乗りました。しかし時すでに遅く、わっちがあなに着いたときには、もうあとのまつり、人にとられているじゃありませんか！　こんなことったら、裁判長さま、一度もなかったんで、三年このかた、ただの一度もなかったんで！　自分の見ている前で、みすみすものを盗まれでもしたような気がして。『チェッ、いまいましいったら、ありゃしない！』と、わっちは思わず言ってやりましたが、今度は女房のほうから責めたてられる始末でして、『だから言わんこっちゃない。おまえさんのシャッポったらなんていうざまだ。この酔っぱらいめが！　おまえさんはこれでいい気かい？　このまぬけ野郎が』わっちは、うんともすんとも言いませなんだ。いや、まったくそれにちがいありませんからな。

で、わっちはせめてお余りにでもありつこうかと、しかたなく、そのすぐそばに舟をつけました。それに、このやっこさん、なにが釣れるものか、いまに行ってしまうだろうくらいにたかをくくっていたので。

相手はやせた小男で、白いキャラコの上っ張りを着て、でかい麦藁帽《むぎわらぼう》をかぶっていました。ご同様におかみさんをつれていましたが、これがすこぶるのでぶで、ご亭主のうしろから見物としゃれてまさあ。

わっちどもがそのそばに御輿《みこし》をすえようとするのを見ると、かみさんが小声で言うには、

『河も広いに、ほかに場所はないものでしょうか？』

それでなくとも、さっきから虫のいどころのよくなかった女房のことですから、すぐ

口答えして、

『いったい、世間普通のことを知っている人でしたら、他人の場所をとる前に、土地の風習というものをきいてみるものですよ』と、こうです。わっちはしち面倒くさくなるのがいやだものだから、女房に申しました。

『黙っていな、メリー、ほっとけ、ほっとけ、どうせいまにわかることだ』

かような次第で、わっちどもはダリラを柳の木の下につけると、岸にあがって、釣りはじめました。この二人づれのすぐそばで、メリーとわっちと仲よく並んでね。

さてここで、裁判長さま、わっちは事こまかに申しあげねばなりませぬ。

わっちらがそこにすわって、ものの五分もたたないうちに、隣の男の糸が二、三度ピクピクしたかと思うと、一匹釣りやがったんで。銀白魚《もろこ》をね。わっちの腿《もも》ほどもあるでっかいのを、それほどまでないとしても、いや、じっさい、それくらいはあろうと思われるのを！ わっちの胸はどきどきするし、こめかみは汗がにじんできやがるんで。それにメリーはメリーで『ちょっと、飲み助、いまのを見たかね？』と、こうです。

おりもおりとて、ポワシーの乾物屋さんで、はぜ釣りの名人のブリュさんが、ちょうどそこを舟で通りすがって、わっちに声をかけました。『おや、ルナールさん、あんた、場所をとられましたね』で、わっちは答えました。『そうですよ、ブリュさん、世の中には習慣ちゅうものを知らぬ無作法な人があるもんでして』

そばにいながら、それが、そのキャラコのちんちくりんには聞えないらしいですな。おかみさんにも、やっぱり、そのでぶのおかみさんにもね。いやはや、あきれかえったとんまで！」

　裁判長はふたたびさえぎって、言った。

「これ、これ、気をつけなさい。ここにご出席のフラメーシュ未亡人を侮辱することになりますぞ」

　ルナールは失言を謝した。

「これは、これは、とんだ失礼を申しあげました。つい、胸がむかついてきたので。さて、そのキャラコのちんちくりんは、十五分もたたないうちに、またもや銀白魚《もろこ》を一匹釣りあげました。そして、またおなじようなのを一匹、五分もすると、またもや一匹。

　こっちは、どうにも涙が出てきやがって。それに、女房が煮えくりかえっていることもちゃんとわかりまさあ。しきりに、わっちの痛いところをつきやがるんで。『なんという意気地《いくじ》なしだ！　いいかね、おまえさんは自分の魚を盗まれているんだよ。それがわからねえかい？　おまえさんに何が釣れるものか、何ひとつだって、蛙《かえる》一匹だってかかってきまい。そら、このとおり、わたしは考えただけで、手のなかがかっかとして』

　わっちは、腹んなかでこう思っていましたんで。――まあ、ええから正午まで待とう。

この魚泥棒《どろぼう》は昼飯を食いに行くだろうから、そうしたら、そのあいだに自分の場所をとってしまえばいい。と申すのは、裁判長さま、わっちはいつもその場所で昼飯を食べることにしていましたからで。食糧はダリラのなかに持ってきてあります。

あ　さよう、しかり、正午の鐘が鳴りました！　ところが、やっこさん、新聞紙にくるんで、ひなどり一羽、ちゃんと持ってきているじゃありませんか、この悪党ときたらね。

な　おまけに、食っているあいだも、どうです、また一匹釣りあげやがったんで、銀白魚《もろこ》を！

メリーとわっちも、ほんの一口、大急ぎでかっこみましたが、食べるどころか、気が気でありませなんだ。

さてそこで、わっちは消化をたすけるつもりで、新聞を取出しました。いつも日曜日は、こうして、水辺の木かげで『ジル・ブラス』を読むのでござんして。コロンビーヌの書く日だものですから。ご承知でしょうが、『ジル・ブラス』に記事を書くコロンビーヌのことですが。わっちはね、このコロンビーヌという女を知っていると言っては、よくうちの女房を怒らせておもしろがったものですが、嘘《うそ》なんで、知ってもいないんで、見たことさえなかったんで。そんなことは二の次として、どうして筆は達者なものですし、阿魔にしちゃ、ずけずけ思うことを言ってのけていまさあ。わっちは彼女が贔屓なのでございまして。じっさい、こういうものを書かせりゃ、まず天下一ですぜ。

かようなわけで、わっちは例によって女房をからかいはじめましたが、女房ときたら、すぐむかっ腹をたてて、むずかしい顔をしているものですから、わっちも黙ってしまいました。

ちょうど、このときでさあ、ここにお出ましの二人の証人が河の向う岸に来なすったのは。ラデュロさんと、ジュルダンさんがね。わっちどもは顔見知りだったもので。

ちんちくりんは、また釣りにかかっていましたが、釣るのなんのって、もうわっちは、体がぶるぶる震えてなりませなんだ。そばから、おかみさんが言うには、『とてもいい場所ですわね。いつもここにしましょうよ、ねえ、あなた！』と、こうなんですからね。

わっちは背すじがぞっとしましたね。うちの女房も黙ってはいません。『おまえさんは男じゃないよ。そんな男があるものかい。おまえさんの体のなかには、鶏の血がかよっているんだろう』

わっちはいきなり女房に言いました。『どうもおれはここにいないほうがいいらしい。さもないと、おれはどんなことをしでかすかわからない』

すると、女房は、わっちの鼻の下に焼鏝《やきごて》を押しつけでもしたように、しきりとあおりたてては、『おまえさんは男じゃないよ、自分の場所を人にわたしてさ、いまさら逃げだそうなんて！　勝手におしよ、このおん馬鹿大将《バゼーヌ》め！』

これにはわっちも胸にきましたが、しかし、じっとがまんしていました。

ところが、相手は鮒《ふな》を釣りあげやがったんで。いやはや、でかいのなんのって、あんなの見たこともありませんや、ただの一ぺんだって！　すると女房は、ひとりごとみたいにして、聞えよがしにしゃべりだしたんです。いいですか、これが女房のずるいとこなんで。それが言うには、『盗んだ魚とはこのことですよ。わたしどもが自分でこの場所に餌をまいたんだからね。いずれ、餌に使ったお金だけは、返してもらわなきゃならない』

一方も黙ってはいない。キャラコのちんちくりんのでぶ女房が言うには、『なんですと、奥さん、それはわたしどものことですか？』

『他人に金を使わせて、うまい汁を吸っている魚泥棒のことですよ』

『魚泥棒とおっしゃるのはわたしどものことですか？』

こうして、やりあいがはじまり、とうとう口喧嘩《くちげんか》になってしまいました。いやはや、この阿魔どもの口の達者なことといったら。それがどうして、なかなか手きびしいんでして。あんまり大声でまくしたてるものだから、向う岸におられたこのお二人の証人も冗談におっしゃったくらいで。

『おーい、すこし静かにせいよ、それじゃ、ご亭主の釣りの邪魔をするようなもんだ』

ここでありていに事実を申したいのは、キャラコのちんちくりんも、わっちも、二本の切り株以上には動かなかったということでして。わしら、河の方へ向いたきり、聞いて聞かぬふりをしていました。

こん畜生、なんぼ聞かぬふりをしていても、聞えてきまさあ。『おまえさんは嘘つきだよ』『おまえさんは淫売《いんばい》よ』『おまえさんこそ夜鷹《よたか》よ』『それならおまえさんは、パン助よ』やるのなんのって、いやもう、船乗りはだしですわい。

とつぜん、うしろで物音がしたので、ふり返ってみました。でぶが、うちのやつにのしかかって、日傘《ひがさ》でなぐりつけていたんで。パン、パンと、メリーのやつ二本やられました。さあ、いよいよメリーのやつ、本気で怒りだしました。怒ると、うちの女房、きまって平手なぐりでいきまさあ。でぶの髪の毛を引っつかむと、いきなり、ピシャリ、ピシャリと、横面《よこつら》を張りとばす。鉄砲玉が雨霰《あめあられ》と降るとはこのことでしょう。

わっちはうっちゃっておきました。女は女、男は男、女の喧嘩に男がはいるものじゃありません。ところが、キャラコのちんちくりんめ、猛然と立ちあがると、うちの女房に飛びかかろうとしているじゃありませんか。ああ！　それはいけねえ！　ああ！　そればかりは、いけねえ！　おい仲間、それは待ったり。そこでわっちは、こやつを、ひょろひょろ野郎を拳固《げんこ》の先で受けとめたんでさあ、グヮン、グヮンとね。一つは鼻面に、もう一つは横っ腹に。やっこさん、両腕と片脚を宙にあげると、仰向けざまに、どぶんと河のなかへ、ちょうど穴のあたりに落っこちましたで。

ここでわっちに余裕があったら、裁判長さま、わっちはきっとやっこさんを救いあげましたでしょう。ところが、悪いときには悪いもので、でぶは旗色がよくて、さかんにメリーをやっつけているではありませんか。相手の男がたらふく水を飲んでいるあいだに、女房の助太刀するなどはどうかと思いますが、まさかそのままはかなくなろうとは思いもしなかったんで。『なあに！　ちと涼むもよかろうさ！』くらいにしか考えていなかったんで。

そこで、わっちは女どものそばに駆けよって、ご両人を引分けようとしましたが、引《ひ》っ掻《か》かれるやら、噛《か》みつかれるやら、まったくさんざんの目にあいました。いやはや、おそれいった阿魔どもですわい！

手短かに申しあげますると、かすがいみたいに絡《から》みあっているご両人を引分けるのに、優に、五分間、いや、おそらく十分間はかかったでありましょう。

そこで、わっちはふり返ってみますと、何もない。水は湖水のようにひっそりしている。そして、河の向う岸じゃ、『救いあげろ、早くしろ』とどなっている。

言うのは易《やす》いことだけれど、その泳ぐほうは、わっちはからきしだめでしてね。水もぐりときては、なおさらで、いやこれは、実際の話なんで！

やっと河番もまいり、鉤竿《ガーフ》を持った二人のかたも来ることは来ましたが、さがすのに、たっぷり十五分はかかったでしょう。やっと穴の底にみつかりましたがね。それが、さっきも申しあげたように、なにぶん、水の深さが八フィートときていまさあ、その水の底に、キャラコのちんちくりん、いなさることはいなさったんですがな！　いままで申しあげたところが、嘘いつわりのないそのままの事実でございます。わっちは潔白であることを誓って申しあげます」

証人らもまた同趣旨の証言をしたので、被告は放免された。

# 蠅《はえ》

――あるボート乗りの思い出話――

その男がこんな話をした。

わたしがボートに夢中になっていたあの時分は、それはずいぶんおかしなこと、おかしな女たちに出っくわしたものですよ！　何べん、わたしはそんなことを材料にして、何かちょっとしたものでも書いてみようと思ったことでしょう。たとえば「セーヌ綺《き》譚《たん》」とでも題してね。わたしの二十歳から三十歳までの生活――元気で、屈託がなくって、楽しくて、貧乏な、あのどんちゃん騒ぎの、べらぼうな生活を語ってみたいものです。わたしもあのころは、文《もん》なしのサラリーマンだったんですよ。それはいまじゃひとかどの人間になって、その場かぎりの道楽にも大金を投ずるくらいのことはやりかねませんがね。なにしろ、その時分は、胸にはもろもろの、つつましい、そのくせ実現しそうもない欲望をいだいている。そういう夢が、あだな望みで生活をいろどってくれるわけなんですからね。それが今日ではどうでしょう。はたしてどんな浮気心がわいたなら、いい気持でうとうとしている長椅子《ながいす》から立ちあがれるものやら、わかったものじゃありません。じっさい、パリの事務所と、アルジャントイユの河を二股《ふたまた》かけて、あんなふうに生活することは、なんと素朴《そぼく》で、善良で、またむずかしいことだったでしょう！　十年のあいだ、わたしの大きな、たった一つの、それこそ無我夢中になった情熱といえば、それはセーヌ河だったのです。ああ！　それは美しくて、静かで、くさい河、夢と汚物で充満している河です！　わたしはこの河をしんから愛したつもりです。というのも、この河はわたしに人生の意義を与えてくれたらしいんで。ああ！　花の咲いた岸辺にそう舟行、睡蓮《すいれん》の葉の上で腹を干しながら夢想しているおなじみの蛙《かえる》たち、それから、しなやかな丈高《たけたか》い草の間に見える優婉《ゆうえん》な白ヒツジグサ。おりしも、一株の柳を背景にして、そんな草間から翡翠《かわせみ》が飛びたって、青い炎とばかり、眼前をかすめてゆこうものなら、これはまさに一幅の日本画ですよ！　これらいっさいのものを、わたしはどれほど愛したことでしょう！　もとより、それは眼《め》だけの本能的な愛情からなんですが、それは、すぐ自然の深い歓喜となって、全身にひろがらずにはいませんでした。

ある人たちには甘い夜の思い出があるように、わたしには日の出の思い出があります。朝霧のなかの日の出、しののめの来る前は、まるで死んだ女のように青白い、あのたゆとう蒸気につつまれた日の出なんですが、やがて、その最初の曙光《しょこう》を、うっとりするほど美しくバラ色に染《そ》まった牧場になげるのです。それは人のあらゆる夢を花咲かせるような光で、ゆらぎ流れる水を銀色に染める月なんです。

これは要するに、永遠のまぼろしの象徴なんでしょうが、こういうことがことごとく、わたしの身に起ったのです。パリのあらゆる汚物を海に運ぶ腐った水、その水の上にいるわたしにですね。

そればかりか、仲間との楽しい生活といったらどうでしょう！　わたしたちは五人、それが徒党を組んでいたわけですが、今日では、いずれもれっきとした人たちばかりです。それにわたしたち、貧乏だったものですから、アルジャントイユのものすごくきたない安料理屋に、居間兼寝室が一つしかないという、なんとも言えないたまり場をこさえたのですが、じっさい、わたしはこの部屋で、自分の生涯《しょうがい》でおよそ無軌道な夜々をすごしたものです。わたしたちときたら、ふざけたり、漕《こ》いだりする以外には、何ひとつ屈託がなかったのです。と申すのは、なにしろ、漕艇《そうてい》はわたしたちにとって、もっとも一人だけ例外はありましたが、宗教だったのですからな。わたしはいまでも思い出しますよ。これら五人の無頼漢どもが考え出した、正気とは思えぬような狂言や、奇々怪々のできごとを。今日それを話しても、おそらく信用する人などありますまい。もうセーヌ河の上だって、だれもあんな生活はしていませんからね。わたしたちには普通だったあのむちゃな気まぐれも、当今の人々にはてんで通用しなくなっているんですから。

わたしたちは五人でたった一艘《そう》のボートをもっていたのですが、この一艘を買うにはずいぶんと苦労しましたし、またこの舟ではなにかとよく笑わされたものです。今後、こんなに笑うことはあるまいと思われるほど笑わされたものです。これは大型の端艇《ヨール》で、いくぶん重かったけれど、そのかわり、がっちりできていて、ひろびろしているし、気持のいいやつでした。ここにくどくどと仲間の風貌《ふうぼう》を申しあげることはしますまい。小男の、たいへんな皮肉家がいました。「青い小男」という渾名《あだな》がついていました。眼が灰色で、髪の黒い、獰猛《どうもう》な大男がいました。「蛮刀」という渾名がついていました。それから、怠け者の才人が、「ふちなし帽」。自分が手を出すと舟をひっくり返すという口実で、けっしてオールにさわったことのない男です。やせぎすの、伊達《だて》な、めかし屋が、「一つ目」。クラデルの近作の小説にちなんだのでしょう。片眼鏡《モノクル》をかけていたからです。最後に、かくいうわたしは、「ジョゼフ・プリュニエ」と命名されていました。わたしたちはまことに和気藹々《あいあい》のうちに暮していましたが、ただ舵《かじ》取りの女のいないのが何より残念でした。女は、すくなくとも一人は、舟になくてはならぬものですからな。なくてはならぬものというのは、いつもそれは気と心を緊張させてくれますので。それは活気づけ、楽しませ、慰め、趣をそえてくれますので。といったところで、わたしたち五人ときたら、なにしろ世のつねの人たちとだいぶちがっているのですから、それが普通の舵取り女じゃおもしろくない。あっと言わせるようなやつ、おもしろおかしなやつ、どんなことにも応ずるようなやつ、これを要するに、ここにもある、あそこにもあるというやつじゃいけません。わたしたちも、ずいぶんそのような舵取り女を物色したものでしたが、いっこうにだめでした。舵取り女と申しても、ただ舵の席にいてくれる女でさえあれば、なにも専門の舵手《だしゅ》なんかでなくていいわけでしたが、どいつもとんまな漕ぎ手ばかしでした。なにしろ、流れる水、端艇《ヨール》を運ぶ水なんかよりは、酔わせる安酒のほうがいいという手合いなんですからかないません。日曜日一日だけで、すぐお里が知れて、お払い箱という始末。

ところが、ある土曜日の夕刻、「一つ目」がかわいいやつをつれてきました。すっきりした、一時もじっとしていないような、はりきったお転婆娘《てんばむすめ》で、しかも、総体におどけたところがありました。おどけたというのは、パリの歩道に咲いたあの少年少女たちに頓知《とんち》のかわりをしているあれなんです。美人というほうじゃなかったが、愛嬌《あいきょう》のある子でした。道具だてが全部そろっている女を粗《あら》書きしたようなタイプ、つまり、絵かきが、夕食後のカフェのテーブルクロスの上で、一杯のブランデーと一本のシガレットのあいだに、二、三筆で走り書きしてしまうあの顔の一つなんですね。自然はときどきこんな女をつくるものです。

しょっぱなから、いきなり彼女はわたしたちをびっくりさせ、喜ばせ、唖然《あぜん》とさせてしまいました。何かおもしろいとっぴなことはないかと、待ちかまえていた男たちのこの巣に舞いこんできた彼女は、たちまちにして一身に人気をあつめ、翌日にはもうわたしたちを征服してしまったのです。

どだい、この女はまるで調子が狂ってましてね。腹のなかにアブサンのグラスを入れて生れてきたのでしょうか。どうも母親が産気づいたとたん、そのアブサンを飲んだとみえますな。それで、生れ落ちてから酔いのさめたためしはなかったとか。そのうえ乳母というのが、これまた火酒《かしゅ》を飲んでは精力をつけていたという話で。また、彼女みずからも、あの酒屋の売台にずらりと並んだ酒瓶《さかびん》を、「わが聖家族」としか呼びません。

いったい、わたしたちのだれが彼女に「蝿」という渾名をつけたのか、また、どうしてそんな渾名をつけたのか、わたしは知りませんが、ともかく、この名は彼女にはうってつけだったので、それがずっと通用してきたわけでした。こうして、わたしたちの端艇《ヨール》、「裏葉」と呼ばれていたその端艇《ヨール》は、色紙の日傘《ひがさ》の下、一人のお転婆娘に統率された五人の溌剌《はつらつ》たる屈強な若者を、セーヌ河はアニエールとメーゾン・ラフィトのあいだを浮遊させるのでした。まったく、この女ときては、わたしたちを、舟遊びさせる役の奴隷《どれい》かなんぞのように取扱うのですし、また、わたしたちにしても、彼女をとてもかわいがってやったのです。

じっさい、わたしたちはみんな彼女をとてもかわいがってやったのです。それも、はじめのうちは、いろいろさまざまの理由からでしたが、のちには、たった一つの理由からになってしまいました。わたしたちの小舟の艫《とも》にいる彼女は、水の上をわたる風に吹かれておしゃべりする、小さな物言う風車のようなものでした。ほんとに彼女は、ひっきりなしにおしゃべりをつづけるのでした。風で回転する、あの翼のある機械とおなじような、かろやかかな、たえまない音をたてながらね。そして、およそとっぴなこと、珍妙なこと、びっくりするようなことを平気で言うのです。この女の精神というのは、そのあらゆる部分がつぎはぎだらけ同様、ありとあらゆる生地《きじ》と色合いのぼろきれを思わせるんですが、それも全部縫いあわせたのじゃなくて、ただかがっただけのぼろきれなんですが、そういうこの女の精神のなかには、おとぎ話などに出てくるような気まぐれが巣くっているんですね。茶目っ気、でたらめ、傍若無人《ぼうじゃくぶじん》、突拍子、滑稽《こっけい》、そのうえ、よい気分、なんて言いましょうかね、軽気球《アドバルーン》にゆらりゆらりと揺られながら、四方《よも》の景色にながめいっているといったような、あのよい気分があるんですね。試みに彼女に質問を発するならば、どこをたたけばそういう返事が出るかわからぬような奇抜なのが飛びだします。人がいちばんしつこく彼女にたずねる質問というのは、こうなんです。

「どうして蠅だなんていうの？」

彼女は、そのときどきに、いかにもばかばかしい理由をみつけては、漕ぐことができないくらい、わたしたちを笑わせます。

彼女はまた、女としてもわたしたちを喜ばすのでした。そして、日がな一日、彼女と並んで舵席に腰かけている、例の絶対漕がない「ふちなし帽」が、一度、いつもの質問に答えたことがありました。

「むりもないさ、なにしろ、カナブンブンだものね」

なるほど、騒々しくて、人を熱狂させる、カナブンブンなんですね。それも、毒があって、背中の色がちがっている、あのはでな、在来のかなぶんぶんじゃなくて、褐色《かっしょく》の翅《はね》のある、ちっぽけなカナブンブンで、こいつが、「裏葉」の全乗組員を、へんに悩ましはじめたわけなんです。

この葉っぱに、この蠅がとまったとなれば、これもまたばかばかしい冗談になりましょう！

「一つ目」は、蠅が来てからというもの、ボート内におけるわれわれのあいだで、一つの確乎《かっこ》たる、優勢な地位を得てしまいました。それは、女のいない四人の男たちのわきで、自分のみが女をつれているという地位なんです。ときによると、彼はこの特権を濫《らん》用《よう》して、われわれの面前で、蠅に抱きついたり、食事の終りごろには膝《ひざ》の上にのせたりするような挙に出て、その他、刺激的な、それだけにやりきれないもろもろの特権をふりまわし、われわれをいたく憤慨させるのです。

みんなは彼ら二人を、カーテン一枚でへだてられた寝室に別居させておきました。

しかし、わたしはほどなく思いついたのです。わたしの仲間にしても、わたしにしても、われわれ孤独者の脳髄の奥で、つぎのような、おんなじ推理をするのは当然なことではないかと。すなわち、「どんな例外法によって、どんなべらぼうな原則によって、もともとものごとに拘泥《こうでい》しないらしい蠅が、その恋人のみに忠実であらねばならぬのか？　世の上流の婦人だって、亭主にたいしてけっして忠実ではないじゃないか」

われわれの反省は正しかったのです。ほどなく、わたしたちも納得がいったのです。わたしたちはただ彼女をくどきさえすればよかったんです。それならそうと、もっと早いとこやればよかったわけなんですが。蠅は「一つ目」を裏切ったんです。「裏葉」のほかの水夫のことごとくとね。

彼女は、われわれ各人の最初の懇望で、やすやすと、造作もなく、彼を裏切ったのです。

さて、さて、世の生真面目《きまじめ》の御仁《ごじん》ときたら、むやみやたらに憤慨したがるものです。おかしいじゃありませんか？　売れっこの芸者で男の一ダースも持っていないのがいるでしょうか？　また当の男にしたところで、それを知らないほどばかなやつが一人でもいるでしょうか？　有名で、評判な婦人のもとで一夜の歓をつくすのが流行だとすれば、それは、通俗劇が演ぜられるようになってからのオペラ座や、フランス座や、オデオン座で、観劇に一夜をすごすのと何の変りもないじゃありませんか。女一人を十人でかくまうとなれば、なかなか自分の順番がまわってきません。それは、十人がかりで一頭の競馬用の馬を所有しようとするようなもの、ただしそれに乗るのは、心の恋人の真の象徴とも言うべき、たった一人の騎手《ジョケ》にほかなりません。

みんなこまかな心やりから、土曜日の晩から月曜日の朝まで、蠅を「一つ目」のものにしておきました。つまりボートを漕ぐ日は彼のものだったんです。わたしどもは、週間のほかの日に、セーヌ河から遠いパリでしか彼を裏切らなかったわけです。このことは、われわれのごときボート乗りにとっては、もはや裏切る部類にははいらなかったといえましょう。

ところが、おかしなことには、この四人の蠅泥棒《はえどろぼう》は、この分割を知らなくなかったんで、彼らはおたがいに、彼女とさえも、そのことを物語るようなわけでして、それと話のほのめかしが、これまた彼女をどっと笑わせるのでした。ただ「一つ目」ばかりが、ぜんぜん知らなかったようです。そして、この特殊状態は、彼とわたしどものあいだに一種のぎごちなさを生ずる結果となり、そのため、彼を敬遠させ、孤立させるようなぐあいになり、われわれの以前の信頼と、以前の友情に柵《さく》をつくるらしく思われました。このことは、わたしどもの側から見れば、彼に、一つの厄介《やっかい》な役割、滑稽な役割、裏切られた恋人の役割、むしろ、裏切られた亭主の役割といったものを与えることになるのでした。

もともと、ひどく利発な男で、お巡《まわ》りのような勘をもっていましたので、わたしどもとしても心配ではあり、はたしてこの男が感づかずにいるのだろうかと、ときどきいぶかしく思ったことです。

それを彼のほうからわたしどもに知らせてくれたのです。わたしどもにとってはいささかつらい方法でね。というのは、ブージヴァルに朝飯を食いに行こうと、みんなはりきって漕いでいたときのことでした。

その朝、「ふちなし帽」は、さもさも満足しきっている男の颯爽《さっそう》たるふうをおびて、例により、舵取り女と並んで腰かけていましたが、それがまた、わたしどもの眼にもどうかと思われるくらい、ぴったりくっついていたものですが、いきなり、「ストップ」と叫んで、漕ぐのをやめさせたのです。八本のオールが水からあがりました。

すると、隣の女に向きながら、たずねたものです。

「どうして蠅だなんていうの？」

それに彼女が答える前に、なんと、舳《へさき》にいた「一つ目」の声がして、そっけない調子で、きっぱり言ったのです。

「それは、腐った肉とみれば、とまるからよ」

はじめ、みんなしんとしてしまいました。ぎごちない気持。ついで、ふいと笑いたくなったのです。当の蠅は困惑の面持《おももち》でした。

そのとき、「ふちなし帽」が号令をかけました。

「出発！」

ボートは動きだしました。

これで事件は決着し、すべてが明白にされたのです。

この思いがけぬ小事件も、われわれの習慣を変えるようなことはさらにありませんでした。ただ、「一つ目」とわたしどものあいだに、ふたたびもとの誠実をとりもどしたにすぎません。ふたたび彼は蝿のれっきとした所有者になったのです。土曜日の晩から月曜日の朝までね。なにしろ、彼がわたしどもより偉いということは、この定義によって決定したんですから。もっとも、それと同時に、この定義によって、「蝿」という言葉に関する疑問時代も終結したことになりますがね。わたしどもとしては、その後は、感謝している、慇懃《いんぎん》な友としての第二義的な役割に甘んじて、たがいにいさかいを起すようなこともなく、ただ日曜日以外の日々をつつましやかに利用していたのです。

こんなふうにして、三カ月ばかりは、じつにぐあいよくいったのでした。ところが、がぜん、蝿はわれわれ全部にたいして、奇怪な態度をとるようになったのです。彼女は急に元気がなくなり、神経質で、沈みがちに、むしろ、怒りっぽくなったのです。みんなしきりにたずねたものです。

「どうしたんだい?」

それに彼女はきまって答えるのでした。

「どうもしないわよ。放っておいてってば」

ところが、そのわけが、ある土曜日の夕刻、「一つ目」によって発表されたのです。ちょうど、わたしたちは、食堂のテーブルについたところでした。それは、宿の主人の

「顎《あご》ひげ親爺《おやじ》」が、わたしたちにあてがってくれた、ちっぽけな食堂なんですが、ポタージュも終って、フライを待っているという時分に、われらが友は、これまた心配そうな面持で、まず、蝿の手を取ると、ついで、こんなふうに話したのです。

「わが親愛なる友らよ」彼は言ったのです。「ぼくは諸君になすべき重大なる報告をもっている。そして、これはかならずや長い討議を必要とするものであろうと思われる。もっとも、われわれは食事中に意見をたたかわすべき時間をもっている。ここにいるあわれな蝿は、ぼくにある不幸なる報告をなし、しかして、同時に、それを諸君に通知することをぼくに託したのである。

彼女は妊娠したのである。

ぼくはこれ以上はただ一言つけ加えるのみである。

すなわち、彼女を捨てるべきときではない。しかして、父親を詮議《せんぎ》することは無用である」

はじめ、一同、あっけにとられてしまいました。とんだ災難といった感じです。われわれはたがいに顔と顔を見あわせて、だれかを怨《うら》もうとするのでしたが、さてそれがだれを怨んでいいかわからない。ああ、だれを怨んでいいか？　わたしは、そのときくらい、自然のこの残酷な狂言のでたらめさを感じたことはありません。なにしろ、自然は、一人の男に、自分がその子供の父親であるかどうかを確実な方法で知らせてくれないんですからね。

そのうちに、じょじょに、あるほっとした気持がわいてきて、われわれを力づけてくれたんですが、これは、むしろ、共同責任という曖昧《あいまい》な感情から生れたものなんでしょう。

「蛮刀」は、めったに口をきかない男なんですが、この晴ればれした気持の発端を、こんな言葉で表現しました。

「ええ、かまうものかい、協同一致は力だぜ」

河はぜを飯たき男が運んできました。いつものように、だれもそれに飛びつこうとしません。なんといったって、やっぱり心が動揺していたのでしょう。

「一つ目」がふたたび言いました。

「この機会に、殊勝にも彼女はぼくに一部始終を告白してくれたのである。わが友らよ、われわれはみなおなじようにやったのである。さあ、われわれは相提携して子供を引取ろうではないか」

満場一致で可決しました。一同は、魚のフライを盛った皿の方に腕を差しのべて、誓うのでした。

「われわれは子供を引取ろう」

これで彼女は一挙に救われたのです。この人のいい、調子はずれのあわれな恋の女を、ひと月このかた、悩ましてきた不安の恐ろしい重荷もとれて、蝿は、大声で叫んだのであります。

「おお！　みなさん！　みなさん！　みなさんこそ、男です、男です！……りっぱな男です……男のなかの男です……みなさん、ありがとう！」

そうして、彼女は泣きました。わたしたちの前で、はじめて泣きました。

それからというもの、ボートのなかでは、子供の話でもちきり、まるでもう生れでもしたようなものです。そして、われらが舵取り女のお腹《なか》が、じょじょに、規則正しく大きくなってゆくことに、わたしたちはめいめい関心をもち、われこそはと人一倍の心づくしを示そうとするのでした。

「蝿はいるかい？」

彼女は答える。

「あいよ」

「男の子かい、女の子かい？」

「男の子よ」

「男の子だったら、なにになるかい？」

そう言われると、彼女はとてつもない空想を走らせるのでした。それはもう誕生の日から、最後の大成功に至るまで、きり果てしのない物語であり、あきれかえるようなつくり話なんです。彼女のあわれなほどに初心《うぶ》で情熱的な夢のなかで、その子供はすべてだったんです。なにしろ、この風変りなかわいい女ときたら、このごろでは、彼女が、「五人のパパ」と呼んでいるわれわれ五人のあいだで貞節を守っているんでして。彼女には子供の姿が見えるのです。そして、アメリカよりも大きな新世界を発見する水夫だと言うのです。フランスへアルサスとロレーヌを返す将軍だと言うのです。それからまた言うのです。わが祖国に永遠の福祉を与える寛大で賢明な君主からなる王朝をきずく皇帝だと。それからまた、まず黄金の製造法を発見し、ついで、不老不死の秘伝を発見する学者であると。それからまた、星の世界へ行く方法を発見する風船乗りになり、無窮の空を、人間のための無限の散歩場となし、およそ奇想天外のあらゆる夢を実現するのだと。

ああ、かわいそうに、彼女も夏の終りごろまでは、このようにほがらかで、楽しそうだったのです！

彼女の夢がつぶれたのは九月の二十日。ちょうど、わたしたちはメーゾン・ラフィトで中食《ちゅうじき》をすませて、サン・ジェルマンの前を通っていたときのこと、彼女は喉《のど》がかわいたといって、ペックで止めてくれとせがんだのです。

最近、彼女はとみに体が重くなり、これには本人も相当悩まされていたのです。もう以前のようにはねることもできねば、いつもきまってやるように、ボートから岸に飛びおりることもできなかったのです。もっとも彼女は、わたしたちがなんといって止めようとしても、それをいまもってやろうとするのでして、わたしたちが手を差しのべて彼女をつかまえなかったら、何べん水のなかに落ちたかしれなかったでしょう。

その日、彼女はボートが止る前におりようとしたのがいけなかったんで。こうした無鉄砲から、病気していたり、疲れていたりする運動家がよく命を落すものです。

まさか彼女がそんな行動に出ると思わず、わたしたちが横着けにしようとしていたちょうどそのとき、彼女は立ちあがるなり、出足をつけて、波止場に飛びおりようとしたのです。

力およばず、ただわずかに爪先《つまさき》が石の縁にさわっただけ。すべって、腹をとがった角にぶっつけ、一声叫んだと思うと、そのまま水中に没してしまいました。

それとばかり、わたしたち五人もいっせいにもぐりまして、引きあげましたものの、かわいそうにぐったりとなって、死人のように青ざめて、はやくも激痛に苦しむのでした。

大急ぎで、もよりの宿屋に運んで、医者を呼ばねばなりませんでした。

お産は十時間もかかりましたが、その間、彼女は言語に絶した苦痛に抗して、英雄のような勇気を出し、りっぱに耐えたのです。

わたしたちは彼女を囲んで、ただもうこわいやら、心配やらで、悲嘆にくれるばかり。

そのうち、死児を分娩《ぶんべん》して、やっと楽になったわけです。それでも、それから数日のあいだ、わたしたちは彼女の命のことをずいぶん心配したものです。

ようやく、ある朝のこと、医者がわたしたちに申しました。「もう大丈夫だと思いますよ。なにしろ、あの娘さんときたら、まるで鋼《はがね》ですからな」そこで、わたしたち一同は、心もうきうきと、彼女の部屋にはいったことです。

「一つ目」が、みんなを代表して言いました。

「かわいい蝿よ、もう危険はないそうだ。ぼくたち、こんなにうれしいことはない」

すると、もう一度、彼女はわたしたちの前で泣くのでした。そして、涙で眼《め》をかがやかせながら、口ごもるのです。

「おお！　あんたたちは知らないんだわ……何も知らないんだわ……あたし、どんなにつらいか……あたしなんか、ちっともおもしろくない！」

「かわいい蝿よ、それはなんだからさ？」

「彼を殺したからよ、だって、あたし、殺しちゃったんだもの！　ああ！　そんなつもりはなかったんだけれど！　あたし、つらくって！……」

彼女はすすり泣くのでした。わたしたちも興奮して、彼女を取りまいているものの、言うべき言葉を知りません。

ふたたび彼女が言うのです。

「あんたたち、彼を見て？」

わたしたちはいっせいに答えました。

「ああ、見たとも」

「男の子だったんでしょう？」

「ああ、男の子だったとも」

「きれいな子だったんでしょう？」

これには、一同ははなはだ躊躇《ちゅうちょ》しました。およそものごとにこだわらぬ質《たち》の「青い小男」が、勇ましく肯定したのです。

「じつにきれいな子だったぜ」

これはまずかった。と申すのは、それを聞くと、彼女はがっかりして、うめきだしたのですから。わめくといったほうがいいくらいでした。

おそらく蝿を愛することの最もふかかったと思われる「一つ目」が、そのとき、彼女をなだめるために、じつに天才的な発明をなしたのです。

彼は涙でくもった眼をふせながら、

「いいよ、いいよ、かわいい蝿よ、ぼくたち、また別のをつくってあげるから」

彼女のもって生れたあの滑稽性が、そのとき、ふいに目をさましたのです。そして、なかば納得し、なかばふざけて、でもまだ心の傷はうずくとみえ、さすが涙声で、わたしたち一同をじっと見つめながら、たずねたのです。

「それ、ほんと?」

そこで、わたしたちは異口同音に答えました。

「ほんとだとも」

# ポールの恋人

グリヨン亭、このボート愛好者らのたまり場はだんだんからになっていった。はやくも戸口は、叫び声、呼び声で喧噪《けんそう》をきわめている。そして、白い肌着《はだぎ》を着た、背の高い、快活そうな青年たちがオールを肩にかついだまま、手ぶり身ぶりで話している。女たちも、明るい春着の軽装で、用心しいしい端艇《ヨール》に乗りこむと、横木に腰をおろして、服をなおす。と、料亭の主人というのは、赤ひげのたくましい若者で、有名な力持だが、この男が、このきゃしゃな小舟を平衡に保たせながら、かわいい、若い女の子に手をかしてやる。

今度は、漕手《こぎて》たちが席につく。腕をまくり、胸をはって、見物人たちに向いポーズをつくる。晴着を着た中流人、労働者、兵隊などからなる見物人だが、いずれも、栈橋《さんばし》の欄干に肘《ひじ》をついたまま、いかにも熱心そうにこの光景をながめているのだ。

ボートは、一隻《せき》ずつ、栈橋をはなれてゆく。漕手は前にかがんだと思うと、規則正しい動作で、今度はうしろにひっくり返る。と、長い、彎曲《わんきょく》したオールの力に押されて、快速の端艇《ヨール》は水上を滑走し、遠ざかり、小さくなって、はては、ラ・グルヌイエールの方にくだりながら、鉄道の通っている、もう一つの橋の下に消えていった。

一組の男女だけが残っていた。男のほうは、まだひげさえ生えてない、ほっそりした、顔の青白い青年で、恋人の腰を抱きかかえている。挙動が、螽《いなご》のような、栗色《くりいろ》のやせた少女である。二人は、ときどき、じっと眼《め》の底で見あっている。

主人が叫んだ。「さあ、ポールさん、急いだらどうです」で、二人はそばへ寄った。

店のお客のなかでも、ポール君はいちばん好かれていたし、また尊敬されてもいた。ほかの仲間たちが、金に窮して、夜逃げでもしないかぎり、いつまでも支払いをしぶっているのに、ポールだけは気前よく払っていた。そればかりか、この店にとって、彼は生きた広告のようなものだった。父親が上院議員だったからだ。たとえば、ふりの客が、「あの白首《しろくび》に熱をあげている若僧は、いったい何者ですかい？」とでもたずねようものなら、常客のだれかが、もったいぶった、意味ありげなようすで、声を低めて答える。「あれはポール・バロンですよ、そら、上院議員の悴《せがれ》のね」すると、相手は、判で押したように、こう答えずにはいられないのである。「かわいそうにね。まるで首ったけじゃありませんか」

グリヨン亭の女将《おかみ》というのは、商売にも明るい、なかなかおもしろい女だが、これもこの恋人同士を、「わたしの二羽の子鳩《こばと》」と呼んで、自分の店に有利なこの恋愛に、さもさも同情しているかに見えた。

その恋人同士はゆっくりとやってきた。もう端艇《ヨール》マドレーヌの用意はできていたのである。ところが、それに乗ろうとするまぎわになって、二人は相いだいて接吻《せっぷん》した。どっと、桟橋に集まっている人たちのあいだから笑声が起った。そして、ポール君がオールを取ると、これまたラ・グルヌイエールさして出発した。

二人が到着したときは、もう三時にちかく、水上の大カフェには客があふれていた。

このカフェというのは、ものすごく大きな筏《いかだ》になっていて、木の柱でささえられた、瀝青《チャン》引きの屋根さえあるのだが、この筏は、二つの小橋によって、あの美しいクロワシーの島に通じているのである。その一つの小橋は、この水上のカフェの中央まではいりこんでおり、もう一方の小橋は、木が一本植えてあるので、「植木鉢《うえきばち》」と呼ばれている小島に連絡していて、そこの、水泳事務所のかたわらで地面に接している。

ポール君は自分の舟をその筏につないで、店の欄干を乗り越えると、今度は恋人の手を取って、引きあげてやった。それから、二人とも、食卓の一端に、差向いで腰かけた。

河の向う岸の曳船道《ひきふねみち》には、長い車馬の列がつづいていた。ただの辻馬車《つじばしゃ》と、気どり屋の上等な馬車とが交錯している。いかにも鈍重そうな辻馬車、ばねを圧《お》しつぶす巨大な腹、それに、首をたれ、膝《ひざ》の曲った駄馬《だば》が一頭つけてあるのだ。そうかと思うと、きゃしゃな車輪の上に、すんなり立っているような瀟洒《しょうしゃ》な馬車、どの馬も、伸びて、締った脚をもち、首を立て、轡《くつわ》は、泡《あわ》で雪のように白い。馭者《ぎょしゃ》がこれまた仕着せを着て、しゃちこばっている。大きなカラーに頭を硬そうにつっ立て、鞭《むち》を片膝にのせたまま、浮き腰にかまえている。

土手は人の群れ、ぞろぞろとこちらにやってくる。家族づれもいるし、団体もいる。アベックもいれば、一人ぼっちもいる。それが、草の芽を摘んだり、水ぎわまでおりてきたり、また、もとの道路にあがったり、けっきょくは、申しあわせたようにおなじ場所に来ると、そのまま立ちどまってしまって、渡し守りを待つのだ。その重そうな渡し舟は、ひっきりなしに両岸のあいだを往来しては、客を島におろしてゆく。

この水上カフェの面している河の支流は、(死んだ支流と呼ばれていたが) 流れが弱いため、まるで眠っているようだった。ヨール、スキフ、ペリソワール、ポドスカフ、ギッグなど、あらゆる型の、あらゆる性質の小舟の群れが、このよどんだ水の上をつっ走っている。すれちがったり、いりまじったり、衝突したりする。と、いきなり、腕でぐっと止めると、その腕に筋肉が急激に緊張して、小舟はふたたび突進し、活溌《かっぱつ》にすべってゆく。黄や赤の、長い魚のようだった。

小舟はあとからぞくぞくやってきた。河上のシャトーから来るのもあれば、河下のブージヴァルから来るのもある。そして、笑声が、水の上を、小舟から小舟へと伝わる。呼び声も聞える。たずねる声も聞える。ののしる声も聞える。漕手たちは、二頭筋《にとうきん》の浮き出た、褐色《かっしょく》の肉体を、熱い日光にさらしている。一方、舵席《だせき》にすわっている女たちの、赤、緑、青、黄、色とりどりの絹の日傘《ひがさ》が、船尾にぱっと花咲いている様は、ふしぎな花のようだった。泳いでいる花とでも言おうか。

七月の太陽は中央で赤々と燃えて、焼けつくような楽しい気分があたりに充溢《じゅういつ》している。微風さえなく、河辺の柳もポプラも、その葉をそよともさせない。

正面のかなたは、例のヴァレリヤン山、築城をほどこされた山肌が、ギラギラする光線で、段々になって見える。右手は、あの愛すべきルーヴシェンヌの丘、河にそいながら曲って、半円形にまるまっている。そして、ところどころ、広大な庭園の鬱蒼《うっそう》とした青葉のかげから、別荘の白壁がちらほら見える。

ラ・グルヌイエールの付近では、散策者の群れが、例の巨木の下を右往左往していた。じつにこの巨木のおかげで、島もこのあたりは、世にも美しい公園になっているのだから。女たち、といっても、商売女、髪の毛の黄色い、胸のふくれた、尻《しり》のバカでかい、顔には厚化粧をほどこし、眼には炭を塗り、唇《くちびる》を真っ赤に染め、コルセットでくくられ、奇抜な服で締めつけられた女たちが、そのどぎつい、悪趣味の衣装を、すがすがしい芝生の上に引きずっている。そのそばについている青年たちが、これまた、流行雑誌の図版そのままの異様な服装で、おつにすましこんでいる。はでな手袋、ワニス塗りの長靴《ながぐつ》、糸ほどの細いステッキ、おまけに、片眼鏡《モノクル》が、彼らの微笑のばかばかしさを強調する。

島は、ラ・グルヌイエールのところでくびれている。そして、向う岸にも、渡し舟が一隻いて、ひっきりなしに、クロワシーの人たちを運んでいたが、そのあたり、支流は流れが速く、いたるところ、渦巻《うずまき》や、逆巻《さかまき》や、泡ができて、さながら奔流のようにうねっている。この土手の上には、砲兵の制服を着た、渡河料受取人の一隊がたむろしていたし、また、長い桁木《けたぎ》には、兵士が一列に腰かけて、水の流れをながめていた。

水上カフェのなかは、どなったり、わめいたりする群衆のごった返し。木製のテーブルには、飲食物がこぼれて、きたならしい、細い流れがいくつもできていたが、そのテーブルの上には、どれも半分飲みかけのグラスの群れ。テーブルを囲んでいるのは、どれも半分酔っているお客たちだ。この人たち全体が叫んだり、うたったり、奇声を発したりしている。男たちは、帽子を阿弥陀《あみだ》にかぶり、顔を真っ赤にし、酔漢らしく眼をギラギラさせながら、動物本来の、騒ぎたいという欲望にかられてか、手足を振りふり、わめいている。女たちは、夜の獲物をさがしながらも、まずそれまでに、自分の飲み代《しろ》を払ってもらおうとする。そして、テーブルのあいだにできている空間を占領しているのは、土地の常連、つまりステテコ踊りに狂う漕手の一隊で、フランネルの短いスカートをはいた女を相手にしている。

彼らの一人が、ピアノに乱暴を働き、まるで足と手で弾いているようだった。四組の男女が、カドリールをはね踊っている。それを若い者たちがながめている。礼儀正しい、上品な若者たちなのだから、せめてあの悪風が絶対あらわれなかったなら、申し分なく見えたに相違あるまい。

というのは、ここの場所では、あたり一面、ふんぷんたる臭気が鼻をつくからである。

世の中のありとあらゆる蛆虫《うじむし》の臭《にお》い、あらゆる種類の極道の臭い、パリの社会の黴《かび》の臭いだ。闇屋《やみや》、へぼ役者、下っ端《ぱ》のジャーナリスト、禁治産者の貴族、いかがわしい相場師、放蕩《ほうとう》に身をくずした老人、与太者《よたもの》のごちゃまぜだ。すこしばかり顔の売れかけてきた者、すこしばかり淪落《りんらく》しかけている者、すこしばかり尊敬されている者、すこしばかり体面を失いかけている者、そういった、どっちつかずの人間どもの、怪しげな寄せ集め。掏摸《すり》もいる、イカサマ師もいる、女衒《ぜげん》もいる。そうかと思うと、「おれを悪者扱いにするやつなんかたたき殺すぞ」と言わんばかりの、堂々たる豪傑型のペテン師もいる。

ここの場所は、じめじめと下劣性の湿気をただよわせ、卑猥《ひわい》と、安価な色事の臭気を発散している。ここでは、オスもメスも同価値だ。愛欲の臭気が充満していて、わずかな受け言葉にもすぐ刃傷沙汰《にんじようざた》になる。落ちかけた体面を保とうというのだろうが、刃物も、ピストルの弾丸《たま》も、保つどころか、けがすことにしかならないのだ。日曜日など、付近に住む人たちが、わざわざ見物にやってきたりする。若い人たち、それもごく若い人たちが、毎年、ここにあらわれては、はじめて生き方をおぼえる。なにげなく、ふらふらと歩いてきた散策者が顔を見せることもある。生真面目《きまじめ》な者など度肝をぬかれる。

ここがラ・グルヌイエール（訳注 蛙のすむ沼地）と呼ばれているのは当を得ている。人々が飲み食いしている、屋根ぶきの筏のわきや、「植木鉢」のすぐそばで、みんな水浴びをやっている。娼婦《しょうふ》のなかでも、ふとって体自慢のやつらは、ここに来て、裸体美を陳列におよんで、客を獲得しようとする。その他の者らは、いかにも横柄《おうへい》そうにかまえている。そのじつ、おのれのやせた体を綿でふくらませたり、バネを仕掛けたり、あちらこちらを出っぱらしたり、へこませたりしているくせに、自分らの同輩が泥《どろ》をかきまわしているのを、そう、さも軽蔑《けいべつ》するようにながめているのだ。

小さな飛込み台では、水泳者らが、われも、われもと、水中へまっさかさまに飛びこんでいる。葡萄《ぶどう》の添木のように細長いのもいれば、カボチャのように丸いのもある。オリーブの枝のように節くれだったのもいれば、腹がでかすぎて、前こごみになったのも、うしろにそり返ったのもいる。が、どれも醜悪なのにはかわりなく、水中に飛びこんでは、カフェの飲み連中のところまで水をはねとばしてくる。

この水上カフェは、鬱蒼たる大樹のかげになってい、しかも、水辺にありながら、息づまるような温気《うんき》があたりに充満していた。こぼれた酒の発散するにおいに、体臭がまざる。それにまた、強い香水のにおい。恋をひさぐ女らの肌にしみこんでいたのが、この熱気にむされて発散しているのだ。それにしても、この種々雑多な臭気のなかに、かすかながら、白粉《おしろい》の香りがただよっていることは確かだ。なるほど、それは、におったと思うと、すぐ消えはするものの、またかならずにおってくるのは、どこかにかくされている手が、見えないパフを振ってでもいるのであろうか。

江上の景観もすばらしく、とりわけ、たえまない小舟の往来が人目を惹《ひ》いた。ボートの女たちは、腕ぶしの強い男らを前にして、椅子《いす》にふんぞり返っている。そして、夕食を求めて、島を徘徊《はいかい》している女たちを、軽蔑しながらながめているのだ。

勢いのついた舟が全速力で過ぎてゆくときなど、陸上の友人たちが大声をあげる。と、見物人全部、いきなり狂気にでも憑《つ》かれたのか、わめきだすのだった。

シャトー方面の、河の曲っているところに、つぎからつぎへと新規の小舟があらわれてくる。その舟が近づいて、大きくなり、乗っている者の顔がわかってくると、またしても叫び声があがるのだ。

テントをかけた一隻のカノーが、四人の女を乗せて、しずかに流れを下ってきた。オールをあやつっているのは、やせて、小柄《こがら》な、しなびたような女、セーラー服を着て、髪を巻きあげ、ゴムびきの帽子をかぶっている。この女の面前に、金髪の、ひどくふとった女がいる。白いフランネルの背広の男装で、舟のなかへ仰向けに寝そべりながら、漕いでいる女の両わきから、腰かけの上へ、自分の両足をのっけている。オールの動くごとに、彼女の胸と腹は、強い振動を受けて震えるのに、平気で煙草《たばこ》をくゆらせている。船尾に寄って、テントの下には、二人の女がいた。背の高い、ほっそりとした、美しい女で、一人は栗色髪で、もう一人は金髪だが、たがいに腰を抱きかかえながら、自分たちの同輩の方を飽かずながめている。

叫び声が、ラ・グルヌイエールから起った。「やあ、レスビアンが来た！」たちまち、それはものすごい喧噪と化し、恐るべき混乱がまき起った。グラスは倒れる。テーブルに上がる者もいる。だれもかれもが、騒音に逆上して、がなりたてている。「レスビアンだ！　レスビアンだ！　レスビアンだ！」その叫び声はごうごうととどろいて、意味がわからなくなり、ただ、何か恐るべき吼声《ほえごえ》のようなものに化した。と、それはふたたびどっとあがったらしく、空中にのぼり、野を圧し、大樹の葉の深い茂みのなかにみち、遠い丘にひろがり、太陽にまで達するかと思われた。

この歓迎に、オールを握る女はしずかに手をやすめた。カノーのなかに寝ていた金髪のふとった女は、両肘で身を起しながら、さも面倒くさそうに首をめぐらせた。そして、船尾にいた二人の美しい女たちも、群衆に挨拶《あいさつ》しながら、笑いはじめた。

すると、喚声は倍加して、水上の店を震動させた。男たちは帽子をあげ、女たちはハンカチを振っている。そして、あらゆる声が、細い声も、太い声も、いっしょになって叫んでいた。「レスビアン！」この群衆、この腐敗した人間の集まりは、首領に向って敬礼しているとでも言おうか。提督が前を通過するとき、礼砲を撃つ艦隊のように。

無数の小舟の群れも、女たちのカノーに喝采《かっさい》した。当のカノーは、もうすこし先につけようと、例のだるそうなようすでふたたび動きだした。

ポール君は、他の者とは逆に、ポケットから鍵《かぎ》を一つ取出すと、力いっぱい、ひゅうと鳴らした。彼の恋人は、いらだち、顔を青くして、相手の腕を取り、黙らせようとしたが、今度は、眼に怒気さえ含んで青年をにらめている。ところが青年のほうは、男の嫉妬心《しっとしん》にかられてか、深い、本能的な、制御しがたい憤懣《ふんまん》のため、やっきになっているらしかった。唇を怒りで震わせながら、口ごもって言った。

「あさましいことだ！　あんなやつら、牝犬《めすいぬ》みたいに、首へ石でもくくって、水のなかへほうりこんでやればいいんだ」

しかしマドレーヌが、突如として怒りだした。例の細いキイキイ声が、口笛のような音にかわった。そして、まるで自分のことでも弁護するように、べらべらとまくしたてた。

「あなたに関係のあることじゃないじゃないの、そうでしょう？　あのかたたちだって、べつにだれの恩顧になっているわけじゃないのだから、自分の勝手のことをしたって自由じゃないの？　ひとのことなんかとやかく言うかわりに、あなたは自分のことを考えていたらいいのよ……」

しかし、彼は彼女の言葉をさえぎった。

「ぼくには関係ないかもしれんが、警察にあるんだ。ぼくはあの女たちを婦人感化院にたたきこんでやるんだ、ぼくは！」

彼女はハッとした。

「あなたが？」

「そうだ、ぼくがだ！　それに、言っておくが、きみはあの女たちと口をきいてはいかんぞ、わかったな、絶対にいかんぞ」

と、彼女は肩をそびやかすと、急に落着きはらって、

「あのね、あたし、自分の好きなようにするわよ、それでいやなら、お帰りなさい、いますぐにでも。なにも、あたしはあなたの女じゃないのですからね、だから、とやかく言われたくないの」

彼は返事をしなかった。そして、そのまま二人は顔と顔をつきあわせていた。口を痙《けい》攣《れん》させ、息をはずませながら。

大カフェの向うがわの入口から、四人の女のご入来である。男装の二人が先に立ってくる。一人はやせた女、まるで年取った少年といった風態《ふうてい》で、こめかみのところが黄色く染まっている。もう一人の女は、その肥満した肉体を白いフランネルの服にみっちり詰めこみ、さすが太いズボンも、尻でぽっこりふくらんでいる。それが巨大な腿《もも》をし、膝を折りながら、よっちよっち歩いている格好は、ふとった鵞鳥《がちょう》だ。そのあとから、二人のお相手がついてくる。漕手たちの群れは、握手しようとそばに寄ってきた。

彼女たちは、四人して、河べりに別荘を一軒借りていた。そして、その家で、二組の夫婦同様に暮しているのだ。

彼女たちの同性愛は、周知のこと、公然のこと、明白なことだった。世間にしても、

そのことを、まるで普通のことのように話していたし、むしろ、彼女たちに共鳴しているくらいだった。そして、彼女らをめぐるふしぎな物語について、女性の恐るべき嫉妬から生れる悲劇について、また、知名の婦人や女優が、その河辺の小家をひそかに訪れるとかいうことについて、世間では、ひそひそ声に噂《うわさ》を交わすのであった。

こうした醜悪な噂話に公憤を感じたのか、隣人の一人が警察に密告したのだった。そこで、警部が部下を一人つれて調査にやってきた。この任務はそう簡単にゆくものではなかった。けっきょく、べつに売淫《ばいいん》をしているわけでもないこれらの女たちをどうすることもできなかったのだ。警部もこれにはほとほと弱り、嫌疑《けんぎ》をかけたものの、その犯罪の性質さえほとんどわからない始末なので、いいかげんな訊問《じんもん》をしてから、無罪を主張するという、途方もない報告をしたのである。

それはサン・ジェルマンあたりまでの物笑いになった。

彼女たちは、このラ・グルヌイエールのカフェを、まるで女王のように、しずしずと通りぬけてゆく。自分たちが有名であることを誇らしく思っているようだった。人から見られて幸福に感じ、この群衆、この下層民どもなどよりも自分たちのほうが数等上だと思っているらしかった。

マドレーヌと、その愛人は、彼女らの来るのをながめていたが、女の眼のなかには、炎が燃えていた。

先頭の二人が、テーブルのところまで来たとき、マドレーヌが叫んだ。「ポーリーヌ！」呼ばれて、そのふとった女はふり返り、立ちどまったが、あいかわらず、セーラー服の女の腕をとっている。

「おや！　マドレーヌなの……どう、こっちへ来ないこと？」

ポールは、その指を、愛人の手首の上で痙攣させたが、彼女が彼に向って、「あなた、ほんとうによくってよ、帰ったって」と言ったその冷たい態度に、彼も口をつぐんでしまって、一人残った。

そこで彼女たちは、三人とも立ったなりで、何かこそこそと話しはじめた。いかにもうれしそうにうきうきしているのが、その唇に見える。彼女たちは早口にしゃべっている。そして、ときどき、ポーリーヌが、ずるい、意地悪そうな微笑をうかべながら、ポールの方をぬすみ見た。

とうとう、ポールもたまりかね、いきなり立ちあがるや、全身をわななかせながら、女のそばへ走りよった。そして、マドレーヌの肩をつかむと、「こっちへ来いったら、こんなやつらと話してはいけないって、ぼく、言ったじゃないか」

ところが、ポーリーヌが声をはりあげたと思うと、卑《いや》しい女独特の、ありとあらゆる悪口で、ポールをののしりはじめた。周囲では、笑っている者もいる。ぞろぞろ人だかりがする。何ごとかと、背のびして見ようとする者もいる。さすがにポールも、このきたならしい罵詈をあびて、ただ呆然としてしまった。この女の口から出て、自分の上におちてくるこれらの言葉が、まるで汚物のように、自分をけがしつつあるように思われた。で、スキャンダルが起りそうなので、たじたじとして、踵《きびす》を返すと、河に向って欄干へ肘をつき、勝ち誇った三人の女たちに背を向けてしまった。

そのまま、彼は水をながめていた。そして、ときおり、眼の縁にたまっている涙を、神経質な指でぬぐいとっていたが、まるで涙をはぎ取りでもするような、すばやい身ぶりだった。

それは彼が夢中になって恋愛をしていたからだった。そのくせ、彼の繊細な性質にも、理性にも、意志にさえも反した恋愛で、自分ながら理由がわからなかった。言ってみれば、泥穴にでも落ちこむように、この恋愛のなかにはまりこんでしまったのであろう。彼は、そのやさしいこまやかな性質からして、美しい、理想的な、情熱的な恋を夢みていたのだった。ところが結果はどうだろう。このちっぽけなキリギリス、ほかのあらゆる娼婦なみにバカな、腹のたつくらいバカな女、やせて、怒りっぽくて、ちっとも美しくなんかない女が、彼をとらえ、とりこにし、身も心も、頭の先から足の先まで所有してしまったのだ。あの神秘的で、全能な、女性の蠱惑《こわく》、あの未知な力、あの驚くべき支配力に、彼は盲従していたのだ。じつに、この、どこから来ているか不明の、おそらく肉体の悪魔に由来していると思われる、女性の支配力こそ、ただの娼婦、あの宿命的な、至上の力など持ちあわせているとも思われぬ娼婦の足下に、分別ある男をも屈服せしめるのであろう。

こうしていても、ポールは、自分の背後に、何か忌《いま》わしいことが準備されているのを感ぜずにはいられなかった。笑い声が、彼の心のなかにまで浸入してくる。どうすべきか？　彼にはそれがよくわかっていながら、どうすることもできないのだ。

面前の河岸で、一人の釣師《つりし》が、身動きもせず、糸をたれているのを、じっと彼はながめていた。

とつぜん、その人物が、銀色の小魚を荒々しげに河から釣りあげた。魚は糸の先でピチピチはねている。ついで、その人物は釣針を抜こうとして、ねじってみたり、まわしてみたが、だめだった。で、じれったくなって、ぐっと引っぱったものだから、魚の血だらけの喉《のど》が、そっくり臓腑《ぞうふ》ごと出てきた。すると、ポールは、自分自身、心臓まで引裂かれた思いに、震えあがった。この釣針が自分の恋ではあるまいか、そして、この釣針を抜き取ろうとすれば、自分の心底に引っかかっている、曲った釣針の先に、いまとおなじように、自分の胸中のものがことごとく出てくるのではなかろうか、そして、その糸をあやつっている者こそ、マドレーヌではあるまいかと、彼には思われたのだ。

自分の肩に、手をおいた者がある。はっとして、ふり返ったら、愛人がそばに来ていた。

二人は口をきかなかった。そして、彼女もまた欄干に肘をつくと、河に眼をおとした。彼は言うべき言葉をさがしてみたが、みつからなかった。だいいち、自分の心中がどうなのかを識別することさえできなかったのだ。ただ、彼が知覚するすべてのことといえば、ふたたびもどってきた彼女を、自分のそばに感ずる歓《よろこ》びであった。そして、彼女がもう自分のそばをはなれないなら、すべてをゆるし、すべてを黙認してやりたいという、恥ずべき怯懦《きょうだ》だった。

ようやっと、数分後に、彼はおよそやさしい声でたずねた。「どう、行ってみようじゃない？　きっと、ボートのなかのほうが気持がいいよ」

彼女が答えて、「そうね、あなた」

すると、彼は、感動のあまり、眼に涙さえうかべ、彼女の手を握って、ささえながら、端艇《ヨール》のなかへおろしてやった。そこで、彼女もほほえみながら彼の顔を見たので、二人はあらためて接吻をした。

彼らは、岸ぞいに、ゆっくり河をのぼっていった。その、柳が植わって、草の生え茂っている岸は、午後の温気につつまれながら、ゆったりと、水に浸っていた。

彼らがグリヨン亭に着いたときには、まだやっと六時だった。で、島を歩いてみようと、河岸のポプラの大樹にそいながら、いくつも牧場を横ぎって、ブゾンの方へ向いていった。

もう刈るばかりの背高い秣《まぐさ》は、花を一面につけていた。沈みかけている太陽が、その上に、いっぱい、茜色《あかねいろ》の光線をひろげている。そして、日暮のやわらいだ温気のなかで、草のいきれが、河のしめった臭気に混じり、空気にしみこんで、そこに、心地よいものうさ、そこはかとない幸福感、安穏《あんのん》の霧のようなものが立ちこめていた。

気がふっと遠くなるような思いだった。夕暮のこのしずかな美しさ、あふれ出る生命の、あのとりとめのない、神秘的な脈動と一体になるような思いだった。草木や事物から発して、花開くとも思われる、あの身にしみて、憂愁な詩情、このおだやかな、しみじみした時刻にのみ感受される詩情に溶けこむような思いだった。

ポールには、この雰囲気《ふんいき》がすべてことごとく感じられたのだった。ところが、彼女のほうにはまるでわからなかったのだ。二人は並んで歩いていたが、とつぜん、彼女は黙っているのに飽いて、歌をうたいだした。調子はずれの、金切り声で、なにやら街ではやっているらしい、うろおぼえの歌をうたいだしたのだが、おかげで、たそがれの、深くしずかな調和も、たちまち台なしにされてしまった。

いまさら、彼は彼女にながめいったが、二人のあいだに、越えがたい淵《ふち》のあることを痛感したのだった。それとは知らず、彼女は顔をいくぶんふせ、足もとを見ながら、日傘で草をたたいていた。そして、うたっている声に抑揚をつけたり、声をころがしたり、震わせたりしながら。

彼があんなにも好きな彼女の狭い額は、してみれば、からなのだ、からっぽなのだ！そのなかには、あの鳥風琴《とりふうきん》程度の音楽しかはいっていないのだ。そして、そのなかで、偶然に形成された思念にしたところで、この音楽と似たりよったりなのだ。そして、たまたま二人は同棲《どうせい》していなかったのだが、事実はそれ以上にはなれていたのだ。彼の接吻は、だから唇より深くは絶対にはいらなかったのだろう。

そのとき、彼女は彼の方に眼をあげて、ふたたびほほえんだ。すると、彼は髄の髄まで感動し、ひとしおのかわいさに両腕をひらいて、熱狂的に抱きしめた。

彼女は自分の服が皺《しわ》くちゃにされているのに気づいて、その抱擁からぬけ出たがその償いに、「あたし、あなたが大好きよ」と、ささやいた。

ところが、彼のほうは、彼女の胴をつかむや、突如として狂おしい気持におそわれ、相手を引っぱりながら、ずんずん走っていった。走りながらも、歓喜にはねあがり、相手の頰《ほお》に、こめかみに、首すじに接吻しつづけた。二人は、夕日をあびて真っ赤に燃えている草むらに、息をはずませながら倒れた。そして、やっと息をつくと、二人の男女は重なりあった。女は男の興奮の理由を理解することなくて。

二人が手に手をとりながらもどってくると、ふと、木の間ごしの水上に、例の四人女をのせたカノーが見えた。ふとったポーリーヌも二人の姿に気づいたらしい。起きあがるや、マドレーヌに向ってキスをなげている。それから、大声で言った。「今夜来てね！」

マドレーヌもそれに答えて、「今夜、行く！」

ポールは、いきなり、自分の心臓が氷でつつまれたような思いがした。

それから、二人は夕食にもどった。

彼らは河べりの青葉棚《あおばだな》の下に陣どって、黙ったまま、食べはじめた。暗くなってくると、ポールが蠟燭《ろうそく》を持ってきた。ガラスの丸笠《まるがさ》のなかに入れてある蠟燭で、そのおぼつかない、ゆらゆらする光で二人を照らした。そして、ひっきりなしに、二階の大広間から、漕手らの破れるような叫び声が聞えてきた。

デザートのころ、ポールは、やさしげにマドレーヌの手を取って、言った。

「ぼくね、とても疲れている。よかったら、ぼくたち、はやく寝ようよ」

しかし、彼女にはその下心がわかったので、すばやく、あの謎《なぞ》のような視線をなげた。女の眼の底にすぐあらわれる、あの不実にみちた視線である。ついで、しばらく考えてから、彼女は答えた。

「あなたは、よかったら、寝たらいいわ。あたし、ラ・グルヌイエールの舞踏会へ行く約束をしたの」

彼は悲しそうな微笑をうかべた。人が世にも恐ろしい苦悩をかくそうとするときの、あの種の微笑なのだ。でも彼は、悲痛のうちにも、やさしみのある語調で言った。

「ねえ、いいじゃない、二人でここにいようよ」

彼女は口を開かずに、頭だけ振って、「否《ノン》」のしるしを示した。彼はなおもせがんだ。

「ねえ、お願いするよ！」

それを彼女はにべもなくさえぎって、

「わからないの、いま言ったじゃないの。あなた、いやなら、好きなようにしたらいいわ。あたし、止めたりなんかしないから。あたしは、約束だから、行くわよ」

彼はテーブルに両肘をついて、その手のなかに額をうずめた。そして、そのまま、いたいたしげに、物思いに沈んだ。

漕手連中は、あいかわらず騒ぎながら、二階からおりてきた。彼らも端艇《ヨール》でラ・グルヌイエールの舞踏会へ出かけようとしているのだ。

マドレーヌがポールに言った。

「行くのか行かないのか、はっきりしてよ、行かないなら、あたし、あの人たちに乗っけていってもらうから」

ポールは立ちあがって、

「じゃ、行こう」小声で言った。

そこで、二人は出発した。

星の多い、暗い晩だった。その暗闇《くらやみ》のなかを流れている、むし暑い夜気《やき》、おまけに、暑熱と、ものの醱酵《はっこう》する臭気と、強い若葉の香りをおびて、夜の空気はいちだんと重くるしくなるのだったが、わずかに、吹く風に運ばれてくる若葉のにおいで緩和されている。暗闇は人々の顔になまぬるい愛撫《あいぶ》をあびせかけてくるので、息をはずませ、あえがずにはいられなかった。それほどまでに夜気は濃く、重くるしかった。

端艇《ヨール》の群れは、出発した。舳《へさき》に、一つずつ、酸漿提灯《ほおずきぢょうちん》がついている。小舟の姿は見えなかったが、ただ、この小さな、色のついた提灯の、踊りながら疾走するのが、飛び迷う蛍《ほたる》のように見えた。そして、声々が、あたりの暗闇から流れてきた。

若い二人の端艇《ヨール》はしずかにすべっていた。たまたま、突進してくる小舟が、二人のすぐそばを通るときなど、ふと、漕手の白い背中が、提灯に照らし出されて見えたりした。

河の曲処《まがりめ》を過ぎると、遠く、ラ・グルヌイエールの歓楽場が見えてきた。お祭り最中の水上カフェは、枝付き燭台《しょくだい》、花飾りになった色ガラスの軒灯、綾《あや》なす灯火で装飾されていた。セーヌ河の上には、幾隻かの大型のボートもゆるやかに動きまわっていた。円屋根だの、ピラミッドだの、記念碑だのの格好をしたボートで、あらゆる色の灯火が入りまじっていた。燃えているような花綵《はなづな》が、水面すれすれにたれているのもあった。そしてまた、赤や青の提灯が、眼には見えないが、長大な釣竿の先についているらしく、大きな星が揺れているように見えたりした。

このイルミネーションは、カフェの周囲に、光芒《こうぼう》をひろげ、さては、土手の大樹を、梢《こずえ》から根本にいたるまで照らし出すと、幹は青白い灰色に、葉は乳色がかった緑色に、野と空の深い闇を背景にして浮びあがる。

場末専門の、五人の楽師からなるオーケストラは、例のきれぎれの、貧弱な居酒屋音楽を遠くまで送っていたが、これにうかれて、またもやマドレーヌがうたいだす。

彼女はすぐにもなかへはいりたがった。ポールは、その前に島を一巡したかったのだが、譲歩しなければならなかった。

客種はよほど良くなっていた。ほとんど漕手たちばかりで、それに混って、中流人の姿がちらほら見え、女づれの若者たちも多少はいた。このカンカン踊りの指揮者であり、組織者である老人、だいぶつかれた燕尾服《えんびふく》もいかめしく、安物の、大衆娯楽の老商人といった、その古傷だらけの顔を、あっちに向けたり、こっちに向けたりしている。

ふとったポーリーヌも、その同輩もいなかったので、ポールはほっとした。

人々は踊っている。二組ずつ向いあいながら、踊り狂っている。そして、おたがいに足と足を相手の鼻先まで振上げる。

女どもは、まるで股《また》の関節がはずれでもしたように、下着類をチラチラのぞかせながら、まるくふくらんだスカートのなかではねている。彼女らの足は、驚くほど造作もなく、頭の上までとどく。そして、腹をゆすったり、尻をおどらせたり、腰をくねらせたりしながら、汗をかいた女の強烈な臭気をあたり一面にまき散らしている。

男どもは、卑猥な身ぶりをしいしい、蟇《がま》のようにうずくまったり、醜い、しかめ面《つら》をつくりながら、体をねじったり、手をつないでまわったり、そうかと思うと、むりにおどけて、滑稽《こっけい》な嬌態《しな》をつくり、手ぶり身ぶりをしてみせる。

ふとったメイド一人と、ボーイ二人が給仕をしていた。

この水上カフェは、屋根だけしかなく、外囲いは一つもなかったので、このみだれ狂ったダンスは、しずかな夜と、星空に向って、さらけ出ていた。

はるか正面のヴァレリヤン山が、とつぜん、明るくなり、山の向うで火事でも起ったのではないかと思われた。その明るみは、ひろがり、強まり、だんだん空にまで侵入していって、明るい大円を一条《ひとすじ》の青白い光芒で描こうとする。ついで、何か赤いものがあらわれて、大きくなっていった。鉄床《かなとこ》にのせられた金属のように、熱い赤さである。そのものは、ゆっくりと、円くふくらんでいって、土から出ようとしているかに見えた。と、月が、ほどなく、山ぎわからはなれて、しずしずと、空にのぼった。のぼるにしたがい、その赤味をおびた色はうすれて、黄色になった。明るい、かがやきのある黄色だ。そして、その天体は、遠ざかるにしたがって、だんだん小さくなってゆくように思われた。

ポールは、恋人のことも忘れて、ただ黙然と、いつまでもその月をながめていた。ふり返ってみたときには、いつのまにか彼女はいなくなっていた。

さがしてみたが、みつからなかった。血まなこになって、食卓のあいだを駆けずりまわり、たえず行ったり、もどったりして、会う人にたずねてみたが、彼女を見たという者は一人もいなかった。

こうして、心配でいたたまれず、あてどもなく歩いていると、ボーイの一人が声をかけた。「マドレーヌさんをおさがしですか？　マドレーヌさんなら、いまさっき、ポーリーヌさんとお出かけになりましたよ」ちょうどそのとき、カフェの向うのはずれに、セーラー服の女と、二人の美しい女が立っているのが、ポールの眼にうつった。三人ともたがいに胴を抱きかかえたまま、何やらこそこそ話しながら、ポールを見はっているのである。

彼には合点いった。と、狂人のようになって、島へ飛びだしていった。

はじめ、彼はシャトーの方へ走っていったが、野原に出ると、また引返した。そこで、伐採林の奥深くさがしまわり、無我夢中でうろつきまわり、ときどき、立ちどまっては、聞き耳をたてた。

蟇が、その金属的な、短い調べを、四方八方になげていた。

ブージヴァルの方角で、姿は見えないが、一羽の小鳥が抑揚をつけながらさえずっているらしく、遠いため、かすかに聞えてくる。ひろびろとした芝生には、まるで綿埃《わたぼこり》のような、やわらかい月の光が降りそそいでいた。月の光は、木の葉の茂みのなかにまでさしこみ、ポプラの銀色の木肌の上を流れ、大樹のそよぐ梢に、かがやく雨となってそそいだ。この夏の宵《よい》の酔わせるような詩情は、つい知らず、ポールの心中にしみ入り、彼の狂おしい苦悩をつらぬいて、じつに皮肉にも、彼の心を感動させたのだった。さては、そのため、自分の熱愛する忠実な女の胸に、理想的な愛情を求めたい、情熱的な吐露を求めたいという欲望が、彼のおだやかな、瞑想《めいそう》的な魂のなかに、狂おしいまでにひろがっていったのである。

彼は立ちどまらずにはいられなかった。はげしい、裂けるような嗚咽《おえつ》にむせたので。発作が過ぎると、また歩きだした。

とつぜん、ざくりと、ナイフで突かれたような気がした。そこの、草むらのかげに、だれか抱きあっているのだ。駆けよってみると、二人の恋人同士だったが、彼の足音を聞いて、その二つの影は急いで遠ざかっていった。たがいに絡《から》みあい、一体になり、ひっきりなしに接吻を交わしながら。

彼は呼びとめようとはしなかった。「彼女」が答えないことはわかりきっていたので。それに、二人を突然みつけ出すことが恐ろしいほどこわくもあったのだ。

カドリール曲のくり返し、コルネットの裂けるようなソロ、フリュートのせせら笑い、ヴィオロンの噛《か》みつくような甲高《かんだか》い音が、彼の心を引きずりまわして、ますます苦痛をひどくした。その狂いたった音楽は、まるで足をひきずるように、樹木のかげを走ってゆく。吹きすぎる微風に送られて、ときには弱く、ときには荒く。「彼女」はもどっているかもしれない？　と、ふと、彼は思った。そうだとも！　もどっているにちがいない！　もどっていないことがあるものか？　理由もなく、自分は頭がどうかしていたのだ。あんまり心配して、おろかしくも逆上していたのだ。すこし前から自分をおそっていた、むちゃな疑念のため、気がへんになっていたのだ。

こんなふうに、あまり絶望が大きすぎると、しばしば、起りがちなあの一時的な気休めにとらわれて、彼は舞踏会の方へもどった。

彼は一目で会場を見まわした。彼女はいなかった。食卓のあいだをぐるぐるまわっているうち、ぱったり、また例の三人の女の面前に出てしまった。きっと彼は、がっかりしたような、妙な顔をしたと見える。というのは、三人ともいっしょになっておもしろそうに笑いだしたからだ。

彼はその場を逃げだすと、また島に出て、伐採林をよぎった。あえぎながら。ついで、ふたたび耳をすました。耳鳴りがするので、ながいあいだ、耳をすませていた。が、やっと、すこしはなれたところから、聞きおぼえのある、あの細く、鋭い笑い声が聞えてきたように思われた。で、彼は、はいながら、枝をかき分けながら、しずかに進んでいった。心臓の鼓動で胸は波うち、呼吸ができないくらいだった。

二つの声は何かささやいていたが、その文句はまだよく聞きとれなかった。やがて、その声もやんでしまった。

すると、彼は、この場から逃げだしたい、何も見たくない、何も知りたくないという、途方もなく大きな欲望にかられた。彼をくい荒す、この狂暴な愛欲から、永久に、遠くのがれたかったのだ。シャトーに引返して汽車に乗ろう。そして、二度と帰って来まい。もう絶対に彼女に会うまい。と思ったものの、ふいに、彼女の姿が眼にありありと見え、いろいろのことが思い出されてきた。朝、あたたかいベッドのなかで目がさめると、彼の首に腕を巻きつけ、甘ったれながらすり寄ってくる。みだれ髪が、わずかばかり額にたれ、眼はまだとじているものの、朝の最初の接吻を受けようと、口はあけている。こんな朝の愛撫が、ふと、思い出されてきたので、たちまち狂的な未練と、はげしい欲情がわきおこってきた。

ふたたび人声が聞える。そこで、彼は、体を二つに曲げながら、近寄った。と、かすかな叫び声が、彼のすぐわきの、枝のかげでした。叫び声！　彼もまた自分らの愛撫の恍惚境《こうこつきょう》でおぼえたあの恋の叫び声だ。彼はなおも進んでいった。われを忘れて、不可抗力に惹《ひ》きつけられ、何を意識することもなくて……。そして、彼は二人を見た。

ああ！　せめて、相手が、男だったら！　が、これでは！　これでは！　彼は二人の汚行そのものに、心を奪われているらしかった。そして、気も転倒して、呆然と、そこに立ちつくしていた。手足をもぎ取られた、愛人の死体を、出しぬけに、発見でもしたときのように。自然に反する、奇怪な犯罪、けがらわしい瀆神《とくしん》行為を見せつけられたときのように。

そのとき、あの臓腑を引出された小魚が、一瞬、彼の無意識の思念のなかにひらめいた……。ところが、マドレーヌが、ささやいて言った、「ポーリーヌ！」と。彼女が「ポール！」と言うときとおなじ熱情的な口調で。すると、彼は耐えきれぬ苦痛に身を切られて、全速力で逃げださずにはいられなかった。

彼は樹木に二度もぶっつかり、木の根につまずいたりしたが、また走っているうち、とつぜん、河の前に出た。月に照らされた、流れの速い支流だった。ところどころ、奔流が大きな渦《うず》をつくり、それに月の光がたわむれていた。高い土手が、断崖《だんがい》のように水ぎわに切り立ち、彼の足下には、さだかではないが、幅広な地帯ができていて、暗闇に、波の打返す音が聞えていた。向う岸には、クロワシーの別荘が、皓々《こうこう》たる月光をあびて、段々に重なっていた。

すべてこれを、ポールは、夢のなかで、思い出のなかで見ているような気がした。彼は何ごとも考えなかった。何ごとも理解しなかった。そして、あらゆるものは、彼の存在さえ、遠い、漠然《ばくぜん》としたもの、忘れられて、終ったものとしか思えなかった。

河が眼の前にあった。彼には自分のしようとしていることがわかったろうか？　彼は死のうとしているのだろうか？　彼は正気ではないのだ。そのくせ、島の方へ、「彼女」の方へ引返したいのだった。そして、いまもって、居酒屋音楽のくり返しが、執拗《しつよう》に、しかし弱々しく聞えている、夜の静かな空気に向って、彼は、絶望的な、鋭い、超人的な声を放った。「マドレーヌ」と、一声恐るべき叫びを。

この悲痛な呼び声は、大空の大きな沈黙をつらぬいて、八方に伝わった。と、驚くべき跳躍、動物のような跳躍で、彼は河に飛びこんだ。水はしぶきをあげて、ふたたび閉ざすと、彼の消えた場所から、つぎつぎに、大きな輪が生れては、そのかがやく波頭《なみがしら》を向う岸までひろげていった。

二人の女には聞えたのだ。マドレーヌが身を起して、「ポールよ」。そして、もしやという疑念が心にわきおこった。「身投げしたのよ」彼女は言うと、そのまま、河岸の方に走りだした。ふとったポーリーヌもそのあとからついてきた。

二人の男を乗せた鈍重な小舟が、現場を、ぐるぐるまわっていた。一人が漕ぎ、もう一人が、長い竿を水に入れては、何かさがしているらしかった。ポーリーヌが大声をあげた。

「何をしているの？　何かあったの？」

聞きなれぬ声が答えた。

「いま、身投げがあったんだ。男が一人な」

二人の女は、形相を変えて、しがみつき、小舟の動作を見まもっていた。ラ・グルヌイエールの音楽は、あいもかわらず、遠くで、ふざけている。そして、これらの黒っぽい船頭の動作に、拍子を合わせて、伴奏しているようだった。死体をかくしている河は、かがやきながら、渦巻いていた。

捜索は手間どった。恐ろしい結果を待つ思いに、マドレーヌはわななき震えていた。やっと、小半時間《こはんとき》もしたと思われるころ、船頭の一人が告げた。「いたぞ！」そして、手にする長い鉤竿《ガーフ》を、ゆっくり、ゆっくり、上げていった。すると、何か大きなものが、水面にあらわれた。もう一方の船頭もオールをおくと、二人で、力を合わせて、その動かない塊を引っぱりながら、舟のなかにころげこませた。

それから、二人は、明るくて、低い場所を物色して、舟をその方に向けた。舟が岸に着くと、女たちもやってきた。

マドレーヌは、彼を一目見るや、恐しさのあまり、あとずさりした。口も、眼も、鼻も、服も泥だらけで、月の光に照らされ、すでに総体が緑色がかっているようだった。握ったまま、硬直した指など、見るも恐ろしかった。黒ずんで、水っぽい塗料のようなものが、体全面をおおっていた。顔はむくんでいるように見え、泥でかたまった髪の毛からは、ひっきりなしに、きたない水が流れていた。

二人の男は死骸《しがい》を点検した。

「おめえ、この人を知っているかい」船頭の一人が言った。

きかれたほうは、クロワシーの渡し守りだが、口ごもった。

「うん、この顔は、たしかに見たことがあるような気がするが、なにしろ、これじゃな、わかりようがない」

ついで、ふいに、

「やあ、これはポールさんだぞ！」

「だれだい？　ポールさんて」仲間がたずねた。

最初の男がふたたび言った。

「ポール・バロンさんじゃないか、上院議員の息子さんよ。やっこさん、女にのぼせあがっていたんだ」

すると、相手の男が、哲学者然とつけ加えた。

「それじゃ、お楽しみも、これでおしまいというわけだな。なんにしても、お金持とは、お気の毒のことだった！」

マドレーヌは、地面にひれふしたまま、すすり泣いている。ポーリーヌが死体に近づいて、たずねた。

「ほんとに死んじゃったの？　もうだめなの？」

二人の男は肩をそびやかした。

「そうよ！　あれだけ時間がたってらあ！　きまっているよ！」

ついで、一人のほうがたずねた。

「グリヨンに泊っているのだろうな？」

「そうだ」と相手は答えた。「さあ、運んでゆかなきゃなるまい。いくらかにはなるだろうて」

彼らはまた舟に乗って、出かけたが、流れが速いため、ゆるゆると遠ざかっていった。そして、女たちのいる場所からは、もう彼らの姿が見えなくなってからも、ながいこと、オールが規則的に水を打つ音が聞えてきた。

すると、ポーリーヌは、泣きぬれているあわれなマドレーヌを両腕に抱きかかえて、甘やかしたり、いつまでも接吻してやったり、慰めたりした。「どうしたのよ？　ねえ、あなたが悪いのじゃないわ。男って、勝手にばかなまねをするのよ。止めようがないじゃないの。あの人がやりたかったからなのよ。けっきょく、自分が悪いのよ！」それから、マドレーヌを立ちあがらせて、「さあ、さあ、家へ行って、寝っちまいましょうよ、どうせ、今夜、あなたはグリヨンには帰れないでしょう」彼女はふたたび接吻してから、「さあ、いいから、あたしたちにまかせてよ」

マドレーヌは立ちあがったが、あいかわらず、泣いている。けれど、いまはもうその声もかすかに、ポーリーヌの肩に頭をもたせかけたまま、ゆっくりと歩みだした、いままでより、いっそう密接で確実な、いっそう親身で信頼のできる愛情にのがれでもしたように。

# 春に寄す

ようやく、陽春の好天気がつづく。大地は目ざめて、若返る。空気のかぐわしい温気《うんき》が、肌《はだ》をなで、胸に入り、心臓そのものにまでしみこむかと思われる。このような季節になると、なんということもなく、幸福にたいする漠然《ばくぜん》とした欲望がわいてくる。ただ走ってみたい。出まかせに歩いてみたい。何かいい目にありつきたい。春を満喫したい。そんな欲望にかられる。

去年の冬はとくべつにきびしかっただけに、五月の開花を待つ心は、全身にまわった酒の酔いのようだった。みちあふれた精力のほとばしりのようだった。さて、ある朝、目がさめて、窓をあけると、付近一帯の家々の上で、渺茫《びょうぼう》たる青空が、太陽の光に燃えさかっていた。窓々につるしてある籠《かご》のなかで、カナリヤは声をかぎりに鳴いている。どこの家々からも、メイドたちのうたう歌ごえが聞えてくる。にぎやかな、ざわめきが街路からあがる。そこで、おれは気もうきうきと、どこへともなく出かけてゆく。

出会う人たちは、だれもかれもほほえんでいる。幸福の息吹《いぶ》きが、よみがえった春のあたたかい光線のなか、いたるところにただよっている。町の上には、魔風恋風《まかぜこいかぜ》が吹いているようだ。朝のいでたちも美々《びび》しく、行きかう若い女たちは、眼《め》に愛情を秘め、その足どりも優にやさしく、おれはたちまちに悩殺されてしまう。

どこをどう歩いたのか、またなぜとも知らず、ともかくおれはセーヌ河岸《がし》に出た。見れば、蒸気船が何隻《せき》となく、シュレーヌさしてつっ走っている。すると、森のなかを走ってみたいという、じつにばかげた欲望が忽然《こつぜん》とわいてきた。

川蒸気の甲板は乗客でいっぱいだった。久しぶりのこの上天気で、家のなかなどにじっとしていられないのだろう。人々はざわめいている。行ったり、来たりしている。隣の人をつかまえては、おしゃべりをしている。

おれのお隣はご婦人ときていた。どう見ても、職業婦人というところ、いかにもパリっ子らしい粋好《いき》み、こめかみでカールした髪の下に、明色のかわいい顔が見える。ちぢれた光線のような髪の毛は、耳もとにたれ、襟首《えりくび》まで走って、風になびいている。それがもうすこし下方では、肉眼では見えないくらいに細くて、軽くて、明色の産毛《うぶげ》になっている。見えるか見えないくらいでありながら、思わずそこへむやみと接吻《せっぷん》がしたいような衝動を感ずる。

おれの執拗《しつよう》な視線にあって、彼女はこちらに顔を向けたが、急いで眼を下におとした。と、微笑が生れ出るときのように、ひとつのかすかなひだが口のすみをすこし窪《くぼ》ませる。すると、そこに、例の青白い絹のような細い産毛が、陽《ひ》の光でいくぶん金色に光りながらあらわれてくる。

しずかな河はひろがってゆく。あたたかな平和があたり一帯にただよっている。そして、生命のささやきは空間をうずめているかに思われる。隣の女は眼をあげた。あいかわらずおれが見ていたものだから、今度は、はっきりとほほえんだ。そのようすがいかにも魅力的なんだ。そして、そのすばしっこい視線のなかに、もろもろのものが見えてきたんだ。おれのいままで知らずにいたもろもろのものなんだ。おれはそこに未知な深いものを見た。すなわち、愛情の美しさ、おれたちが夢みている詩、おれたちがたえずさがしている幸福を、そこにことごとく見たのだ。と、おれはある狂おしい欲情にかられた。両腕をひろげて、この女をどこかにさらっていって、愛の言葉の妙《たえ》なる楽《がく》の音《ね》を耳もとにささやいてやりたくなった。

おれが口をあけて、彼女に話しかけようとしていたら、肩をたたいた者がある。おれはびっくりしてふり向いた。するとそこに、若くもなければ、年とってもいない、普通と変りない男が、愁《うれ》わしそうなようすで、こちらを見ているのだ。

「あの、お話し申しあげたいんですが」その男が言った。

おれが顔をしかめたのを見たのだろう。こうつけ加えて言った。——「重大事です」

おれは立ちあがり、その男について、船の一方のはしへ行った。その男は語をついだ。——「ムッシュー、冬が、寒気と雨と雪をともなって近づいてくるとき、医者は毎日あなたに言うでしょう。『足をあたたかくしておくように。冷えこみ、かぜ、気管支炎、肋膜炎《ろくまくえん》に用心するように』と。そこで、あなたは用心をかさねます。フランネルを着る。

厚い外套《がいとう》を着る。大きな靴《くつ》をはく。それでも、病床に二カ月はもぐりこんでいなければすまない。それだのに、青葉と花と軟風とともに春が来るとき、田野から立ちのぼる蒸気が、とりとめのない悩みと、いわれない感傷をもたらして、春がふたたび来るとき、あなたにこう言う人があるでしょうか？『ムッシュー、恋にご用心なさい。恋はいたるところに待ち伏せしています。すみずみからあなたをねらっています。恋のあらゆる奸策《かんさく》は張りめぐらされています。恋のあらゆる武器は研ぎすまされ、あらゆる不倫は準備されています。恋にご用心なさい！……恋にご用心なさい！……それは風邪よりも、気管支炎よりも、肋膜炎よりも危険です！　それは容赦しません。そして、あらゆる人に、取返しのつかない、戯《たわ》けたまねをさせます』と、こんなに言う人は一人もありますまい。じっさい、わたしは政府に進言してやりたいですね。毎年、壁にでかでかとビラを貼《は》り出し、標語にはこう書けって。『春来《きた》る。フランス国民よ。恋にご用心』とね。ちょうど、家々の扉《とびら》に『ペンキ塗りたてご用心』と書くあんばいに。なんですって、政府はそんなことせんて。それじゃ愚生みずからが、政府の代弁人となってあなたに申しあげましょう。恋はあなたをいまとらえようとしています。それを前もって申しあげるのは、わたしの義務です。ちょうど、ロシアでは、鼻の凍っている通行人に、それを注意してやるようにね」

　おれはこの奇妙な人物にあきれてしまった。そこで、あらたまった態度をして、言ってやった。

「ムッシュー、要するに、それはいらないお世話というものです」

相手の男はふいと身動きをしてから、言った。――

「おお！　否《ノン》、否《ノン》、ムッシュー！　危険な場所で溺《おぼ》れかかっている人を見て、知らない顔をしていいものでしょうか？　まあ、わたしの話を聞いてください。そうすればおわかりになるでしょう。なぜ、わたしがこんなふうにして、あなたにお話ししようとしているか。

去年ちょうどこんな時期でした。その前に、一言申しあげておかねばならないのは、わたしは海軍省の属官だということです。海軍省というのは、わたしどもの上役の監督官が、たかが士官風情《ふぜい》の肩章を真にうけて、わたしどもを水夫かなんぞのように顎《あご》で使うところなんですがね。――なあに！　あの連中にしたって、文官なら、なにもそんなに――まあ、そんな話はよしましょう。――さてわたしは、役所の窓から、青空の一角を、ほんのちょっぴり見たことです。燕《つばめ》も飛んでいます。すると、むやみに踊ってみたくなりましてね。あんな陰気な書類の積んである部屋ではありますが。

わたしの自由への欲望はいやがうえにも増大してきたので、わたしは不愉快をおして、猿公《えてこう》のところへまかり出たのです。いつも怒ってばかりいる小男《ちび》の気むずかし屋でしてね。わたしは病気だと称しました。彼はわたしの顔を穴のあくほど見ていましたがね。

こう言うんです。『わしはぜんぜん信じないね。だが、きみ、しかたがない。さっさと行きたまえ！　役所はだな、属官風情なんかで運行できるかってんだよ』

運行できんかもしれないが、わたしは一目散に走りましたよ。わたしはセーヌ河にたどりつきましたよ。ちょうどきょうのような陽気でしてね。わたしは川蒸気に乗って、サン・クルーを一周することにしました。

おお！　ムッシュー！　じつのところ、わたしの上司はわたしを許可すべきではなかったのです！

ぽかぽかと陽にあたると、わたしはのんびりしてしまったらしいんです。わたしは見るもの、何もかもが好きになりました。船も、河も、樹木も、家々も、隣人も、すべてがね。わたしはなにか、なんでもいいから抱きしめたくなりました。恋がくせものとはこれなんですよ。

思いがけなく、トロカデロで、手に小さな包みをかかえた若い娘が乗ってきました。そして、わたしのまん前にすわったのです。

それがね、ムッシュー、かわいい子でしてね。もっとも、春になって、陽気でもいいと、女がとくべつよく見えるのは妙ですな。まったく、女には、酔わせるような、ぼっとさせるような、なにかしら、一種とくべつのものがありますよ。チーズで飲む酒とまったく同類ですな。

わたしは彼女をながめました。彼女もまたわたしを見ておる。――と申しても、いまさっき、あなたの彼女がしたように、ちょいちょい見るだけですがね。こうして、われわれたがいに観察しあった結果、わたしはもう話をきりだしてもいいくらい、ふるくからの知合いのような気がしてきたのです。そこで、わたしは話しかけましたよ。彼女も答えましたよ。それが、だんぜん、いい子でしてね。ムッシュー！　わたしはうっとりしてしまいましたよ。

サン・クルーで彼女はおりました。――わたしはあとについてゆきました。――彼女は注文品が仕上がったので、それを引渡しに行ったのです。ふたたびあらわれたときは、船の出たあとでした。わたしは彼女と並んで歩きましたが、空気の甘さに、わたしたち二人は思わずためいきをついたことです。

『森《ボワ》はさぞかしいいことでしょうね』わたしは彼女に言いました。

彼女も答えていわく、――『ええ！　それはもうきっと』

『どうです。一まわりしようじゃありませんか？』

彼女はわたしの値打ちを鑑定するかのように、わたしをちらりとうかがったが、しばし、ためらったあとで、承知しました。そこで、わたしたちは、木々のあいだを二人並んでそぞろ歩きというわけ。まだ、いくぶんひよわそうな若葉の下には、丈の高くて、硬い、ニスのようにつやつやした緑色の草が、いっぱいに太陽の光をあびています。やっぱり愛しあっている小さな昆虫《こんちゅう》がうようよしています。小鳥の歌も処々方々《しょしょほうぼう》から聞えてきます。すると、わたしの連れの女は、こおどりしながら、駆けだしたんです。田舎の空気と発散物に酔ったんですね。そうなると、わたしも負けずに飛びはねながら、あとを追っかけたんです。まったく、人間なんて、ときによると動物ですよ！

こんどは歌です。夢中になって、いろんな歌をうたいます。オペラの曲なんです。とりわけ、ミュゼット(訳注 場末の踊り)の歌！　このミュゼットの歌ときたら！　そのときには、まさに詩でしたからね！……わたしは泣かんばかりでした。まったく、こういう愚にもつかない譫言《たわごと》が、わたしたちの頭をみだすものなんです。ゆめゆめ、歌をうたう女を田舎につれてゆかないことですぜ。ことに、その女がミュゼットの歌をうたったらね！ほどなく、彼女も疲れて、緑の斜面にすわりました。わたしも彼女の足もとにすわって、手を取りましたが、見れば、そのかわいい手には、針で突いた小さな跡がいっぱいあるのです。これにはわたしもほろりとさせられましたね。わたしは自分に言ったことです。『これは労働の聖なるしるし！』だとね。――おお！　ムッシュー、あなたには、この労働の聖なるしるしが、そもそも、何を意味しているか、おわかりになりますか？それは、仕事場における井戸端会議を意味しています。ささやきあう猥《みだ》らな言語を意味しています。あらゆる猥談《わいだん》によってけがされた精神を意味しています。失われた貞節、愚にもつかない噂話《うわさばなし》、あさましい日常の習慣、指先に労働の聖なるしるしを有している女に支配的に存している、下層社会の女に通有な偏狭《へんきょう》な考え、これらすべてを意味しています。

さて、わたしたち二人は、眼と眼をいつまでも見あっていたことです。おお！　女のその眼、なんという力をもっていることでしょう！　なんとその眼は、相手を攪乱《かくらん》し、侵入し、占有し、支配することでしょう！　なんとその眼は、思わせぶりと無限をたたえて、ふかぶかと見えることでしょう！　それを人呼んで、魂を見る眼ですって！　おお！　ムッシュー、これはなんたる空言《そらごと》でしょう！　魂が眼で見えたら、人間はもっと利口になっていますよ。

これを要するに、わたしは夢中になりました。狂ってしまいました。わたしは彼女を両腕で抱こうとしました。彼女は言いました。――『手をひっこめて！』

そこで、わたしは彼女のそばにひざまずきました。心のほどを開陳しました。彼女の膝《ひざ》の上に、せつない胸の思いをそそぎました。彼女はわたしの態度の急変にいささか驚いたらしく、こちらを横目でじっと見ていましたが、まるでこう、ひとりごとでも言っているようなんです。――『なにさ！　お坊ちゃん、こうやって、なぶっているだけのことなのよ。さて、それでは、お手並み拝見としましょうか』

じっさい、恋愛にかけては、われわれ男子はいつになっても素人《しろうと》ですよ、そこへいくと、女子は商売人ですからね。

そのつもりなら、おそらく彼女を所有することもできたんですよ。あとになって、自分のへまさかげんにあきれましたがね。でも、わたしが求めていたのは、肉体じゃなくて、愛情だったんです。理想だったんです。わたしは時間をもっと有効に使うべきときに、感情に走ったわけなんですね。

彼女は、わたしの感情の開陳をさんざ聞かされたあげくに、立ちあがりました。そこで、わたしどもはサン・クルーにもどりました。わたしはパリに着くまで彼女をはなれませんでした。彼女も、帰りはひどくしょげたようすをしていたので、わたしがたずねたところ、こう答えるのです。『一生にたんとはないような日だと思いますわ』わたしは、どきっとして、心臓が張り裂けるくらいでした。

わたしはつぎの日曜日に彼女とまた会いました。そのつぎの日曜日も、それから、ずっと日曜日ごとにね。ブージヴァル、サン・ジェルマン、メーゾン・ラフィト、ポワシー、わたしは処々方々へ彼女をつれてゆきました。郊外の恋が展開されるあらゆる場所へね。

・

今度は、そのいたずらっ子のほうが、わたしに『血道《ちみち》』をあげてきました。とうとう、わたしは完全に正気を失い、二カ月後に、彼女と結婚してしまったのです。

家庭もなければ、相談相手もない、孤独なサラリーマンにとって、これよりほかにしかたのないことなんです！　女といっしょになったら、人生はどんなに楽しいだろうと思いますよ！　そこで、その女と結婚する！　ところがです。その女たるや、朝から晩まで悪口を言う。何ひとつ知らない。ひっきりなしにおしゃべりをする。キイキイ声をはりあげて、ミュゼットの歌をうたう。（おお！　ミュゼットの歌の、なんという騒々しさ！）炭屋と喧嘩《けんか》をする。家事上の内幕を、あらいざらい、門番の女にぶちまける。閨房《けいぼう》の秘密を隣家のメイドにうちあける。買いつけの商人のところで亭主をくさす。愚にもつかない話、ばかげた信念、奇怪な意見、ふしぎな偏見、これで頭が詰っているものだから、いやはや、彼女と話を交えるたびに、わたしはがっかりして、泣けてきます」

その男は口をつぐんだ。すこし息切れがしているらしく、また、非常に興奮しているのだ。おれは、このあわれな正直者がかわいそうになって、じっと見ていた。そして、何か返事をしてやろうと思っていたら、船がとまった。サン・クルーに着いたのだ。

おれを悩ましたかわいい女は、立ちあがって、おりようとしている。彼女は、おれのわきを通りながら、横目でちらりと見ていったが、かすかな微笑を、男をぞっとさせる、あの微笑をうかべていた。ついで、艀船《はしけ》にぴょんと飛びおりた。

おれはあとをつけようと、突進したところが、例の隣人がおれの袖《そで》を握って放さない。おれはむりやりにすりぬけようとした。この男は、おれのフロックのたれをつかんで、うしろから引っぱりながら、こう言う。――「行っちゃいけない！　行っちゃいけない！」あんまり声が高いものだから、みなふり向いたくらいだった。笑い声がおれたちの周囲に起った。おれは身動きもならず、腹がたったが、嘲笑誹謗《ちょうしょうひぼう》のてまえ、なんともいたしかたがない。

するうち、船は出ていった。かわいい女は、艀船に残って、おれの遠ざかってゆくのを、がっかりしたようすでながめている。そのとき、おれの虐待者《ぎゃくたいしゃ》は、手をもみもみ、おれの耳もとにささやいた。

「ちと薬がききすぎましたかね」

# 首かざり

安月給取りの家庭などに、運命の神さまの誤算から生れたとしか考えられないような、あんがいに垢《あか》ぬけのした美しい娘さんがあるものだが、彼女もその一人だった。持参金もなければ、遺産の目当てもあるわけではない。いわんや、金持のりっぱな男性に近づき、理解され、愛され、求婚される、そんな手蔓《てづる》のあるはずもなかった。で、けっきょく、文部省の小役人と結婚してしまった。

もとより、着飾ることなどできようもなく、簡単な服装で間にあわせていたものの、内心では零落でもしたような気がして、自分がかわいそうでならなかった。思うに、女にとっては、身分も血統もあったものではなく、ただ、彼女たちの美貌《びぼう》、愛嬌《あいきょう》、魅力が、生れや家柄《いえがら》のかわりになるからであろう。繊細な天性、優雅な本能、柔軟な精神、これだけが彼女たちの唯一《ゆいいつ》の階級であってみれば、そのおかげで、賤《しず》が家《や》の娘でも玉《たま》の輿《こし》にのることができるというものだ。

彼女は自分がどんなぜいたくをしても、どんな洗練された生活をしてもいいように生れついていると思うにつけ、いつもいつも、寂しくてしかたなかった。住いの貧弱なことが、壁の不体裁なのが、椅子《いす》のいたんでいることが、敷物のきたないことが、つねに彼女の苦労のたねだった。この女とおなじ階級の女なら、おそらく、気にもとめずにいたろうと思われるこうしたことがらに、彼女はいちいち気をやんだり、憤慨したりするのだった。ブルターニュ生れのメイドが、貧弱な家具の手入れなどしているのを見ると、いまさら悲嘆にくれ、思いつめた夢の数々がよみがえってくるのだった。彼女がいつも夢に描くのは、近東風の壁掛けを張りめぐらした静かな控室、青銅の高い燭台《しょくだい》が明るくともり、短い半ズボンをはいた二人の堂々たる従僕が、暖房器の温気《うんき》で眠気がさしたとみえ、ゆったりとした肘掛《ひじかけ》椅子でまどろんでいるといった風景。また彼女の夢想する大サロンは、古代ぎれで張りつめられているのはもちろんのこと、凝った調度の上には、もろもろの高価な骨董品《こっとうひん》が並べられていなければならない。また一方では、瀟洒《しょうしゃ》な、かぐわしい小サロンを空想したりする。午後五時のお茶の会には、ごく内輪の友達ばかりに来てもらう。それは女という女の憧《あこが》れの的になるような、顔の売れた流行児でなければならない。

夕飯のときなど、三日も洗わないテーブル掛けのかけてある円いテーブルの前にすわると、差向いの夫が、スープ鉢《ばち》の蓋《ふた》を取りながら、「いや！　こいつはうまそうだ！こんなスープはめったにありはしないぞ！……」などとうれしがろうものなら、すぐに彼女は空想せずにはいられなかった。ぜいたくな晩餐《ばんさん》のこと、磨《みが》きあげた銀器のこと、また壁掛けには、妖精《ようせい》の森を背景にして、昔語りの人物や、めずらしい鳥の模様が刺《し》繡《しゅう》されていること。それからまた、みごとな器に盛って出されるおいしい料理のことを思う。さては、紅鱒《べにます》のバラ色の肉か、雛鶏《ひなどり》のささ身あたりを食べながら、謎《なぞ》めいた微笑をうかべて、喋々喃々《ちょうちょうなんなん》と語りあう場面を空想してみたりする。

彼女には晴着もなければ、装身具もなかった。じっさい、何ひとつ持っていなかったのだ。そのくせ、そんなものばかりが好きだった。自分はそんなものをつけるために生れついているような気さえした。それほどまでに彼女は、人に喜ばれたり、うらやまれたりしたかったのだ。人を惹《ひ》きつけたり、みなからちやほやされたかったのだ。

彼女にはお金持の友達が一人あった。女学校時代の友達だのに、彼女は二度とたずねてゆく気にはなれなかった。それほど、いつも帰りが悲しくてしかたなかったのである。そんなときの彼女は、せつなさ、くやしさ、絶望、悲嘆の念にかられて、幾日も泣いて暮すのだった。

*

ところが、ある日の夕方、夫は意気揚々と帰ってきた。手には大きな角封筒を握っている。

「そら、おまえにいいものをもらってきたぜ」

細君は急いで封を切って、なかから一枚の刷り物を引出した。それにはこう書いてあった。

「文部大臣ならびにジョルジュ・ランポノー夫人は、ロワゼル氏ならびに同夫人にたいし、一月十八日、月曜日の夜、大臣官邸にご来遊くださるようご案内申しあげます」

夫の期待に反して、彼女は喜ぶどころか、さもいまいましげに、その招待状をテーブルの上に放り投げ、不平そうに言った。

「これ、あたしにどうしろとおっしゃるの？」

「だって、ぼくはね、おまえに喜んでもらえるだろうと思っていたんだぜ。おまえはめったに人なかへ出ないし、これはいい機会だよ。じつにいい機会じゃないか！　それを手に入れるには、これでもずいぶん苦労したものだぜ。みんなほしがっているからね。まるで奪いあいさ。それに、平役にはいくらも出さないんだよ。行ってみてごらん、みんなおえらがたばかりだから」

彼女はじれったそうに夫の顔を見ていたが、たまりかねて、言いはなった。

「あたしに何を着て行けとおっしゃるの？」

彼もそこまでは考えていなかったので、口ごもりながら言った。

「だって、お芝居へ行くときの服でもさ。あれはとてもいいと思うがな、ぼくは……」

思わず彼は口をつぐんでしまった。ただもうあっけにとられて、ぽかんとしたのだ。妻は泣いているではないか。大粒の涙が二つ、眼《め》のはしから口のはしへ、ゆっくりと流れているのだ。彼はどぎまぎしながら、言った。

「どうしたんだい？　どうしたんだい？」

しかし、彼女は、やっとこさで自分の悲しい気持を抑えつけると、ぬれている頰《ほお》をふきながら、平静な声で答えた。

「なんでもないの。ただ、あたしにはよそ行きがないでしょう。だから、あたし、そんなおよばれには行けないわ。その招待状はどなたかにあげてくださいな。あたしなどより衣装もちの奥さんをもっているお友達にでもね」

彼は途方にくれて、こう言った。

「あのね、マティルド、いくらくらいするものだろうかね？　まあ、相当に見られる服ならさ、ほかの場合にも使えるような、つまり、ごくあっさりした仕立てのものなら？」

彼女はしばらく勘考した。いろいろと胸算用する。どのくらいの金額を申しでてたら、この小心な小役人をびっくりさせるようなこともなく、無下《むげ》にことわられずにすむかと思いめぐらす。

やっと、おっかなびっくり、彼女は答えた。

「そうね、はっきりしたことはわからないけど、四百フランもあったら、どうにかなると思うの」

彼はいささか青くなった。じつはちょうどそれだけの金額をしまっておいたからで。

というのは、それで猟銃を買ったら、この夏はナンテールの野原へ友人たちと猟をしに行くつもりでいたからである。日曜日に、友人たちはよくそこへ雲雀《ひばり》を撃ちに行っていたものだ。

だが、彼は言った。

「よし、四百フラン出そう。そのかわり、せいぜいりっぱな服をつくるんだぜ」

＊

宴会の日は近づいてきた。それだのに、ロワゼル夫人は寂しそうだった。心配で、屈託ありげに見えた。しかし、晴着はちゃんとできあがっているのだ。ある晩、夫は彼女に言った。

「どうしたんだい？　ねえ、この三日ばかりおまえは元気がないじゃないか」それに彼女が答えた。

「だって、あたし、つらいわ。装身具ひとつないなんて、宝石ひとつないなんて。身につけるものがひとつもないなんて、あんまりだわ。考えたって、みっともないじゃないの。あたし、いっそ、そんな宴会なんか行くのよそうかしら」

彼はおっかけて言った。

「花でもさしたらいいだろう。こんな季節には、かえってしゃれているもの。十フランも出せば、りっぱなバラが二つや三つは買えるじゃないかい」

彼女は納得しなかった。「いやだわ……お金持の人々に混って、自分だけ、貧乏たらしいなりをしているほど、気のひけるものはないわ」

ところが、夫は勢いこんで叫んだ。

「ばかだな！　フォレスチエさんのとこへ行けよ。そして何か装身具を貸してもらったらいいじゃないか。ずいぶん仲よくしているんだから、それくらいのことはしたっていいだろう」

思わず彼女も歓声をあげた。

「ほんとうだわ！　あたし、ちっとも考えなかったわ」

その翌日、彼女はお友達のところへ出かけていって、窮状を訴えた。

さっそく、フォレスチエ夫人は、鏡つきの衣装だんすのところへ行き、大きな宝石箱を取出すと、それを持ってきて、蓋をあけて、ロワゼル夫人に言った。

「さあ、好きなのをえらんで」

彼女は見た。まずいくつかの腕輪を、つぎに、真珠の首かざりを、それについで、金と宝石をちりばめた、みごとな細工のヴェネチア製十字架を。彼女は鏡の前に立って、いろいろの首かざりをつけてみたが、いったん手に取ると、なかなか手放しがたく、返しがたく、容易に決心がつかなかった。彼女はしきりにたずねるのだった。

「もうほかにはなくって？」

「そりゃ、あるわ。自分でさがしてよ。どんなのがいいのか、あたしにはわからないもの」

ふと彼女は、黒繻子《くろじゅす》の箱のなかに、ダイヤのすばらしい首かざりを発見した。すると、どうでもそれがほしくなって、心臓が高鳴りはじめた。それを取るときも、思わず手が震えた。立襟《たちえり》の服ではあったが、それでも、その上からかけてみると、われとわが姿に見ほれてしまった。

それから、おっかなびっくり、きいてみた。

「これ、貸していただけて？　これだけでいいんだから」

「どうぞ、ご遠慮なく」

彼女は友達の首っ玉に飛びついて、猛烈に接吻《せっぷん》すると、宝石をかかえて走り帰った。

＊

宴会の当日になった。ロワゼル夫人は大成功だった。彼女はほかのだれよりも美しかった。上品で、優雅で、愛嬌があり、歓喜に上気していた。男という男が彼女に眼をつけ、名前をたずね、紹介してもらいたがった。大臣官房のお歴々もみな彼女と踊りたがった。大臣その人の眼にもとまった。

彼女は快楽に酔いしれながら、無我夢中になって踊った。おのれの美貌の勝利、おのれの成功の光栄に浸りながら、もう何を考えることもできなかった。男たちから受けるお世辞、賞讃《しょうさん》、彼女の身うちに目ざめてきた欲情、また、女心にとってはこのうえもなく甘美なこの勝利、こうしたものから生れた一種の至福の雲につつまれながら、彼女は夢うつつで踊るのだった。

やっと朝の四時になって、彼女は帰ろうとした。夫のほうは、十二時になると、他の三人の同僚と人気《ひとけ》ない小サロンへひきあげ、そこで寝ていたのである。もっとも、細君連は夫たちの寝ているあいだも大いにうかれていた。

夫は、彼女の肩に、帰りの用意に持ってきた服を着せてやった。質素なふだん着だったので、みすぼらしく、美しい夜会服とはおよそ不調和に見えた。それに気づくと、彼女は逃げだそうとした。豪華な毛皮にくるまっている他の婦人たちに見られるのがつらかったのだ。

ロワゼルがそれを引きとめた。

「まあ、お待ちってば、そんな格好で外へ出たら、かぜを引くじゃないか。いま、おれが馬車を呼んでくるというのに」

しかし、彼女はそんなことに耳をかさばこそ、さっさと階段をおりていった。二人は往来へ出たが、馬車は一台も見あたらなかった。そこで、彼らは車をさがしにかかった。

馬車がどんなに遠くに見えても、しきりと大声で呼びとめながら。

二人はがっかりして、寒さにふるえながら、セーヌ河の方へおりていった。やっと、河岸で彼らが見つけたのは、あの夜歩きの旧式な箱馬車だった。つまり、昼のうちは自分の醜態をさらすのが恥ずかしいらしく、夜にならなければパリに出現しない代物《しろもの》なのだ。

そのぼろ馬車が、マルティル通りにある、彼らの家の戸口まで運んでくれた。そこで二人は、自分たちの部屋へ寂しそうに階段をのぼっていった。やれ、やれ、これでおしまいか。また夫は夫で、十時までには役所へ行っていなければならぬことなどを考えていた。

彼女は、肩に羽織っていたふだん着を脱ぐと、鏡の前に立って、もう一度自分の盛装をながめようとした。ところが、思わず彼女は声をたてた。首かざりがいつのまにかかなくなっているのだ。

そのとき、夫はもう半分服を脱ぎかけていたが、びっくりして、たずねた。

「どうしたんだ？」

彼女は夫の方にふり向いた。気も狂わんばかりになって。

「ないの……ないの……フォレスチエさんの首かざりが、ないの」

夫は仰天して、やっきとなった。

「ええ……なんだって！……そんな、ばかな！」

　そこで、二人がかりでさがしにかかった。服のひだ、外套《がいとう》のひだ、ポケットのなか、ありとあらゆるところをさがしてみたが、どこにもなかった。

　夫は何べんとなくたずねるのだった。

「舞踏会の席を出るときは、まだあったのは確かなんだな？」

「そうよ、官邸の玄関で、あたし、手でさわってみたんだから」

「でも、往来でなくしたのなら、落ちる音が聞えるはずだ。そうすれば、きっと馬車のなかだ」

「そうねえ、そうかもしれない。あなた、番号をおぼえていて？」

「いいや、おまえはどうだ？　おまえは見なかったか？」

「見なかった」

　二人はがっかりして、顔を見あわせた。

　ようやっと、ロワゼルは服を着かえた。

「ともかく、おれは行ってみよう。二人が歩いた道をもう一ぺん歩いて、さがしてみるとしよう」

　こういって、彼は出ていった。

　彼女は夜会服を着たまま、いまさら寝床にはいる気にもなれず、椅子の上にうちのめされていた。火の気のない部屋のなかで、ただぼんやりしながら。

七時ごろ、夫はもどってきた。やっぱりみつからなかった。

彼は警視庁に出頭したり、新聞社へ懸賞広告の依頼に行ったり、辻馬車《つじばしゃ》会社へ出かけたりした。つまり、すこしでも心あたりのあるところへは、どこへでも出向いたのだった。

彼女は一日じゅう待った。この恐ろしい災難に直面してただ呆然《ぼうぜん》としているよりほかはなかったのだ。

夕方、ロワゼルは、眼を落ちくぼませ、顔を青くして、帰ってきた。ぜんぜんむだ足だった。彼は言った。

「ともかく、お友達のところへ手紙を書くほうがいい。首かざりの留め金をこわしたから、修繕にやったという意味のことをね。そうすれば、まだ余裕があるから、そのあいだに工作するとしよう」

彼女は夫の言う文句を書いた。

＊

一週間後には、あらゆる望みの綱が切れた。

そこでロワゼルは、一度に五つも年をとったような面持《おももち》で、宣告を下した。

「こうなったらば、かわりを見つけることを考えねばならん」

翌日、彼らは首かざりのはいっていた箱を持って、そのなかに書いてある名前をたよりに、宝石商のところへ行った。宝石商は帳簿をくってみた。

「奥さん、その首かざりは手前どもでお願いした品物ではございません。ただ、その箱だけをご用だてしたとみえます」

そこで彼らは、宝石商の店から店へとたずね歩き、記憶をたどりながら、紛失したのとおなじような首かざりをさがし出そうとした。二人とも心痛と不安のため、半病人のようになっていた。

パレ・ロワイヤルのとある店で、自分たちのさがしているダイヤの首かざりと寸分ちがわないのをみつけた。値段は四万フランだった。もっとも、三万六千フランにはするらしかった。

そこで彼らは、三日のあいだ、ほかに売らないように宝石商にたのんだ。そして、もし二月の末までに先のが見つかった場合は、三万四千フランで引取るという条件もつけた。

ロワゼルには、父親ののこした金として一万八千フランあった。残りは借りるよりほかなかった。

彼は借りた。それも、甲から千フラン、乙からは五百フラン、ここで五ルイ、あそこで三ルイというふうに才覚して借りうけた。彼は手形を書き、ありったけの品物を担保に入れ、高利貸しをはじめ、あらゆる種類の金融業者と関係を結んだ。こうして、おのれの余生を台なしにし、はたして返せるかどうかも考えずに署名した。そして、行先の苦労や、自分の身におそいかかろうとしている暗澹《あんたん》たる生活を思うにつけ、また、あらゆる物質上の欠乏と、精神上の苦悩を予想するにつけ、いまさらながら空恐ろしい気持になりながら、新しい首かざりを買いに宝石商のところに行くと、そこの勘定台の上へ金三万六千フランの金をならべた。

ロワゼル夫人が首かざりを返しに行くと、フォレスチエ夫人は不満そうに言った。

「困りますわ。もっとはやく返していただかなくては。だって、あたし、入用だったかもしれないでしょう」

フォレスチエ夫人は、相手のいちばん恐れていたことだったが、箱をあけて見ることはしなかった。もし、替え玉であることに気づいたら、彼女はなんと思うだろう？　なんと言うだろう？　自分を泥棒《どろぼう》と思うかもしれないじゃないか？

＊

ロワゼル夫人はいまこそ貧乏暮しのつらさを知った。もっとも、彼女はけなげにも、忽然《こつぜん》として、一大決心をしたのだった。このおそろしく巨額の負債はどうしても払わなければならないのだ。そうだとすれば、払うよりほかはない。で、メイドには暇をやった。住いもかえて、屋根裏に間借りした。

家事の荒仕事も、お勝手働きのつらさも知った。自分で食器も洗い、油のしみた瀬戸物や、ソース鍋《なべ》の底で、バラ色の爪《つめ》を台なしにした。よごれた肌着《はだぎ》や、シャツや、ぞうきんを洗濯《せんたく》しては、綱にかけて干しもした。毎朝、往来まで芥《ごみ》を持っており、用水を持ってのぼった。一階ごとに立ちどまっては、息をつかなければいられなかった。また、長屋のおかみさんみたいな格好で、手に買物袋をぶらさげ、八百屋へも、乾物屋へも、肉屋へも行った。そのつど、恥ずかしい思いをしても、なるべく値切っては、苦しい財布から一銭でも守ろうとした。

毎月、手形の支払いをしたり、他の手形を書きかえたり、猶予《ゆうよ》してもらったりしなければならなかった。

夫は、夕方、ある商家で帳合いの仕事をした。また夜業に、一ページ五スーの筆耕をやることもよくあった。

かくして、この生活が十年のあいだつづいた。

十年目に、高利の利息から、利に利をつんだ借財まで、一切合財返済した。

ロワゼル夫人も、いまではまるでおばあさんみたいだった。貧乏世帯が身について、骨節の強い、頑固《がんこ》な、荒っぽいおかみさんになっていた。髪もろくろくとかさず、スカートがゆがんでいようが平気で、真っ赤な手をして、大声で話したり、ざあざあ水をぶっかけて、板敷を洗ったりした。それでも、夫が役所に行って留守のときなど、よく窓辺によっては、昔のあの夜会のことに思いをはせるのだった。自分があんなに美しくて、あんなにもてはやされた、あの舞踏会のことをなつかしく思うのだった。

もしも彼女があの首かざりをなくさなかったら、どんなことになっていたろう？　たれぞ知る？　たれぞ知る？　なんと人生はへんてこで、気まぐれなものだろう！　なんと些細《ささい》なことから、ひと一人が浮んだり、沈んだりすることだろう！

＊

さて、ある日曜日のこと、一週間、働きつづけた息ぬきに、彼女がシャンゼリゼを散歩していると、ふと、子供づれの婦人が眼にとまった。フォレスチエ夫人だった。あいかわらず若くて、きれいで、なまめかしかった。

ロワゼル夫人はなにかしら胸がつまった。話しかけてみようかしら？　そうだ、かまうものか、いまではもう借金を払ってしまったのだから、なにを言ったっていいわけだ。なんの遠慮がいろう。

彼女はそばへ寄った。

「ジャンヌ、こんにちは」

そう言われても、相手の女に見おぼえがないらしく、こんなおかみさん風情《ふぜい》になれなれしく呼びかけられたことを不審に思っているようすで、口ごもりながら言った。

「あの……奥さん……きっと……お人ちがいではないでしょうか？」

「いいえ。わたしはマティルド・ロワゼルですよ」

そう言われて、彼女は思わず声をたてた。

「まあ！……マティルドだったの、ずいぶん、あなた、変ったわね！……」

「ええ、それは変ったでしょうよ。わたし、とても苦労したんですもの、この前、あなたにお目にかかってからね。それに貧乏もさんざんして……。それというのも、あなたのことからよ！……」

「わたしですって……まあ、どうしてよ？」

「あなたはおぼえているでしょう。あのダイヤの首かざりのことを。官邸の夜会に行くので、わたしに貸してくださったのを」

「ええ、それがどうしたの？」

「ところが、わたし、それをなくしたのよ」

「どうしてよ？　だって返してくださったじゃないの」

「お返ししたのは、とても似ているけれど、あれは別の品だったの。それで、わたしたちはその支払いに、これでちょうど十年かかったのよ。わたしたちのような、財産も何もない者にとって、それはなみたいていなことではなかったわ……。でも、やっとすんだの。こんなうれしいことないわ！」

　フォレスチエ夫人は立ちどまってしまった。

「あなたは新規にダイヤの首かざりを買って、わたしののかわりにしたとおっしゃるのね？」

「そうよ。ではやっぱり、あなたは気がつかなかったのね。ふふん！　むりもないわ、そっくりだったもの」

　そう言って、彼女は、得意そうな、子供っぽい歓《よろこ》びをうかべながら、にこにこ笑っている。

　フォレスチエ夫人は、よほど感動したらしく、つと友達の手を取った。

「まあ、どうしましょう、マティルド！　わたしのは模造品《まがい》だったのよ。せいぜい五百フランくらいのものだったのよ！……」

# 野あそび

通称ペトロニーユこと、デュフール夫人の誕生日には、どこかパリの郊外へ飯を食いに行こうと、一家は五カ月も前から計画していた。こうして、行楽を待ちかねていただけに、当日の朝は、また思いきって早くから起きたものだ。

デュフール氏は牛乳屋から馬車を借りてきて、自身で馭《ぎょ》した。この二輪の馬車というのが、これまたすてきだったのである。屋根もある。それを受けている四本の鉄の支柱には、カーテンが結びつけてあったが、景色が見えるようにと、巻きあげることにした。もっとも、うしろがわのカーテンだけは風にはためいて、旗のようにひらひらしている。細君は亭主と並んで腰かけた。これがまた、あまり類のない桃色の絹ずくめという、目のさめるような格好をしている。それから、二つの椅子《いす》には、年をとったばあさんと、若い娘さんが腰かけている。まだもう一人、若者の黄色っぽい髪の毛が見えるが、これは席がないために、奥の方に小さくなっているので、頭だけが出ているのだ。

シャンゼリゼの大通りを通って、マイヨ大門から城壁を越えると、そろそろ郊外の景色がひらけてくる。

ヌイイの橋まで来ると、デュフール氏は言った。「さあ、いよいよ田舎だぞ!」この合図に、はやくも細君は自然の景色にほろりとする。

クールブヴォワの広小路に来ると、ひろびろと展開した四方《よも》の景色に、一同は感嘆の声をあげた。はるか右手に見えるのは、アルジャントイユの村だ。教会の鐘楼が高くそびえている。その上方に、サノワの小さな丘々と、オルジュモンの風車が見えてくる。左手に、マルリーの水路橋が、朝の晴れた空にくっきり浮ぶ。いっそう遠く、サン・ジェルマンの高台も見える。また前方には、うねうねとつづいた丘陵の終るあたりに、土が掘りかえしてあるのは、マルメイユの新要塞《ようさい》なのだろう。野を越え、村を越えて、はるかかなたの果てには、林の緑がうっすらと見えるように思われる。

太陽ははやくも頭を照りつけてきた。砂埃《すなぼこり》はもうもうとたって、眼《め》をふさぐ。道路の両がわには、臭気の発散する、わびしく、きたならしい田舎が、果てしもなくつづいていた。まるで疫病《えきびょう》にでもかかって、家までなめられたようだ。なぜというに、破壊され、放擲《ほうてき》された建物の残骸《ざんがい》や、請負師に未納のため工事なかばの小屋などが、屋根のない壁だけの姿を露呈しているからだ。

遠くあちこちに、工場の長い煙突がこのやせ地から生えている。これがこのきたならしい畑の唯一《ゆいいつ》の野菜か。おまけに春風は、石油と片岩《へんがん》のにおいといっしょに、それよりも心地よいとは言いかねる別の臭気を運んでくるのだ。

やがて、一行は再度セーヌ河を横ぎった。橋の上はすてきだった。河は陽光をあびてかがやいている。太陽に吸いあげられたのか、一条《ひとすじ》の水蒸気が立ちのぼっている。工場の煤煙《ばいえん》や、肥料溜《こえだめ》の悪臭を駆逐してはいないが、ひとしおすがすがしい空気を吸いこむと、一同はくつろぎをおぼえて、生きかえったような思いがした。

通りがかりの男が土地の名前を言った。ブゾンだとのこと。

車はとまった。デュフール氏は、そのへんの安料理屋のあくどい看板を読みはじめた。――プーラン亭、魚料理にてんぷら、社交室、園亭、ブランコの設備あり。「どうだい！　かあさん、ここでいいかい？　思いきって、このへんに決めようじゃないかね？」

今度は細君が読んだ。――プーラン亭、魚料理にてんぷら、社交室、園亭、ブランコの設備あり。彼女はその家をしげしげとながめた。

それは、道ばたにおっ建てた、よくある白塗りの田舎宿だ。あけ放しの戸口からは、酒場の光っているカウンターが見える。その前に、晴着を着こんだ二人の職工がいた。

ようやっとデュフール夫人は決心がついた。「ここにしましょう。ながめもいいから」馬車は大木の植わった広い地所にはいっていった。その地所は宿屋の裏手まで伸びていて、曳船道《ひきふねみち》一つ越せばもうそこはセーヌの流れだった。

そこで、みんな馬車からおりる。亭主がまっさきに飛びおりた。おりると、両手をひろげて、細君を待ち受けた。二本の鉄の支柱でささえられた昇降台が、すこし遠かったものだから、デュフール夫人がそこまで足を伸ばすと、いきおい片足がまる出しになってしまったが、腿《もも》からふくらはぎにかけ、脂肪《あぶら》がのりきって、いまではもう若いころのように肉にしまりがなかった。さっきから、田舎気分に調子づいていたデュフール氏は、そのふくらはぎをきつくつまんでから、両腕に抱きかかえると、まるで重い荷物かなんぞのように、どたりと地面におろした。

細君は絹の晴着をたたいて、埃を落すと、あたり近所をきょろきょろと見わたした。年のころは三十五というところ。ひどく肉づきのいい、肉感的な、年増《としま》ざかりの女だ。それが苦しそうに息をついている。あまり窮屈なコルセットをつけているので、むやみに締めつけられているせいだろう。そして、この道具の圧力は、豊満な胸のぶるぶるした肉の塊を、二重顎《あご》にまでおよぼしている。

ついで若い娘が、父親の肩に手をのせると、これは一人きりで、かるがると飛びおりた。黄毛の若者は、車輪に足をかけておりてきたが、デュフール氏といっしょになって、ばあさんをおろしてやった。

さてそこで、馬をはずして樹《き》につなぎ、車は梶棒《かじぼう》を下にして、ふせておいた。男連は上着を脱ぐと、水桶《みずおけ》で手を洗ってから、はやくもブランコに乗っている女連に加わった。マドモワゼル・デュフールは、立ったまま一人で漕《こ》ごうと試みたが、なかなか思うように高くあがらない。十八、九の美しい娘さんで、こんな女に往来などで会ったら、たちまち劣情をそそられ、はては、とりとめのない胸さわぎと官能の亢進《こうしん》に夜もろくろく眠られないことだろう。背の高い、すらりとした体つきで、腰幅も広い。肌《はだ》は小麦色で、眼は大きく、髪の毛は漆黒だ。彼女が勢いをつけようと、腰に力を入れるごとに、ことさらに目だつその堅ぶとりの肉体を、服がそのまま描き出してみせる。頭上たかだかと、両腕を伸ばして綱を握っているので、ブランコを漕いでも、彼女の胸は小ゆるぎもせず起きている。帽子は風に吹きとばされて、うしろに落ちていた。ブランコはだんだん勢いづいてくる。すると、もどるごとに、きれいな脚は膝《ひざ》まで見えて、にやにや笑いながら見ている二人の男の鼻先に、酒の香よりもよくきく裾風《すそかぜ》をあおりつける。

べつのブランコに腰かけているデュフール夫人は、いつまでもおなじような一本調子で、訴えている。

「ねえ、シプリアン、押しに来てよ。押しに来てったら。ねえ、シプリアン！」根負けして、亭主も、そこに行った。そして、大仕事にでもとりかかる前のように、シャツの袖《そで》をまくしあげると、やっとこさで細君を動かしてやった。

綱にしがみついたまま、彼女は足が地面に突きあたらないように、両方ともまっすぐにしていた。そして、ブランコの上がり下がりでぼっとなるのがおもしろかった。体は揺れるたびに、まるで皿に盛ったゼリーみたいに、ぶるんぶるんとした。しかし、動揺がはげしくなってくると、めまいがして、こわくなった。そして、ブランコがあともどりするごとに、きいきい声を出すものだから、何ごとかとばかりに、村童たちが駆けつけてきた。彼女には、庭の垣根《かきね》の向うに、いたずらっ子たちの、笑いで変化する顔が、うすぼんやりと見える。

メイドが来たので、昼食の注文をした。

「セーヌ河の魚のフライと、兎肉《うさぎ》のソテーと、サラダと、それから、食後の果物」デュフール夫人はもったいぶって、一語一語くぎりながら言った。「サイダーを二本と、ボルドー酒一瓶《ひとびん》お願いします」と亭主は言った。「草の上で食べましょうよ」娘がつけ加えて言った。

ばあさんは、この家の猫《ねこ》を一目見るや愛情をおぼえて、さっきからやさしい呼び方を連発して、そのあとを追うのだが、いっこうに効き目がない。おそらく猫もこの厚意に、内心では喜んでいるものとみえ、いつもおばあちゃんの手のすぐそばにいるのだが、さてつかまろうとはしない。尻尾《しっぽ》をたてて、うれしそうにゴロゴロ鳴きながら、樹のまわりをゆっくりまわってみたり、樹に体をこすりつけてみたりする。——「やあ！　あそこにすてきなボートがあるぞ！」さっきから、そのへんをうろつきまわっていた黄毛の若者がいきなり叫んだ。一同は見に行った。なるほど、木造の小さな倉庫のなかに、愛好家用のみごとな端艇《ヨール》が二艘《そう》つるしてあった。贅《ぜい》をつくした家具のような念入りのできだった。磨《みが》きのかかった細身の胴体が、ながながと二艘並んでいるその格好は、大柄《おおがら》の瀟洒《しょうしゃ》とした二人の乙女のようだった。春の美しい宵《よい》、あるいは、晴れた夏の朝、水の上を走らせてみたらさぞかしと思われるような舟だ。樹々がその枝をすっぽりと水に浸し、蘆《あし》がいつもいつも立ち騒ぎ、翡翠《かわせみ》が青い閃光《せんこう》とばかりに飛びたつ岸、そんな花の咲きみだれた岸すれすれに漕いでみたくなる舟だ。

一家一同、敬意をもって、そのボートをながめていた。——「ふむ！ なるほど、これはすごい」デュフール氏は荘重にくり返して言った。それから、知ったかぶりに、ボートの講釈をはじめた。彼の称するところによれば、彼自身も若いころは、ボートを漕いだことがあるとか。それのみならず、このとおり、腕前にかけても——と、彼はオールを漕ぐまねをしてみせて——だれにもひけは取らぬつもりだとか。昔、ジョアンヴィルでイギリス人をやっつけたのも一人どころではなかったそうである。それからまた、オールを留めている二つのささえを「ダーム」と呼んでいるところから、それをしゃれて、それもそのはず、漕手はご婦人《ダーム》なしでは外出しないものだと、冗談を言ったりした。駄弁《だべん》にいよいよ熱をあげて、これだけのボートなら、一時間に六里は優に出してみせるなど、頼まれもしないのに、提言したりした。

「おしたくができました」と、メイドが入口に顔を出して言った。みな駆けつけていった。ところが、最前からデュフール夫人が自分ですわろうとひそかに決めておいた最上席を、いつのまにか二人の若者が占領して、昼食をはじめていたのである。二人とも漕手の服装をしているところを見ると、おそらくは、あの端艇《ヨール》の所有者であろう。

彼らは寝そべるような格好で、椅子へ横にながながと掛けていた。顔は日に焼けて真っ黒だ。白木綿の薄い肌着が胸をかくしているだけで、まる出しの腕は鍛冶屋《かじや》のようにたくましい。二人とも、体力がご自慢らしい偉丈夫《いじょうふ》だが、といっても、その身のこなしには、訓練から得た四肢《しし》の弾力的な美しさがあって、労働者などの、あの毎日おなじ苦役で不格好になったのとは非常に違っている。

若者たちは、母親を見ると、微笑をすばやく交わした。ついで、娘に気づくと、今度はたがいに視線を交わした。――「席を譲ろう。そうすれば近づきになれるよ」一人が言うと、はやくも、もう一人は立ちあがった。そして、赤と黒の染分けの縁無帽《トーク》を手にしたまま、庭で唯一の日かげの場所を夫人たちに譲ることを、慇懃《いんぎん》に申出た。一家は恐縮しながらその厚意を受けた。それから、いちだんと田舎気分を出すために、テーブルも椅子ものけて、じかに草の上にすわった。

二人の若者は、自分たちのごちそうをすこしはなれた所に運んで、食べはじめた。若者のまる出しの腕は、いやおうなしに見えるので、うら若い娘にはいささか目ざわりだった。彼女はつとめて顔をそむけて、見まいとしていたが、そこへゆくと、デュフール夫人のほうは、ずうずうしく、女の好奇心にそそられ――というのは、欲情からだろうが――若者をしげしげとながめていたが、ひそかに亭主と比較しているらしい。自分だけが知っている亭主の不体裁を思うにつけ、いよいよ心を惹《ひ》かれる。

彼女は、仕立屋のようなぐあいに両足を折り曲げて、草の上にべったりすわっていたが、蟻《あり》めがどこかにもぐりこんだとか言って、しきりにもじもじしていた。デュフール氏は、知らない男がなれなれしくしてきたことから不愉快を感じて、どこかいい場所はないかとさがしてみたが、とんとみつからない。黄毛の若者は、口もきかずに、ただ餓鬼のようにがつがつ食べている。

「いいお天気ですのね」ふとった女が漕手の一人に言葉をかけた。場所を譲ってくれたので、愛想よくしようと思ったのである。——「そうですね。奥さん、ときどき、田舎へいらっしゃいますか?」青年は答えた。

「そうね！　年にやっと一、二度ですよ。保養にね。で、あなたは?」

「毎晩、寝に来ますよ」

「あれ、まあ！　どんなにかおもしろいでしょう?」

「ええ、おもしろいですとも、奥さん」

それから、その青年は自分の毎日の生活を詩的に物語るのだった。それを聞くと、ふだんろくに青いものも見ず、郊外散歩もできず、年がら年じゅう、帳場の暗がりで暮しているこの都会の商人などは、日ごろ憧《あこが》れの田舎が無性に恋しくならずにはいられなかった。

若い娘もつりこまれ、眼をあげて漕手を見た。デュフール氏もはじめて、口をきいた。

「それは結構ですな」

それから、つけ加えて、「おい、もうすこし兎をおかわりしようか」「あんた、もういいわ」

彼女はまたも若者たちの方へ向くと、彼らの腕をさして、「そんなにして、お寒くないこと？」と、たずねた。

それには二人とも笑いだした。そして、ボート漕ぎがどんなに疲れるものであるか、全身汗でびしょぬれになり、また、夜霧のなかを漕がねばならぬことなどを語って、一家を驚倒させた。そのうえ彼らはどんとばかりに自分らの胸板を打って、どんな音が出るか示した。——「うむ！ なるほど、がっちりしていますわい」亭主は言ったが、イギリス人をやっつけたときのことなど曖気《おくび》にも出さなかった。

若い娘もようやく横目で二人をじろじろ見るようになった。黄毛の若者は、はすかいに飲んだものだから、ひどく咳《せ》きこんで、おかみさんの一張羅《いっちょうら》にひっかけた。おかみさんは怒るの怒るまいの、しみをふくため、さっそく水を持ってこさせた。

とかくするうち、暑さは猛烈になってきた。河はぎらぎら光って、まるで灼熱《しゃくねつ》の坩堝《るつぼ》のようだった。おまけに酒の酔いもようやくまわってきた。

デュフール氏は、さきほどからはげしいしゃくりに弱りきっていたので、チョッキのボタンと、それから、ズボンの上の方のボタンをはずした。それを見て細君も、息が詰っていたやさきとて、じょじょに服のホックをはずしていった。丁稚《でっち》小僧は、いい気分になって、麻のような髪の毛を振りふり、一杯また一杯と飲みつづけている。ばあさんも、酔いがまわったらしく、これはひどく固くなって、とても神妙そうにしている。若い娘は、べつに異状なく、ただ、眼だけがなんとなく燃えてきた。そして、濃い小麦色の肌は、頰《ほお》のところだけ、バラ色に染まっている。

コーヒーで食事は終った。そこで、歌でもやろうということになり、各自が得意の節を聞かすと、他の者たちはやいやい言ってはやしたてた。それから、一同はやっとこさで御輿《みこし》をあげた。頭がぼんやりしてしまった女二人が、息をついているひまに、正体もなく酔っぱらった男二人は、しきりに体操をしている。ぐたんぐたんに体はだらけ、顔はほてるし、鉄輪《かなわ》へだらしなくぶらさがってみても、もとより上がるはずもない。シャツはいまにもズボンから抜け出て、旗のように、風にはためこうとする。

そのあいだに、漕手たちは端艇《ヨール》を水に入れたが、もどってくると、丁重に、舟遊びを二人の婦人に申出た。

「あなた、どう？　いいわね？」細君は大声をあげた。亭主は酔眼朦朧《もうろう》として細君を見ることは見たが、何がなにやら解《げ》せなかった。そのとき、片方の漕手が手に二本の釣竿《つりざお》を持って進み出た。はぜ釣りときては、パリ商人の宿望であり、理想なので、この好人物のどろんとした眼もたちまちかがやいてきて、女たちの言うなり次第にしてやった。

そして自分は、橋の下の日かげに陣どると、河の上に両足をぶらさげた。わきには黄毛の若者たちがいたが、これはすぐぐうぐうと寝てしまった。

漕手の一人が進み出た。すなわち、彼は母親をつれ出した。――「イギリス人島の小さな森だぜ！」彼は遠ざかりながら叫んだ。

もう一艘の端艇《ヨール》はいっそうゆるやかに走っていった。漕手はもう他のことは何ひとつ考えられぬといったように、ただ一心に連れの女に見とれている。すると、はげしい興奮にとらえられて、全身の力は麻痺《まひ》してしまった。若い娘は舵《かじ》取り席に腰かけたまま、ただもう水の上を滑走するこころよさに恍惚《こうこつ》としていた。彼女は、一種言うに言われぬ陶酔におそわれたもののごとく、物思う気力も失《う》せ、手足もぐったりして、そのまま自分をすっかり投げ出してしまいたいような気持になった。吐く息もせわしく、上気して顔は真っ赤になった。あたりに降りそそぐはげしい暑熱に、酒の酔いがいちだんとまわってきたので、岸辺の樹々など、いちいち自分に会釈《えしやく》しながら遠ざかってゆくように思えた。快楽を求める漠然《ばくぜん》とした欲望が、わきたつ血潮となって、真昼の暑さに刺激された肉体のなかを駆けめぐった。おまけに、この炎天の下、人っ子ひとりいない広漠とした水上のまっただなかに、二人差向いでいると思うと、いよいよ心はみだれる。相手の若い男は、彼女を美しいと思っているだけに、その眼は彼女の皮膚に吸いつき、その欲情は、陽《ひ》の光のように、ちくちく刺してくる。

おたがいに話のできないことが、かえって二人の熱情をあおりたてた。しかたなく、彼らはあたりを見ていた。そこで、青年のほうが、思いきって、彼女に名前をたずねてみた。――「アンリエット」そう彼女は言った。――「おや！　ぼくもアンリっていうんですよ」彼も言った。

おたがいに声を聞いて、二人ともほっとした。はじめて、彼らは自分たちの着く岸辺に心を向けるようになったのだ。さきほどの端艇《ヨール》は止って自分たちを待っているらしい。その舟に乗っている若者の叫び声が聞えた。――「森で会おうぜ。おれたちはロビンソンまで行くからな。奥さん、喉《のど》がかわいたんだ」それから、オールの上に身をふせると、みるみる舟は遠ざかって、ほどなく姿を没してしまった。

このとき、さっきからかすかに聞えてはいたが、ある間断のないとどろきが、急に近づいてきた。その重い物音は、河の底から起ってでもくるのか、河自身が震動しているように思われた。

「あの音はなんでしょう？」彼女はたずねた。

それは、島の尖端《せんたん》で河を中断している堰《せき》から水の落ちる音だった。彼が一心にその説明をしていると、滝の音に混って、非常に遠いところで鳴いているらしい小鳥のさえずりが、ふいと聞えてきた。「おや、鶯《ロシニョール》が昼のさなかに鳴いていますよ。あれはね、めすが卵をかえしているからですよ」

まあ、鶯だって！　この鳥の鳴き声を、彼女はついぞいままでに聞いたことはなかった。そしていまそれを聞いたと思うと、彼女の心には、詩的な愛情がほのぼのとうかびあがってくるのだった。鶯！　といえば、ジュリエットがバルコンでのあいびきに呼び降《くだ》した、眼に見えない列席者ではなかったか。恋しあう男女の接吻《せっぷん》に和する天上の楽の音《ね》ではなかったか。涙もろい乙女らのいとけない心に理想の青空をひろげる、やるせないロマンスの永遠の鼓吹者ではなかったか！

その鶯の鳴く音を聞くことができるのだ。

「音をたてないようにしましょう」連れの男は言う。「森におりれば、鳥のすぐそばまで行って、すわることさえできるんですから」

端艇《ヨール》はすべるように走った。島の木立が見えてきたが、岸が非常に低いので、一目で深い茂みの奥まで見える。止った。舟をつないだ。アンリエットはアンリの腕にもたれながら、木の枝を押し分けて進み入った。「こごみなさい」と彼は言う。彼女はこごんだ。そうして、二人は、葛《くず》の葉と蘆が縦横にからみあった茂みのなかに分け入った。そこは人目につかない、申し分のないかくれ場所になっていて、青年は「彼の密室」だと、笑いながら言っていた。

二人の頭の真上あたり、おおいかぶさっている樹々の一株にとまって、その鳥はあいかわらず鳴きつづけている。はじめは玉をころがすようにくぜっていたが、そのうち、高音《たかね》をはりあげると、その音は大空いっぱいにひろがる。あたり一帯を圧している真昼の沈黙のなかを、河にそい、野を越え、さては遠く地平線のかなたに消えてゆくかと思われる。

鳥が逃げるのを恐れて、二人とも口をきかずにいる。寄りそってすわっている。すると、ゆるやかに、アンリの腕が、アンリエットの胴をひとまわりして、それをかるく押えて締めた。彼女はべつに怒りもせず、この不敵な手をおさえた。そして、彼がその手を近づければ、たえず退けはしたが、この抱きしめを迷惑とも思わなかった。それを彼女が退けるのも自然であるように、そのこともまた自然のように思えたのだ。

忘我の境にあって、彼女は小鳥の音を聞いている。ただもうわけもなく幸福がほしい。ふと、何かを愛したい気持が身うちでうずく。詩を感得したような気がする。神経も心も解きほぐれて、ぐったりし、ただわけもなく泣けてしかたなかった。そして、青年は彼女をかたく抱きよせている。もう考える気力も失せて、彼を押しやろうとしなかった。

急に、鶯が鳴きやんだ。遠くから、「アンリエット!」と叫ぶ声が聞えた。

「返事しちゃいけませんよ。鳥が逃げるから」彼が低い声で言う。

彼女とて、答えようなどとは思いもしなかった。

二人はしばしそのままにしていた。デュフール夫人もどこかにすわっているのだろう。おそらくは、別の漕手がいじめているらしく、ふとった女の短い叫び声が、ときおり、かすかに聞えてくる。

若い娘はあいかわらず泣いている。言いようのない甘い感覚に突きぬかれ、皮膚はほてり、いたるところ、未知のくすぐったさに刺されて痛い。アンリの頭は肩のすぐ上にある。いきなり、彼は彼女の唇《くちびる》に接吻した。彼女は猛烈に反抗した。そして、相手を避けようとして、うしろに手をついた。しかし、彼はのしかかってきて、体ぜんたいで彼女をうずめた。彼は彼女の逃げようとする口をいつまでも追求していたが、やがて、それに出会うと、自分の口をつけた。すると、彼女のほうも、なにかしらはげしい欲情にぼっとして、自分の胸に相手を抱きしめながら、接吻を返した。そして、彼女のあらゆる抵抗力は、あまりにも重い荷のために圧《お》しつぶされ、くずれてしまった。

あたりは森閑としている。小鳥はふたたび鳴きだした。恋を訴えるような、せつない調べを三声放ったと思うと、しばし間をおいて、今度は、弱々しい声で、きわめて緩慢なさえずりをはじめた。

なまぬるい微風が過ぎると、木の葉がささやく。と、茂みの奥深くに、二つの熱い吐息が聞えて、鶯の歌と、森のかすかな息吹《いぶ》きにまざる。

小鳥に酔いがまわると、その声は、火事がひろがるように、情熱が亢進するように、じょじょに調子を速めていって、木かげの接吻の音に和しているように思われる。ついで、小鳥の喉は無我夢中に荒れ狂った。ながい気絶を思わせる調子があり、はげしく痙《けい》攣《れん》しているような節があった。

ときどき、ちょっと休む。ただ、二声、三声、かるく音を出したあとで、一声、急に鋭く叫んだと思うと、ぴたりと鳴きやむ。そうかと思うと、もの狂わしい調べをうたいはじめる。音の迸出《へいしゅつ》、震揺、激動とつづいて、荒れ狂う恋の歌と同様、勝利の叫びで終る。

小鳥は急に鳴きやんだ。おのれの下に、魂の消え入るような深いうめき声を聞いたからだ。その物音は、しばしつづいたが、むせび泣きに終った。

草の褥《しとね》から出てきたとき、彼らは二人とも蒼白《そうはく》な顔をしていた。青空も暗いように思われた。かがやかしい太陽も彼らの眼には消えていた。彼らはにわかに寂寥《せきりょう》と沈黙に気づいた。寄りそって早足に歩いたが、口もきかねば、手も取らなかった。なんとなく自分らが和解しがたい敵同士のような気がしたからである。あたかも、ある気まずさが、二人の肉体のあいだにでき、憎悪《ぞうお》が、二人の心のあいだに生れでもしたように。

アンリエットは思い出したように、「かあさん！」と叫んだ。

ふいに、草むらのなかで物音がした。アンリはちらりと見たような気がした。だれか、白いスカートを、急いで、ふとったふくらはぎにおろしたらしかった。すると、例のふとった女があらわれた。すこしまごついているようで、顔はまだ赤く上気していた。眼はかがやき、胸は立ち騒いでいる。きっと、自分の連れの男のあまりに近くいたせいだろう。相手の青年は、よほどおかしなものを見たらしく、がまんしいしい、思い出し笑いをしている。

デュフール夫人は、やさしげに男の手を取った。そして一同は舟の方にもどった。アンリは、あいかわらず黙ったまま、若い娘と並んで、先に立って行ったが、とつぜん、自分のうしろで、圧しつけるような、大きい接吻の音を聞いたような気がした。

ようやっと、ブゾンにもどった。

デュフール氏は、酔いもさめて、待ちかねていた。黄毛の若者は、宿屋を発《た》つ前に、大急ぎで手軽の食事をかっこんだ。馬車は中庭に用意ができていた。はやくもそのなかに納まっているばあさんは、パリの近郊は物騒だと聞いているので、野中で夜になりはせぬかと、それが心配でならなかった。

みんなは手を握りあった。かくして、デュフール一家は立ち去った。――「さよなら」と漕手たちは叫んだ。ためいきと涙が彼らに答えた。

二カ月後、アンリが、マルティル通りを歩いていたら、とある戸口に、「金物商、デュフール」という文字を読んだ。

彼ははいっていった。

例のふとった女が帳場にまるくなっていた。たがいにすぐわかった。そして、いろいろかしこまった挨拶《あいさつ》のあとで、彼はその後のようすをたずねた。――「それから、アンリエットさんは、その後、おかわりはありませんか？」

「ありがとう。とても元気でね。あれも結婚しましたよ」

「へえ！……」

感動に胸がつまった。彼はつけ加えた。

「それは、どなたと？」

「そら、ご存じでしょう。あのときいっしょの若い者ですよ。あれがわたしどもの跡をつぐことになってますので」

「それはそうでしょうとも」

彼はなんだか知らないが、ひどく悲しくなって、立ち去ろうとした。

デュフール夫人は呼びとめた。

「それから、あなたのお友達のほうは？」彼女はおずおずしながら言ったのだった。

「元気ですとも」

「よろしく言ってくださいよ。ねえ、それから、おついでのときに、寄ってくれるように言ってくださいよ……」

彼女は真っ赤になった。そして、つけ加えた。——「そうしてもらえれば、わたし、うれしいって、言ってくださいよ」

「きっと言いますよ。さよなら！」

「いいえ……お近いうちに！」

その翌年、ひどく暑いある日曜日、あれ以来アンリの念頭を去らなかったあのことが、ふと、こまごまと思いうかんできた。そのあまりのまざまざしさに、たまりかねて、彼は例の森の室へひとりで行ってみた。

そこへはいろうとして、彼は愕然《がくぜん》とした。彼女がいるではないか。しょんぼりと、草の上にすわっているではないか。その横には、あいかわらず上着を脱いで、いまでは夫君になったあの黄毛の若者が、例によって、まるで阿呆《あほう》のように眠りこけていた。

彼女は、アンリを見ると、真っ青になり、気絶しそうに思われた。やがて、二人は自分らのあいだに何ごともなかったかのように、いかにも自然に語りはじめた。

しかし、彼が、この場所を非常に好いているということや、また、いろいろの思い出にふけって、日曜日など、よくここへ憩《いこ》いに来ると語ったら、彼女は青年の眼をじっと見つめて、言った。

「あたしも、ここのことは毎晩考えますの」

「おい、さあ行こうぜ。そろそろ帰る時刻だと思うがね」彼女の夫君は、あくびしながら、言った。

# 勲章

生れて、口をきいたり、考えたりするようになると、とくべつにはげしい本能や天性をあらわし、ないしは、単なる願望をあらわす人間が往々にしてあるものだ。

幼少のころから、サクルマン氏の頭のなかには、ただ勲章をつけたい、という考えしかなかった。まだほんの子供の時分から、ほかの子供たちが、兵隊さんの帽子をかぶって喜ぶのとおなじに、鉛でできた、レジヨン・ドヌールの十字勲章をぶらさげ、赤リボンと、かねの星で飾りたてた小ちゃな胸を張りながら、得々として母親にお手てをかして、往来を歩いたものだった。

たいして勉強もしなかったので、彼は大学の入学資格試験に失敗した。べつにすることもないままに、財産もあったこととて、美しい娘さんと結婚した。

夫婦はパリで、裕福な中産階級者らしい生活を送った。上流社会に出入りすることもせず、自分たちなみの世界と往来した。未来は大臣にもなろうという代議士と知合いであり、かつ、師団長二人と親交があるということが、夫婦のなにによりの自慢だった。

それにしても、はやくも子供のころ、サクルマン氏の頭のなかにはいったあの考えは、その後も彼を去ろうとはせず、あの色のついた小さなリボンを、おのれが上着に堂々とつける権利がないのかと思うと、煩悶《はんもん》のたえまがなかった。

ブールヴァールで、勲章をもった人々に会うごとに、胸をうたれる思いだった。彼は彼らを絶望的な羨望《せんぼう》の眼《め》でぬすみ見した。ときには、ながい午後のつれづれに、それらの人々をいちいち数えてみることもあった。彼は自分に向って言う。

「どれ、ひとつ、マドレーヌからドルウォ通りまで、幾人いるか数えてやろう」

そこで彼は、あの赤い小さな点々を遠方から識別することに訓練された眼で、衣服を仔細《しさい》に点検しながら、ゆっくりと歩いてゆく。通りのはずれまで到着したとき、いつもながら、彼はその数の多いのに驚嘆した。「四等をもっているのが八人、五等が十七人、なんて多いことだ！　こんなふうに勲章を濫造《らんぞう》するとは愚の骨頂だ。帰りもおなじくらい出会うものか、ひとつ見てやろう」

そこで、彼はまたゆっくりと引返す。通行人の雑踏に、自分の探索が妨げられて、一人でも見おとそうものなら、ひどくしょげかえるのだった。

彼らのいちばん多く見いだされる界隈《かいわい》を彼はよく知っていた。パレ・ロワイヤルにはうようよいた。オペラ通りも、平和通りにはかなわなかった。ブールヴァールの右側のほうが、左側より多かった。

彼らはまた、とくにあるカフェを、ある劇場をえらぶかに思われた。たまたま、白髪の老紳士の一群が往来をふさいで、歩道のまんなかに立ちどまっているのを見でもすると、サクルマン氏は、きまって、ひとりごちるのだった。「やあ、いた、いた、あれは四等名誉勲章の人たちじゃないか！」そして、思わず敬礼したくなる。

いつも気づくことだが、四等の人たちは、ただの五等の連中と、どこか挙動に相違があった。だいいち、頭の動かし方からちがっている。どこか、もっと名士らしいところを、もっと重々しげなところを、正式に所有していることが一目してわかる。

そうかと思うと、ときどき、憤怒《ふんぬ》がサクルマン氏をとらえることがある。勲章をもっている、あらゆる人間にたいする憤慨の情である。彼は彼らにたいして、社会主義者的な憎悪《ぞうお》を感じた。

そんなおり、家に帰ると、腹のすいた貧乏人がりっぱな食物屋の前を通ったあとのように、さんざ勲章を見せつけられて、すっかり興奮していることとて、バカでかい声で見得をきるのだった。

「こんな腐った政府から、いったい、われわれはいつ解放されるのだ？」と。

細君はあっけにとられて、たずねる。「あなたは、きょう、どうかしているのね？」

すると彼は答えて、「いたるところに不正が行われているのを見て、おれはしゃくにさわってたまらんのだ。ああ！　思えば、コンミューン党員の考えは当然だった！」

そのくせ、晩飯でもすますと、じっとしてはいられず、また勲章屋をのぞきに行く。いろんな形の、いろんな色の、あらゆる徽章《きしょう》を点検する。できることなら、それらをみな自分のものにしたかった。公《おおやけ》の儀式に列して、社交人士や、感嘆の眼を見はる一般人であふれた大広間のなかを、行列の先頭に立って進んだら、どんなによかろう。肋骨《ろっこつ》の格好に従って、一つ一つ重なりながら、まっすぐに並んだ勲章併佩用《へいはいよう》の棒で縞模様《しまもよう》になった、かがやく胸を張って、感嘆のさざめきと、尊敬のざわめきのただなかを、綺羅星《きらぼし》のように燦《さん》とかがやき、オペラ・ハットを小わきにかかえて、いとも荘重に過ぎていったら、さぞかし愉快なことだろう。

悲しきかな！　彼には勲章をもらえるような肩書なんて、一つもなかった。

彼は思った。「名誉勲章《レジョン・ドヌール》は、なるほど、公職についていない者にとっては、むずかしすぎよう。それよりか、文芸教育褒章《ほうしよう》をもらうように運動したらいかがなものであろう？」

それにしても、それにはどうしたらいいものか、彼にはさっぱりわからなかった。そこで、細君に話してみたところが、彼女は肝をつぶしてしまった。

「文芸教育褒章をもらうんですって？　いったい、あなたはそれだけのことをなすったんですの？」

彼はかっとなって、「まあ、おれの言うことを聞いてからにせい！　おれは何をしたらいいか、せっかくさがしているところだ。おまえはときどきばかなことを言うんで困る」

彼女は微笑して、「ほんとに、ごもっともね。でも、あたしの知ったことじゃないわ！」

彼には魂胆があった。「もしおまえが代議士のロスランに話してくれれば、きっと、あの男は何かいい助言を与えてくれると思うがな。ぼくとしては、こんな質問を直接あの男にしかねるんでね。これはなかなかデリケートな、むずかしいことなんだが、おまえからだとなると、万事自然にいくんだ」

サクルマン夫人はたのまれたとおりにした。ロスラン氏は、大臣に話してみることを約束した。そこで、サクルマンは矢のような催促である。代議士も根負けして、それには要求書を出し、肩書を列挙せねばならぬと答えた。

肩書だって？　さて、さて、彼は大学入学の資格さえ持っていなかった。

それにもかかわらず、彼は仕事にとりかかり、「教育における国民の権利」を論じた一小冊子に着手した。もっとも、思想の欠乏のため、それを完成することはできなかった。そこで、もっと平易な問題をさがして、手をかえ、品をかえて、やってみた。最初のは、「眼からの児童教育」というのであった。彼は、貧民窟《くつ》に小児のための無料劇場のごときものを設立せよと要求しているのである。両親たちが、子供らを、ごく幼少のころからそこへつれてゆき、幻燈《げんとう》によって彼らに人知の初歩を植えつけようという仕組みで、実物講義というべきもの。視覚で頭脳を教育する。映像を深く記憶に刻みこんで、いわば、学問を可視的にしようというねらいである。

こういうふうにして、世界歴史、地理、博物学、植物学、動物学、解剖学を教える以上に、簡単な方法がほかにあるであろうか？　等々。

彼はこの建白書を印刷にして、各代議士に一部ずつ、各大臣に十部ずつ、大統領に五十部、パリの各新聞に十部ずつ、それから、地方新聞に五十部ずつ送付した。

それについで、彼は、街頭図書館の問題をとりあげた。つまり、オレンジ売りの車とおなじ筆法で、書籍を満載した小車を、国家の手で街々を巡回させるという主張である。そして、各人はごくわずかの申込金で、月に十冊ずつ借りうけることができるようにする。

「国民は」とサクルマン氏は言う。「好きなときでなければ動かないものである。もし、彼らが教育のほうに行かなければ、教育が彼らのほうに進みよらねばならぬ。云々《うんぬん》」

これらの論文に関して、何らの反響も起らなかった。それにもかかわらず、彼は要求書を提出した。当局はいずれ調査のうえで、通知するとの返事だった。彼は成功疑いなしと信じた。彼は待った。うんともすんとも言ってこなかった。

そこで、個人的な運動をすることに決めた。彼は国民教育に関して、大臣に面会を求めた。ところが彼は、まだ小僧っ子の、それでいて、もったいぶることでは一人前の、いかにも傲慢《ごうまん》そうな官房の試補《しほ》に会わされた。この男は、ピアノでも弾くように、一列に並んだ白い小さなボタンを押しては、守衛を呼んだり、給仕を呼んだり、下僚を呼んだりした。この男は、嘆願者に、請願の趣は順調に進んでいると断言し、かつ、今後もその着目すべき仕事を継続することを勧めた。

そう言われ、サクルマン氏は、いまとなって、サクルマン氏はまた仕事にとりかかった。

代議士ロスラン氏は、いろいろさまざまの、実際的な、ためになる忠言を与えたりした。見えてきた。彼は、いろいろさまざまの、実際的な、ためになる忠言を与えたりした。もとより、彼は勲章をもっていた。もっとも、その名誉に値するほどのどんな理由があったのかわからなかった。

代議士は、サクルマン氏に、着手すべき新しい研究題目を示した。また、名声を得る目的で、選《え》りに選って得体の知れない学問ばかりを研究しているような、多くの学会を紹介した。それのみか、大臣にさえ紹介してやった。

さてある日、代議士ロスラン氏は友人の家へ中食《ちゆうじき》にやってくるや、(この数カ月、彼がこの家で食事することが頻繁《ひんぱん》になった)いきなり、相手の手を握って、ひそひそ声で言った。「きみのために非常な特典を得てきたとこなんだ。歴史研究委員会がきみにある使命を委託することになった。つまり、フランス各地の図書館で調査をすることなんだ」

サクルマン氏は気を失って、食うことも、飲むこともできないくらいだった。彼は一週間後に出発した。

彼は町から町へと行っては、カタログを調べたり、埃《ほこり》だらけの古本がいっぱい詰っている書庫をあさったりして、図書館員の怨《うら》みを買ったものだ。

さて、ある夜、彼はルーアンに来ていたが、ふと、一週間も別れている妻に会いに行きたくなった。さっそく、九時の汽車に乗ったが、この汽車だと真夜中でなければ家には着けなかった。

彼は鍵《かぎ》を持っていた。そっと家のなかにはいっていった。女房をびっくりさせ、喜ばせてやるのだと思うと、うれしくて、全身は快楽でうずうずした。彼女は戸をしめきっていた。なんてつまらない！　そこで、彼はドアごしに大声で言った。「ジャンヌ、おれだよ！」

彼女はひどくびっくりしたらしかった。というのは、いきなりベッドからはね起きると、ねぼけでもしたときのように、ひとりごとを言っているらしかった。それから、化粧室まで走っていって、戸をあけたと思うと、またしめた。素足で部屋のなかを駆けながら、行ったり、来たりしている。そのつど、家具にぶつかっては、ガラス戸ががたがたと音をたてた。やがて、やっと彼女がたずねた。「まあ、あなたですの、アレクサンドル？」

「そうだとも、おれだよ。あけてくれないか！」

ドアがあいた。すると、妻はいきなり彼の胸に飛びかかった。「まあ、こわかったわ！　びっくりしたわ！　うれしかったわ！」と、口ごもりながら。

そこで、彼はいつもするように、順序正しく就寝のしたくにかかった。それから、いつも自分で玄関にかけることにしていた外套《がいとう》を椅子《いす》から取りあげた。ところが、まったくあっけにとられてしまった。ボタン穴には赤色の綬《じゅ》がついているじゃないか！

彼は口ごもりながら言った。「この……この……この外套には、勲章がついているぞ！」

そのとき、細君は一飛びにおどりかかると、外套をおさえて、奪い取るようにしながら、「いけません……あなた、ちがっています……それ、こっちによこしなさい」

でも、彼は袖《そで》をしっかとつかんで、放そうとしない。うわごとのように、くり返して言いながら。「ええ？……なぜだろう？……どういうわけなんだ！……この外套はだれのなんだ？……これはおれのじゃない、勲章がついてるじゃないか？」

彼女は、しどろもどろになって、一生懸命、彼からそれを奪い取ろうとした。気もそぞろに、口ごもりながら。「まあ……まあ……ともかく……それ、ください……いますぐには言えませんけど……秘密なんですからね、いいでしょう」

しかし、彼は、かっとなって、顔色も青くなってきた。「この外套がどうしてここにあるのか、おれはそれが知りたいんだ！　これはおれのじゃない」

そこで、彼女は、夫の顔へたたきつけるように、言い放った。「あのね、これ、まだ秘密だけれど、あのね、あのね、あなたは、勲章をもらったのよ！」

彼は感動のあまり、はげしく動揺したため、手にする外套を放してしまい、自分も椅子のなかに倒れてしまった。

「おれが……おれが……勲章をもらったと？」

「そうよ、これ秘密なの、大秘密なの……」

彼女は、このかがやく外套をたんすのなかにしまってしまうと、顔は青ざめ、身はうちふるえながら、夫の方にふたたびやってきて、言った。「そうよ、あたし、新しい外套をつくらせたの。でもあたし、あなたには申しあげないつもりだったの。ひと月か、六週間後でなければ、正式には発表されないでしょうから。あなたの使命が終ってからでないとね。すませて帰ったら、はじめてお知らせするはずだったの。ロスランさんが、あなたにもらってくだすったのよ……」

サクルマンは、気も遠くなる思いに、どもりながら言った。「ロスランが……勲章をもらってね。このおれにね、勲章をもらってね……おれにね……あの男がね……ああ、そうだったか……」

そして、彼は冷水を一杯飲まざるをえなかった。

外套から落ちたのだろう。白い小さな紙片がゆかの上に落ちていた。サクルマンは拾いあげた。名刺である。彼は読んだ。「代議士……ロスラン」

「ねえ、そうでしょう」細君は言った。

すると、彼はうれし泣きに泣きだした。

一週間後、サクルマン氏は格別の功績により、五等名誉勲章を授かったむね、官報に発表された。

# クリスマスの夜

「お夜食《レヴェイヨン》！　お夜食《レヴェイヨン》だって！（訳注　ことにクリスマス前夜の夜食をいう）　いやはや！　ご免こうむる。おれは金輪際、お夜食なんてせんよ！」

肥満漢のアンリ・タンプリエは、あたかも恥ずべき行為でも勧誘されたかのように、憤然として言ったのである。

他の連中は笑いながら、いっせいに叫んだ。

「なぜまたきみはそんなに怒るのさ！」

彼は答えた。

「じつはこのお夜食《レヴェイヨン》のおかげで、おれはとんだ醜態を演じちゃったんだ。それでおれは、このどんちゃん騒ぎの、ばかげた夜にたいして、いかんともしがたい憎悪《ぞうお》をいだいてしまったのさ」

「いったい、どうしたんだい？」

「どうしたもこうしたもないよ。知りたいのなら、よし、話してやろう。ちょうど二年前のいまごろ、とても寒かったことをおぼえているだろう。街の貧乏人どもを殺してしまうほどの寒さだった。セーヌ河は凍り、歩道は、靴《くつ》の底から足をこごえさすほどだった。世界は切り裂けるかと思われた。

そのとき、おれにはやりかけの大仕事があったので、お夜食《レヴェイヨン》を誘われたが、どれも断わって、机の前で夜をすごすことにした。おれはひとりで晩飯をすまし、それから仕事にとりかかった。しかるに何ぞや、十時ごろになると、パリをうずめているにぎわいがしのばれる。いやおうなしに街の騒音が聞えてくる。壁ごしに、隣人たちの夜食をしたくする音が耳につく。そんなこんなでおれの心は動揺せずにはいなかった。おれには自分のしていることがわからなくなってきた。おれはおよそ意味ないことを書き散らしていた。今夜こそ何ぞいいものを創作したいという希望を、どうやら放棄せねばならぬことがわかってきた。

おれは部屋をすこし歩いてみた。すわったり、立ったりしてみた。明白におれは、戸外のにぎわいのふしぎな影響を受けていた。そこで、おれは断念した。

おれはメイドを呼んで、彼女に言った。『アンジェール、何か夜食を二人前買ってきてくれないかね。牡蠣《かき》と、冷やした鷓鴣《しやこ》と、蝦《えび》と、ハムと、お菓子と。それから、シャンパンを二本持ってきておいて。テーブルの用意ができたら、休んでいいよ』

彼女は少々驚いたらしかったが、承知した。準備ができると、おれは外套《がいとう》をひっかけて、外に出た。

大問題がまだ解決していなかった。いったい、おれはだれとお夜食《レヴェイヨン》しようとしていたのか？　知合いの女たちはそれぞれどこかへ招かれていっていた。その一人を手に入れるためにさえ、前もって交渉しておかねばならないはずだった。そこで、おれは、もしここで何かいい行為をするなら、一挙両得だと考えたものだ。おれは自分に言って聞かせた。パリには晩の飯にもありつけないで、気前のいい若者をさがし歩いている貧乏な美しい女たちがうようよしているじゃないか。おれはこうした家なき女たちの一人の、クリスマスの神さまになってやろう。

よし、これからぶらつくとしよう。色街をひやかし、交渉し、あさり、好きなのをえらんでやろう。

そこで、おれは街じゅうを歩きまわりはじめた。

もちろん、餌《えさ》をさがしている貧しい女たちにずいぶん出会いはしたが、どれも、手を出す気にはなれないくらい醜悪か、さもなくば、もし立ちどまれば、そのまま凍りついてしまいそうなほどやせっぽちだった。

ご承知のとおり、おれには一つ弱点があってね。でっぷりふとった女がどうにも好きなんで。なにしろ、肉がついていればいるほどうれしいんだからね。大女ときては目がないほうなんで。

ふと、ヴァリエテ座のまん前で、ちらりとお好みの横顔を認めた。それから頭が見えた。ついで、前方に二つの肉瘤《にくりゅう》がね。一つはひどく美しい胸についている肉瘤であり、もう一つは、その下にある、じつに驚くべきやつで、つまり、でぶの鵞鳥《がちょう》みたいなお腹《なか》なんだ。おれは体がぞくぞくしたね。小声で言うには、『しめた、別嬪《べっぴん》だわい！』

ただ明白にすべき一点だけが残されていた。つまりお面《めん》が。

お面なんてデザートであり、それ以外が、つまり……焼肉《ロティ》なんである。

おれは、足を早めて、この流している女に追いついた。そして、ガス燈《とう》の下で、ふいとふり向いてみた。

彼女は別嬪だったね。まだとても若くって、髪は栗色《くりいろ》で、黒い大きな眼《め》をして。

おれが提案を出すと、彼女、さっそく承知してくれた。

十五分後には、もうおれのアパートで食卓についていた。

彼女は部屋にはいりながら言ったものさ。『まあ！　結構なお住いだこと』

それから、食卓と、凍る今宵《こよい》の宿を見いだして、さもさも満足げにあたりを見まわすのであった。彼女はすてきだった。彼女は驚くばかり可憐《かれん》であり、かつ、永久におれの心を奪うほど十分にふとっていたのである。

彼女は外套を脱ぎ、帽子を取って、すわると、食べはじめた。といって、ひどくがつがつしているようにも見えなかった。ときおり、そのやや青ざめている顔はふるえていた。なにか苦痛をかくしながら、がまんしいしい悩んでいるように見えた。

おれは彼女にたずねた。

『何か困ることでもあるのかい？』

彼女は答えた。

『あら！　何もかも忘れましょうよ』

それから彼女は飲みはじめた。シャンパンのグラスを一息に飲みほしてしまうと、またついで、またからにしてしまうといったぐあいに、つづけざまに飲んだものだ。

まもなく、頬《ほお》がほんのり赤くなってきた。そこで、彼女ははじめて笑いだした。

もうおれは彼女にまいっていたね。口いっぱいに接吻《せっぷん》したりしてさ。また彼女、普通の巷《ちまた》の女のように、まぬけでもなければ、ざらにあるタイプでもなく、無作法でもないことがわかってきたのさ。おれは彼女の生活上のことを根掘り葉掘りたずねてみた。彼女は答えて、いわく、

『ねえ、あなた、そんなこと、あなたには関係のないことですわ！』

さてさて！　それが一時間後になっては……。

ついに床入りの時間はきた。おれが煖炉《だんろ》の前でテーブルをかたづけているあいだに、彼女は大急ぎで脱衣すると、夜具の下にもぐりこんだ。

隣の連中ときては、笑ったりうたったりの、ばか騒ぎを演じていた。おれは自分に言って聞かせた。

『おれはこの別嬪をみつけに行ってよかった。どうせこれじゃ、仕事なんかできたものではなかったから』

深いうめき声におれは思わずふり返った。『きみ、どうかしたの？』おれはたずねた。それには答えなかったが、よほど苦しいのをがまんしているらしく、苦痛の呻吟《しんぎん》を吐きつづけている。

おれはふたたびたずねた。『ぐあいでも悪いのかね？』

すると、とつぜん、彼女は叫び声を発した。裂けるような声だった。おれは蠟燭《ろうそく》を持ったまま、そばに駆けよった。

彼女の顔は苦痛のためにげっそりとなっていた。そしてあえぎながら、手をよじ曲げて、息もたえだえの、いまにも事切れそうな、重いうめきを喉《のど》の底から吐きだすのだ。

おれはあっけにとられて、たずねた。『どうしたんだ？　ねえ、どうしたんだ？』

彼女は答えずに、わめきだした。

急に、隣の連中は、この騒ぎを聞いたとみえて、しんとしてしまった。

おれはくり返し、くり返し言った。

『どこが痛いんだ？　ねえ、どこが痛いんだ？』

彼女は口ごもって言った。

『おお！　お腹です！　お腹です！』

いきなり、おれは夜具をめくった。すると眼にはいった光景は……。

きみ、彼女は産気づいたんだ。

さあ、おれは気が転倒してしまった。壁に駆けよって、拳固《げんこ》で力まかせにたたいて、どなったものだ。『助けて！ 助けて！』ドアがあいて、みんなどやどやはいってきた。燕尾服《えんびふく》の男たち、デコルテの女たちや、ピエロもいれば、トルコ人に扮《ふん》したのも、銃士に扮したのもいる。この侵入にすっかり度肝をぬかれて、もうおれには弁明することさえできなかった。彼らは、何か事件が、てっきり、犯罪事件があったと思ったらしく、それ以上はさっぱりわからないらしかった。

おれはやっとこさで言った。『つまり……つまり……この……この……女が、産気づきまして』

そこで、一同は彼女を点検し、各自の意見を述べたりした。ことに一人の托鉢《たくはつ》の格好をした男のごときは、この道に明るいようなことを言って、産婆《さんば》がわりになることを主張した。

彼らはぐでんぐでんに酔っぱらっていた。こんな連中にまかせておいたら、彼女を殺しかねないと思ったので、おれは帽子もかぶらず、階段を駆けおり、近所の街に住む老医者を呼びに行った。

医者をつれて帰ってくると、家じゅうの者が起きていた。階段の燈火はあかあかとついているし、アパートじゅうの居住者がおれの部屋につめかけていた。荷揚人夫に扮した四人の男が、テーブルを囲んで、おれのシャンパンと蝦をおおかた平らげていた。

おれの姿を見ると、一つのものすごい叫び声が爆発した。すると、牛乳売りの姿をした女が、タオルにつつんだものを示した。見れば、それは皺《しわ》のよった、くしゃくしゃした、ぐずっぽい、醜悪な肉の塊で、猫《ねこ》みたいに泣いているんだ。彼女がおれに言うには、

『お姫さんです』

医者は産婦を診察したが、事が夜食直後におこったので、彼女の状態は安心がならぬと宣告した。そして、すぐに看護婦と乳母をよこすと言って、帰っていった。一時間後、二人の女は薬品の包みを持って、やってきた。

おれは今後の処置を考えるどころか、すっかりあっけにとられて、椅子に腰かけたま、夜を明かした。

朝になると、さっそく、医者がやってきた。彼女はかなり悪いとのことだった。

彼はおれに言った。

『ムッシュー、あなたの奥さんは……』

おれはさえぎって言った。

『女房なんかじゃありませんよ』

彼はふたたび言った。

『お妾《めかけ》さんでもおなじですが』

それから彼は、養生のこととか、薬のこととか、産婦に必要な万端の注意をあげた。どうしたものか？　いっそ、この不幸な女を施療院《せりょういん》にでも送ってしまおうか？　そうしたところで、おれはもうこの家じゅうで、この界隈《かいわい》で、不良にされてしまったのをどうすることもできない。

おれは彼女を引受けることにした。彼女はおれの寝床に六週間いたよ。

子供だって？　ポワシーの農家へやってしまったよ。いまもって、月々五十フランかかるのさ。最初に金を出したものだから、これはおれが死ぬまで払わねばなるまいさ。

それに、後々は、きっとおれを父親だと思うだろうよ。

しかし、もっと弱ったことは、体がなおると……彼女、おれにほれやがったんだ……。まるで夢中にほれやがったんだ。この淫売《いんばい》がさ！」

「それで？」

「それでさ！　彼女、まるで捨猫みたいにやせちゃったのさ。おれはこの骸骨《がいこつ》を外におっぽり出したんだが、こいつ、いまだに街で待ち伏せしたり、おれが通るのを見ようとかくれていたり、夜なんて外出しようものなら、おれを引きとめて、手にキスしたり、いやはや、正気じゃいられんくらいまいったよ。

こういうわけで、おれは金輪際、お夜食《レヴェイヨン》はご免こうむる」

# 宝石

ランタン氏は、役所の次長の家の夜会でその娘に出会っただけで、恋はまるで投網《とあみ》のように彼をつつんでしまった。

それは数年前に亡《な》くなったある地方収税吏の娘だったが、父の死後、ほどなく母親とパリに出てきていたのである。母親は娘を結婚させたい一念から、あちこち、町内のお金持の家庭に出入りすることを怠らなかった。貧しくはあるが、分相応の暮しをしている、ものしずかな、おとなしい母娘《おやこ》だった。娘は、どうやら貞淑な婦人の完全なタイプをそなえているらしく、純情な青年なら、自分の一生を託することを夢みずにはいられなかったろう。その地味な美しさには、天使のような清らかな魅力があり、唇《くちびる》から消えることのないほのかな微笑は、彼女の心の反映のように思われた。だれも彼女を讃美《さんび》していた。彼女を知っているほどの人なら、こうくり返し言うことをやめなかった。「あいう娘さんをもらう男はしあわせだ。あれほどの娘さんはざらにあるものじゃない」

そのころ、ランタン氏は、内務省の主任書記で、年俸《ねんぽう》三千五百フランもらっていたが、彼女に求婚し、結婚した。

まるで嘘《うそ》のように幸福だった。彼女は家計のきりもりがとてもじょうずだったので、二人はまるで贅沢三昧《ぜいたくざんまい》な生活をしているようなものだった。気くばり、思いやり、甘ったれたしぐさなど、彼女が夫に示さないものはなかった。それに、彼女の人柄《ひとがら》の魅力が大きかったためか、相会って六年にもなるというのに、彼は新婚当時よりも彼女が好きになっていた。

ただ彼女に閉口していることは、お芝居と、イミテーションの宝石がお好きだという、この二つの道楽だった。

彼女の友達（彼女は中級官吏の細君を五、六人知っていた）は、人気を呼んでいる芝居の桟敷席《さじきせき》をつぎつぎにとってくれた。初日の席をとってくれることさえあった。だから、彼女はいやおうなしに夫を観劇に引っぱってゆくことになったが、夫のほうは、一日の勤労のあとなので、疲れることおびただしかったので、彼としては、だれか知合いの奥さんといっしょに行って、帰りも送ってもらうようにとしきりに懇願したものだった。それは夫としてふさわしからぬ態度だといって、彼女はなかなか譲らなかったが、けっきょく、夫のことを思って、そうすることに決めた。で、彼も彼女を大いに徳とした。

ところで、この芝居道楽は、まもなく、彼女におしゃれの欲望を発生させることになった。もとより、彼女の服装が質素であることにかわりはなく、それはいつもながらいい趣味ではあったが、しかし、あくまで地味であることはせんなかった。それにしても、彼女の優にやさしい風情《ふぜい》、あのつつましく、愛らしい、魅力的な風情は、衣装の質素である点から一種の新味をもたらしているように思われたのに、その彼女が、大粒のまがいダイヤを両耳にぶらさげる習慣をおぼえてしまったのである。模造真珠の首かざりをかけ、金鍍金《めっき》の腕輪をはめ、宝石まがいの色さまざまのガラス玉をちりばめた櫛《くし》をさすに至ったのである。

夫も、細君のこうした安ぴか趣味にはいささか不愉快になって、いつもくり返し言ったものだ。

「ねえ、きみ、本物の宝石が買えないなら、自分の生地《きじ》の美しさ、しとやかさで飾るよりほかはないね。またそれが一等めずらしい宝石なんだからね」

しかし、彼女はにっこりとほほえみながら、いつも答えるのだった。「だってしかたがないわ、あたし、こんなもの好きなんですもの。あたしの悪い癖ね。あなたのおっしゃることがほんとうだくらいは、あたしだって知っているわ。でも、この癖だけはどうにもならないの。それはあたしだって、本物ならどんなにいいかわからないわ！」

そして、真珠の首かざりを指でもてあそび、カットグラスの刻面をキラキラ光らせながら、いつも言うのだった。「でも、ごらんなさいな、なんてよくできているんでしょう。だれだって本物だと言うでしょうよ」

夫も匙《さじ》をなげて笑いながら、言うのだった。「つまり、ジプシー女の好みなんだね」

夕方、煖炉《だんろ》のそばで二人差向いでお茶を飲んでいるときなど、彼女はテーブルの上にモロッコ革の小箱を持ち出してくることがよくあった。ランタン氏のいわゆる「金ピカもの」がしまってある箱なのだ。そして、一種の情熱的な注意力を集中させながら、これらの模造宝石の調査にかかるのだったが、そういう彼女は、何か人知れぬ、深い喜悦を味わってでもいるように見えた。そして、むりやり、夫の首に首かざりをかけようとし、つづいて、「まあ、おかしい！」と叫びながら、腹の底から笑いこけ、夫の腕のなかに身を投げると、狂おしげに接吻《せっぷん》するのだった。

冬のある晩、彼女はオペラ座に行ったが、寒くて、震えながら帰ってきた。翌日、しきりに咳《せき》が出た。そして、一週間後、肺炎で死んでしまった。

ランタン氏はあやうく墓のなかまで彼女を追っかけてゆきそうになった。その悲観のしようがはなはだしかったので、一カ月で、頭髪は真っ白になってしまった。朝から晩まで泣きつづけた。いまは亡き妻の思い出や、微笑や、声など、彼女にそなわっていた、ありとあらゆる魅力に取憑《とりつ》かれて、耐えがたい苦痛に胸も引裂かれる思いだった。

時間も彼の心痛をしずめなかった。役所にいるときなど、よく同僚がやってきては、何かちょっとむだ話をしても、いきなり、彼の頬《ほお》はふくれ、鼻は皺《しわ》だらけになり、眼《め》にはいっぱい涙がたまるのだった。そして、醜い渋面をつくって、すすり泣きをはじめるのだった。

妻の部屋はそのまま手をつけないでおき、毎日、そのなかに閉じこもっては、彼女の思いにふけっていた。そして、すべての家具も、彼女の服までも、最後の日のとおり、もとのままにしてあった。

しかし、生活がどうにも苦しかった。彼の俸給も、妻の手にまかされていたときには、家事いっさいの必要をみたしていたのに、いまでは、自分一人でも足りなくなってきた。いったい、どうして彼女はいつもあんなに上等の葡萄酒《ぶどうしゅ》を飲ませてくれ、おいしいごちそうを食べさせてくれることができたのか、彼の貧弱な収入でそんなものが得られるはずはない、と思うと不審でならなかった。

彼はいくつか借金をこしらえた。そして、金につまった人たちがやるように、金のあとを追いかけまわした。ついにある朝、月末までにはまだ一週間もあろうというのに、無一文になってしまった。何か売ろうと思った。すると、とたんに、細君の「金ピカもの」を始末しようという考えがうかんだ。というのは、かつて彼をいらいらさせたこのような「まやかしもの」にたいする一種の怨恨《えんこん》の情がまだ心の底にこびりついていたからだった。見ただけで、日ごと、愛妻の思い出を多少なりともそこねずにはおかない品物なのだ。

彼は妻の残したおびただしい金ピカものをながいことかかって物色した。なにしろ、死ぬ前まで根気よく買い集め、毎晩のように何か新しいのを持ち帰ったほどだった。そこで、彼は妻がとくに好きだったらしい大きな首かざりを売ることに決めた。これだと、まがいものとしては細工が非常に丁寧だから、きっと、六フラン、あるいは、八フランにはなるだろうと思われた。

彼はそれをポケットに入れると、大通りを役所の方に向って歩きながら、信用のできそうな宝石商をさがした。

やっと一軒見つけて、なかにはいった。こんなふうにして自分のみじめさをさらけ出し、三文の値打ちもないものを売ろうとするなど、多少の恥ずかしさを感ぜずにはいられなかったが。

「あの、これですがね」彼は商人に言った。「どのくらいの値になるものでしょうか」

相手は品物を受取ると、念入りに調べだした。ひっくり返したり、手のひらで重さをはかったり、拡大鏡を出したり、店員を呼んで何やらコソコソ相談をしたり、勘定台の上において、作りをよりよく鑑定しようと遠くの方からながめたりした。

ランタン氏は、こうした大げさなしぐさにきまりがわるくなって、「いや！　たいした値打ちのものでないことはわかってますがね」と言おうとして、口をあきかけると、宝石商が宣言した。

「お客さん、これは一万二千フランから一万五千フランのものです。でも、出所をはっきり教えてくださいませんことには、ちょうだいするわけにはいきませんが」

男やもめは、何が何やらさっぱりわからず、口をぽかんとあけたまま、眼を白黒させていた。やっと、口ごもりながら、「なんですって?……それ、ほんとですか」相手は客の仰天ぶりを誤解して、冷たい語調で、「もっと高く出す店があるかどうか、よそへ行ってみたらいかがですか。手前では、一万五千がいっぱいです。これ以上出す店がなかったら、またいらっしゃってください」

ランタン氏は、完全にぽかんとしてしまい、首かざりをつかむと、そのまま店を飛び出た。一人になって、ゆっくり考えてみたいという、漠《ばく》とした欲望のためだったろう。

が、通りに出るやいなや、笑いの欲望が彼をとらえた、そして、考えた。「まぬけ! いやはや、なんというまぬけだろう! 万一、あいつの言い値で売りつけたとしたら、どうするつもりだろう! 商売人のくせに、本物と偽物《にせもの》の区別がわからないなんて、あきれかえったやつもあるものだ!」

そこで、彼は平和通りの入口にある別の店にはいった。首かざりを見るなり、宝石商は叫んだ。

「は、はあ、これですか、この首かざりならよく存じております。手前どもで扱った品でございますので」

ランタン氏はひどく面くらって、たずねた。

「いくらくらいしましょう?」

「お客さま、これは二万五千フランでお願いしたものです。それで一万八千フランではいただけると思います。もちろん、そのすじのお達しがありますので、あなたさまがこの首かざりの所有者だということを証明していただく必要はありますが」

今度という今度はランタン氏もびっくりして腰をぬかしてしまった。彼は言う。——「でも……でも、もっとよく調べたらどうです、だって、これまでぼくは……偽物だと思ってたんだが」

宝石商はふたたび言う。——「お名前をおっしゃっていただけないでしょうか？」

「あ、そうだったか、名前はランタン、内務省官吏、住いはマルティィル通り十六番地」

商人は帳簿をひらいて、さがしていたが、宣告するように言った。——「たしかにこの首かざりは、マルティル通り十六番地のランタン夫人にお届けしたものに相違ありません。日付は、一八七六年、七月二十日となっています」

二人の男はたがいに眼のなかをのぞきあった。勤め人はあまりの驚きに茫然《ぼうぜん》となり、宝石商は泥棒《どろぼう》を嗅《か》ぎ出そうとして。

商人のほうが口をきった。——「この品物をちょっとお預けねがえないでしょうか？二十四時間だけで結構ですから」

ランタン氏は口ごもった。——「ああ、いいですとも、もちろんね」そして、受取証を折って、ポケットに入れながら、店を出た。

それから、通りを横ぎり、街をのぼっていったが、道をまちがえたことに気づき、テユイルリーの方にまたくだってゆき、セーヌ河を渡ったはいいが、またしてもまちがえたことに気づき、シャンゼリゼに引返しはしたものの、頭のなかにはこれといってハッキリした考えがあったわけではなかった。彼はなんとかして理屈をつけ、理解しようとつとめた。妻にこんな高価なものが買えるはずはない。――うん、それはわかっている――だとすると、これは贈物だ！　たしかに贈物だ！　だれの贈物だろう？　何ゆえの贈物だろう？

彼ははたと立ちどまると、そのまま、大通りのまんなかに棒立ちになっていた。恐ろしい疑念が頭をかすめた。――妻が？――だとすると、ほかの宝石もぜんぶ贈物か！　なんだか、大地が動きだし、眼の前の樹木が倒れるような気がした。彼は両腕をひろげるなり、意識を失って、その場に倒れてしまった。

彼が意識をとりもどしたのは、薬屋の店だった。通行人たちが運んできてくれたのだ。彼は自家までつれてきてもらうと、そのまま部屋に閉じこもった。

夜まで彼は泣きつづけた。声をたてまいとハンカチを嚙《か》みながら、狂ったように泣きつづけた。それから、疲れと悲しみにぐったりなって、寝床にはいると、前後不覚の眠りに落ちた。

太陽の光線で目がさめたので、不承不承に起きた。役所へ行かなければならないからだ。このようなはげしいショックのあとで、働くのはつらいことだった。しかし、考えてみれば、課長に許可を得るという手もあった。それで課長に手紙を書いた。手紙を書き終ると、今度はあの宝石商のところへ行かなければならないのだということを考えた。と、恥ずかしさに顔が赤くなった。ながいこと、あれこれと思いまどっていた。それにしても、首かざりを預け放しにしておくわけにはいかなかった。彼は服を着ると、外に出た。

いい天気だった。まるで微笑しているようなパリの上に、青い空がひろがっていた。散歩する人たちは、手をポケットに突っこんだまま、ぞろぞろ歩いていった。

そういう道行く人たちをながめながら、ランタン氏は思ったことだ。「ああ、金があったらばなあ、どんなに幸福だろう！　金さえあったら、悲しみさえもふっ飛んでしまう。行きたいところに行けるし、旅行もできれば、保養もできる。ああ、金があったらばなあ！」

彼は腹がすいていることに気がついた。おとといから食っていないのだ。だが、ポケットはからっぽだった。すると、あの首かざりのことが思い出された。一万八千フラン！　一万八千フランとは、これは相当なものだぞ！

彼は平和通りまで来ると、例の宝石商の向う側の歩道を行きつもどりつした。一万八千フランだぞ！　彼は幾度となくはいりかけた。しかし、いつも恥ずかしさに、やめてしまった。

だが、腹がすいてしかたなかった。ペコペコだ。金は一文もない。いきなり、彼は決心すると、反省の余地を与えないように、街路を走りながら突っきって、宝石商の店にとびこんだ。

彼だとわかると、店の主人はいそいそと寄ってきて、いかにも愛想よさそうに椅子《いす》をすすめた。店員たちもまわりに集まり、わきからランタン氏を見ていたが、その眼もと、口もとがニヤニヤ笑っている。

宝石商は宣言した。――「お客さま、照会のほうはすみましたのですが、もし、やはりおなじご意向ならば、申しあげましたお代をお払いしてもよろしゅうございますが」

勤め人は口ごもった。――「それは、もちろん」

宝石商は引出しから大きな札を十八枚取出し、それを数えて、ランタン氏に差出すと、ランタン氏は小さな領収書に署名し、手を震わせながら、金をポケットに納めた。

それから、店を出ようとしたが、あいかわらずニコニコしている主人の方にふり返ると、眼をふせながら、

「まだ……まだほかにも宝石類はあるんですが……やっぱり……遺産としてね。これも買ってもらえるでしょうか？」

商人はぴょこんと頭をさげて――「それは、おやすいことで、お客さま」

店員の一人のごときはあわてて席をはずした。思うさま高笑いしたかったからだ。も

う一人の店員は大きな音をたてて洟《はな》をかんだ。

ランタン氏は、顔を赤くしながらも、平然として、荘重に宣言した。——「それなら持参するとしよう」

それから、辻馬車《つじばしゃ》をひろって、宝石を取りに行った。

一時間後、ふたたび店にやってきたとき、彼はまだ昼飯も食べていなかった。店員たちは品物を一つ一つたんねんに調べては、それぞれ値をつけた。ほとんど全部がこの店で売ったものだった。

ランタン氏も今度は値ぶみのことで文句をつけた。憤慨してみたり、売上帳を見せろと要求もした。そして、値段があがればあがるほど、声もしぜんと大きくなった。

大粒のダイヤの耳かざりが二万フラン、腕輪が三万五千フラン、ブローチ、指輪、メダイヨンが一万六千フラン、エメラルドとサファイアの首かざりが一万四千フラン、金鎖にダイヤの単玉がさがっている首かざりが四万フラン、これらをしめると十九万六千フランに達した。

店の主人は冗談まじりに言った。

「このおかた、家計を全部宝石におかけなさったとみえますすな」

ランタン氏は荘重に宣言した。——「これも一種の預金の方法というものです」それから、再鑑定は翌日ということに決めて、店を出た。

通りに出て、ヴァンドーム広場の大円柱を仰ぎ見ると、賞品のついている例のすべり棒かなんぞのような気がして、頂上までよじのぼってみたいような衝動にかられた。また、なんだか自分がひどく身軽になったような気がし、あの空高く構えているナポレオンの銅像の上で、馬飛び遊びくらいできそうに思われた。

彼はヴォワザン亭で中食《ちゅうじき》をし、一本二十フランの葡萄酒を飲んだ。

それから、辻馬車をひろって、ブーローニュの森を一周した。りっぱな自家用車を見ても、なにかしら軽蔑《けいべつ》したい気持になり、「おーい、おれだって金持だぞ、二十万フランあるんだぞ！」と、彼らに向って叫びたくてたまらなかった。

役所のことがふと頭にうかんだ。馬車を役所に乗りつけると、決然と課長室にはいってゆき、宣告した。

「課長さん、わたくし、辞表を提出しにまいりました。わたくし、三十万フランの遺産を相続いたしました」それから、旧同僚の手を握りに行き、新生活の計画を語った。それから、アングレ亭で夕食をとった。

自分のわきにいた紳士は見るからにりっぱそうな人物だったが、彼はいましがた四十万フラン相続したということを、思わせぶりよろしくしゃべりたい衝動に抵抗することができなかった。

生れてはじめて劇場で退屈しなかった。そして、その晩は女たちと遊んだ。

六カ月後、彼は再婚した。この二度目の細君は素行はりっぱだったが、気むずかしい女で、これには彼もずいぶん悩まされた。

# かるはずみ

結婚前、彼らは星のなかで清らかに愛しあっていた。それは、大海の岸辺でのうるわしい邂逅《かいこう》がそもそもの初めだった。彼は彼女をきれいだと思った。明るい日傘《ひがさ》をかざし、そのいでたちもすがすがしく、大海原《おおうなばら》を背景にして、通りゆくこのバラ色の乙女を美しいと思った。青い波濤《はとう》と、無限の大空からなる、この額縁のなかで、彼はそのブロンドのたおやかな乙女を愛したのだった。こうして彼は、塩からい強烈な空気が、自分の魂に、心に、血管に目ざめさせたところの、そこはかとない、しかし根づよい感動を、また、光と波にみちた雄大な風景を、このほころびはじめた乙女が、自分のうちに発生させた情感だと、思いちがいしたのだった。

彼女もまた彼を愛した。なぜとなれば、彼は彼女に言いよったから。若かったから。財産があったから。おとなしくて、やさしかったから。自分たちに甘い言葉をかけてくれる若い男を愛することは、若い娘にとって自然のことであるから、彼女は彼を愛したのだった。

かくして、三カ月のあいだ、彼ら二人は、肩と肩を並べて、眼《め》と眼を見あわせて、手と手をとって、生活した。朝、沐浴《もくよく》前に、新しい日の清涼な空気のなかで、彼らの交わす朝の挨拶《あいさつ》。また、星空の、しずかな夜のあたたかい空気のなかで、砂浜で交わす別れの言葉——それを、彼らは、低く、低く、ささやくのであったが、そして、二人はまだ一度も唇を合わせたことはなかったのだが、すでに彼らの朝夕の挨拶には、接吻の味がこもっていた。

彼らは、ときによれば、たがいに眠っているのだと思い、ときによれば、たがいに目がさめているのだと考えた。そうして、口にこそ出して言わないが、彼らの全魂で、全肉体で、たがいに呼びあい、たがいに求めあっていた。

結婚後、彼らは地上で熱愛しあった。最初のほどは、疲れ知らずの肉欲的な激情だった。ついで、それは熱情的な愛情となった。その愛情は、手で触れる詩でできている、はやくもじょうずになった愛撫《あいぶ》でできている、つつましい、あるいは、卑猥《ひわい》な創意工夫からできている、そんな愛情だった。彼らのまなざしは、何か淫靡《いんび》なものを意味していた。彼らのあらゆる挙措は、彼らに夜の熱いむつまじさを想起させた。

さて、きょうこのごろでは、それをみずから告白することなしに、おそらくは、それをみずから知ることなしに、そろそろたがいに飽きてきた。もちろん、彼らは愛しあってはいた。ただ、もはや彼らにはたがいに発見すべき何物もなかったのだ。彼らが頻繁《ひんぱん》になさなかったことで、なすべきことはもはやなかったのだ。たがいに学ぶべきことはもはやなかったのだ。新しい愛の言葉も、予想外の飛躍も、何度となくくり返された、陳腐な言葉を火と燃やす語調も、もはや何ひとつとしてなかったのだ。

それでも彼らは、新婚当初の抱擁の、すでに衰えた情火をかきたてるべく努力した。毎日のように、恋の妙手を策した。素朴《そぼく》な、あるいは手のこんだいたずらを考え出した。あの相思の日のごとき、しずめがたい熱情を、おのが心のなかに再生すべく、また、新婚当初の情火を、その血管のなかによみがえらすべく、絶望的な試みをつぎつぎに計画したのであった。

ときに、彼らはおのれが欲情を鞭撻《べんたつ》したかいあって、人工的狂乱の一時間を見いだすことはあっても、すぐまた味気ない倦怠《けんたい》がつづいた。

青白い月光も、やさしい夕暮時の、木の下かげのそぞろ歩きも、夕靄《ゆうもや》につつまれた岸辺の詩情も、饗宴《きょうえん》の歓楽も、どれもどれもすでに試験ずみだった。

さて、ある朝、アンリエットがポールに言うには、

「あたしを夕食にキャバレーへつれていってくれない？」

「いいとも」

「ごく知合いのキャバレーよ」

「いいとも」

彼女は、なにかしら、言いにくいことを考えているらしいので、彼は眼つきで彼女にたずねながら、じっとその顔を見まもっていた。

彼女は言いつづけた。

「そら、あるでしょう、キャバレーで……どう言ったらいいかしら？　あの待合を兼ねたようなキャバレー……つれこみのきくキャバレーが……」

彼はほほえんだ。——「うん、わかったよ、大料理店の特別室なんだな？」

「そうよ、でも、大料理店といっても、あなたのなじみの、前にあなたが夜食したことのある……いいえ、夕食をしたことのある料理屋で……つまり、そら……つまり、あたし、そこで……いや、あたし、こんなこと、とても言えないわよ」

「お言いよ。ぼくたちのあいだで、なんでもないことじゃないかね？　ぼくたちは、これっぽっちも秘密はないんだぜ」

「いや、とてもだめだわ」

「さあ、猫《ねこ》なんかかぶらずに、お言いってば？」

「じゃ、言うわ……言うわ……あたしはね、そこであなたの情婦に思われたいの……。でね、あなたが結婚していることを知らないボーイさんは、あたしをあなたの情婦だと思うでしょう。そして、あなたも……あなたも、あたしのことを自分の情婦だと思うのよ……たぶん、あなたには思い出の深いその場所でね。一時間くらい……。こんなまねがしてみたいの！　すると、あたしもきっとあなたの情婦のような気がしてくるわ。あたしは大きなあやまちを犯すの……。あなたを裏切るの……あなたと通じて……。これなの！　ずいぶん、卑《いや》しいことだけど……。でも、あたし、したいわ。そんなに見ちゃいや……。恥ずかしいわ……。考えてもみてよ、あるまじき場所で、あなたと差向いで、お夕飯をいただくあたしを……それも、あたし、心がみだれて……。毎晩のように、男女が愛しあっている特別室で……。そんなこと、ほんとに卑しいことだけれど……あたし、ケシのように真っ赤になったわ。見ないでよ……」

彼はひどくおもしろがって、笑っていたが、答えた。

「よかろう、今晩にも行こう。とても気のきいた家を知っているから」

七時ごろ、彼らは大通りの大料理店の階段をのぼっていった。彼は、誇らかに、ほほえみながら。彼女は、恥ずかしそうに、ヴェールをさげて、うっとりした面持《おももち》で。彼らが、四脚の椅子《いす》と、赤ビロードの大きな寝椅子の備えつけられた特別室にはいると、ほどへて、燕尾服《えんびふく》の給仕頭《きゅうじがしら》がはいってきて、献立表を示した。ポールはそれを妻にわたした。

「何にするかね？」

「あたしにはわからないわ。ふつう、ここで召しあがるもの」

そこで、彼はくどくどしい料理名を読みながら、外套《がいとう》を脱いで、給仕にわたすと、言った。

「ポタージュ・ビスク――プレ・ア・ラ・ディアブル、兎《うさぎ》の腰肉、蝦《えび》のアメリカ煮、薬味つき野菜サラダ、それから、デザート――飲みものはシャンパンにしよう」

給仕頭は若い女をながめ、ほほえみながら低声《こごえ》で言った。

「ムッシュー・ポールは薄口の、それとも？」

「濃い口のシャンパン」

アンリエットは、この男が夫の名前を知っているのを聞いて、うれしかった。

彼らは寝椅子に並んで腰かけて、食べはじめた。

十燭光《しょっこう》が彼らを照らして、それが大きな鏡に反射している。鏡は、数千の名前がダイヤで落書きしてあるので、曇っている。そして、その傷跡のために、光をあびた鏡面は、一面の蜘蛛《くも》の巣のようになって見える。

アンリエットは、最初の数杯で陶然となってしまったが、それでも、元気をつけるためにグラスを重ねていった。

ポールはさまざまの思い出にあおりたてられて、しきりに妻の手に接吻した。彼の眼はかがやいていた。

彼女は、この怪しげな場所のため、妙に興奮してしまった。気がたって、うれしくて、何かすこしけがされたようで、そのくせ、胸がときめくのだった。

しかつめらしく、無言のままの二人の給仕は、見てとりも早ければ、忘れることも早く、必要のときにしかはいってこず、はいってきても、さっさと出てゆく、といったぐあいに、万事心得ているのだが、足ばやに、あるいは、ゆっくり、行ったり来たりしていた。

食事も中ごろになると、アンリエットはお酒がまわって、だいぶいい気分になってきた。ポールもはしゃいで、力まかせに彼女の膝《ひざ》を突いたりした。彼女はもう平気になって、勝手におしゃべりをはじめた。頬《ほお》はほてり、まなざしはかがやきをまし、とろんと、うるんでいる。

「ねえ、さあ、みんな言ってしまいなさいよ。いいでしょう。あたし、何もかも知りたいのよ？」

「それ、何をさ？」

「言えないわよ」

「かまわんから、お言いってば……」

「あんた、女があって？　大勢……あたし以前に？」

彼はハタとつまった。おのれの女運を秘すべきか、それとも、自慢すべきか、判断しかねて迷った。彼女はふたたび言った。

「ねえ！　お願いよ。言ってよ、たくさんあって？」

「それは数人あったさ」

「幾人？」

「わからんな、ぼくには……だれにだって、そんなこと、わかるもんか」

「では、あなたは数えなかったのね」

「まさか」

「あら、そう！　では、たくさんあったのね？」

「それはあったよ」

「だいたい幾人？……ただ、だいたいでいいから？」

「だって、むりだよ、きみ、大勢あった年もあれば、少ない年もあるんだから」

「年に幾人よ？　ねえ？」

「二、三十人のこともあれば、わずか四、五人のこともあるさ」

「まあ！　そうすると全部で百人以上になるじゃないの」

「だいたい、そういう計算になるかね」

「まあ！　いやらしい！」

「なぜ、いやらしいのさ？」

「だって、いやらしいわ。考えてみなさい……。それらの女が……どれも、裸で……それが……いつでもおなじことをするなんて……まあ！　やっぱり、いやらしい。百人以上なんて」

　彼女がそれをいやらしいと言ったことが、彼の気にさわった。女たちがばかを言っているということを、彼女たちに理解させるために、男たちが往々にしてとる、あの優越的態度で、彼は答えたのである。

「だって、それはへんじゃないか！　百人の女を所有するのがいやらしいのなら、一人を所有するのだって、やっぱり、いやらしいよ」

「いいえ、ぜんぜんちがうわ」

「なぜちがうのさ？」

「だって、女一人だったら、それは関係だわ。男女を結ぶ恋愛だわ。ところが、百人となると、それは不潔だわ。不品行だわ。あのきたならしい商売女なんかに、どうして男は接触するのか、あたしには理解できないわ」

「それはちがうよ。彼女たちはきわめて清潔なんだ」

「自分の営んでいる稼業《かぎょう》としてやって、それでいて清潔だという法はありえないわ」

「それは逆だよ。稼業だからこそ、彼女たちは清潔なんだよ」

「まあ、いやだ！　前の晩、その女はほかの男とあんなことしたと考えただけでも！まあ、けがらわしい！」

「けがらわしくなんかないよ。けさ、どこのだれが飲んだかわからないこのグラスで飲むよりか、けがらわしくないさ。それに、ねえ、洗い方にしたところで、このグラスなんかのほうがよっぽど手をはぶいている……」

「まあ！　いいかげんになさいよ。あきれてしまうわ……」

「じゃ、なぜ、女があったかなんてきくのさ？」

「じゃねえ、きくけど、あんたの女は、商売女なの？　みんな？　百人が百人みんな？」

「まさか、そんなことないよ……」

「じゃ、なんなの？」

「女優あり……それから……職業婦人あり……それから……数名の貴婦人ありさ」

「貴婦人は幾人？」

「六人」

「わずか六人？」

「さよう」

「みんなよくって？」

「いいね」

「商売女よりよくって？」

「否《いや》」

「いったい、あなたはどっちが好きなの？　商売女と、貴婦人と」

「商売女だね」

「まあ、きたならしい！　なぜよ？」

「ぼくは素人《しろうと》の腕前を好まないよ」

「まあ、驚いた！　あなたって、あきれた人ね？　ねえ、そんなにして、一人から一人へ渡り歩いておもしろくって？」

「おもしろいね」

「とても？」

「とても」

「何がおもしろいのよ。どの女だって似たりよったりじゃないの？」

「あに図らんやさ」

「まあ！　女はおなじじゃないの？」

「ぜんぜんちがうよ」

「ぜんぜん？」

「ぜんぜんだとも」

「まあ、おかしい！　どんなところがちがうんでしょう」

「ぜんぶだよ」

「体が？」

「体だってそうだ」

「体が、すっかり？」

「体が、すっかりさ」

「そのほかどんなところが？」

「仕方さ……抱いたり、話したり、たわいもないことを言ったりする……その仕方さ」

「まあ！　替えるのがそんなにおもしろいの？」

「おもしろいとも」

「あの、男もちがうものかしら？」

「それは、ぼくにはわからんな」

「わからないの？」

「うん」

「男だって、ちがうはずだわね」

「うん……おそらくね……」

彼女は手にシャンパンのグラスを持ったまま、しばし、物思いに沈んだ。グラスにはなみなみとついである。彼女はそれを一息に飲みほした。ついで、グラスをテーブルの上におくと、いきなり、彼の首っ玉にしがみついたまま、口のなかでつぶやくように言った。

「ねえ、あなた、大好きよ！」

彼も彼女を必死になって抱きしめた……。と、そこへボーイがはいろうとしたが、たじたじとして、ドアをまたしめた。

かくして、給仕は約五分間中絶された。

給仕頭が、しかつめらしく、もったいぶったようすで、食後の菓子を持ってあらわれたとき、彼女は新たに、なみなみとつがれたグラスを手にしていた。そして、黄色い、透明な液体をしみじみながめながら、いままでにいくたびか夢想した、未知なものの姿を、そこに見ようとするごとくであったが、夢みるような声で、ささやいた。

「ええ！　きっと、そうよ！　男だって、やっぱりおもしろいにちがいないわ！」

# 父親

バティニョールに住んで、文部省に勤めていたので、毎朝、彼は、乗合馬車で通勤していた。そして、毎朝、一人の若い娘と向い合いで、パリの中心まで行くのだったが、じつは、その娘が好きになったのである。

彼女は、毎日、おなじ時刻に、勤め先の百貨店にかよっていた。栗色《くりいろ》の髪のかわいい娘だった。一口に栗色といっても、眼《め》は斑点《はんてん》ではないかと思われるほど真っ黒な、顔色は象牙《ぞうげ》のような光沢をした、そういう種類の女だった。彼女は、いつもきまった町角にあらわれて、こののろまの車に追いつこうと走りだす。その走るようすが、いかにもせかせかしていて、かわいく、スマートで、上品なのだ。そして、馬がまだ完全に止らないさきに、ぴょんと昇降台に飛び乗る。それから、息をすこしはずませながら、車内にはいってくると、ひとわたり、まわりをきょろきょろ見ながら、腰をおろす。

彼フランソワ・テシエは、彼女を一目見たときから、この顔がたまらなく自分の気にいったことを感じた。相手の女を知ろうが知るまいが、その場で、無我夢中に抱きしめてやりたくなるような女に出会うことがあるものである。さて、その若い娘というのは、彼の内心の願いに、ひそやかな期待に、いちいち適合していたのである。つまり、人がそれと気づかずに自分の心底にいだいている、あの愛の理想ともいうべきものに合致していたわけなのだ。

つい、彼は彼女を執念ぶかくながめようとする。このようにしげしげ見られて、彼女のほうはきまりがわるくなり、顔を赤くしてしまう。彼もそれに気づいて眼をそらそうとする。しかし、彼がよそを見ようと努力しているにもかかわらず、彼の眼は、ひっきりなしに彼女の上にもどってくるのだった。

数日後には、口こそきかなかったが、二人は顔見知りになった。馬車が満員のときなど、彼は彼女に席を譲って、つらいことではあったが、自分は一人で屋根上の席にあがっていった。もうこのごろでは、かるく笑いながら挨拶《あいさつ》をする彼女だった。そして、いささかはげしすぎると思われる彼の視線に、あいかわらず眼をふせてはいたものの、このように見つめられることが、前ほど迷惑ではないらしかった。

けっきょくは、二人とも口をきくことになるのだった。こうして、二人のあいだに一種のはかない交わりが生れた。日に三十分の交わりである。そして、これこそ、もちろん、彼の生活での最も楽しい三十分だった。それ以外の時間は、彼女のことばかり考えてすごす。役所におけるながい執務時間中も、ひっきりなしに彼女の姿が見えてくる。好きな女の顔は、たよりなげな、そのくせ、消えない印象をわれわれの心に残すものだが、そのような影響が、たえず彼の心につきまとっては、とらえ、侵しているからだ。あのかわいい人を完全に所有するなどは、この世ならぬ幸福であるように、人間の実現しあたわざることのようにさえ思われた。

このごろでは、毎朝、彼女は彼の手を握ってくれた。そして、彼は、この触感を夕方まで感じているのだった。それは、あのかわいい指の弱々しげな握りしめが、彼の肉体に残した思い出なのだ。その握りしめの跡が、皮膚にまだ残っているような気がしてならなかったのだ。

二六時中、あの乗合馬車でする短い旅を、彼は落着けない気持で待っていた。そして、日曜日が彼にはつらかった。

もちろん、彼女も彼を愛していた。なぜかとなれば、彼女は、あした、つまりある春の土曜日、メーゾン・ラフィトへピクニックに行くことを承諾したのだから。

＊

彼女のほうが先に来て、停車場で待っていた。いささか彼は面くらった。しかし、彼女が言ったのである。

「発《た》つ前に、お話ししたいことがあるの。まだ二十分もあるから、心配いりませんわ」

彼女は、彼の腕にもたれながら、震えている。眼はふせ、顔は青い。ふたたび彼女は言った。

「あたしを思いちがいなさっては困りますのよ。あたしはちゃんとした娘ですもの。もしあなたが、あたしに約束してくださったら、ごいっしょに行ってもいいんですけれど……。もしあなたが、あの……なんにもしないって誓ってくださったら、あの……へんなことしないって……」

とつぜん、彼女はヒナゲシよりも赤くなってしまった。彼女は口をつぐんだ。彼はどう答えていいかわからなかった。うれしくもなり、あてがはずれたような気もする。実際のところは、そうある彼女のほうが好もしくあったろうが、それにしても……それにしても、昨夜は、身中の血管を火と燃やす、さまざまな妄想《もうそう》にかられていた彼ではあった。もとより、彼女を不良だと知ったら、これほどに愛さないことになるだろうが、しかしやっぱり、あのことは魅惑的な、楽しいことに思えてしかたがない！　そして、恋愛に関する男のあらゆるエゴイスチックな計算が、彼の精神を動かしていたのだ。

彼が一言も言わないので、彼女は眼の縁に涙さえ浮べながら、興奮した声で語りはじめた。

「失礼なことなんか、絶対しないって、もしあなたが約束してくださらないなら、あたし、家へ帰ります」

彼は彼女の腕をやさしく握りしめると、答えて言った。「約束しますよ、なんでもあなたのいいようにしますよ」

彼女はほっとしたらしく、ほほえみながら、たずねた。

「それ、ほんとなの？」

彼は彼女の眼のなかをじっと見つめた。

「誓いますとも！」

「キップを買いましょうね」彼女が言った。

汽車は満員だったので、彼らはろくろく話もできなかった。

メーゾン・ラフィトに着くと、二人はセーヌ河の方に歩いていった。

あたたかい空気に身も心もとろけるようだった。河の面にも、木の葉にも、芝生にも、陽《ひ》の光はさんさんと降りしきって、肉体と精神にうきうきするような反射をなげつけた。二人は手に手をとり、岸辺にそって歩きながら、小さな魚が二組の隊をつくって走っているのをながめたりした。かぎりない歓《よろこ》びに浸っている彼らは、至福の空ゆく思いがするのだった。

やっと、彼女が言った。

「あたしをきっとへんな女だと思っているんでしょう！」

彼はたずねた。

「どうしてです？」

ふたたび彼女が言った。

「たった一人きりで、あなたとこんなにして来るなんて、へんな女じゃなくって？」

「へんなもんですか！　それは普通ですよ」

「いいえ！　いいえ！　普通じゃないわ——あたしにとっては——なぜって、あたし、まちがいがしたくないから——だって、女って、こんなことから、まちがいをするんですもの。でも、あなたに知っていただけたら！　あたしがどんなに寂しい暮しをしているかっていうことを。毎日、毎日、くる日も、くる月も、おなじことばっかりで、つまらないのよ。あたし、ママと二人きりでしょう。ママはずいぶん苦労した人だものだから、気むずかしいの。あたし、できるだけのことはしてあげているの。いやなときだって、つとめて笑ってみせるようにしているの。でも、そういつだってうまくはいかないわね。しかたがないわ。来たほうが悪いんだもの。あなた、せめてあたしにあんなこと望まなくってね」

答えるかわりに、彼は彼女の耳もとに、きつく接吻《せっぷん》した。しかし、彼女はいきなり飛びのくと、急にぷんとして、

「まあ！　ムッシュー・フランソワ！　いまさっき誓ったくせに」

それから、二人はメーゾン・ラフィトの方にもどった。

彼らは「小アーブル亭」で昼飯を食べた。それは、河ぶちに面して、四本のポプラの木かげにある、平屋建ての家だった。

大気と、暑熱と、少量の白葡萄酒《ぶどうしゅ》と、それに、差向いのきまりわるさも手伝って、顔

はほてり、胸がせまり、とかく黙りがちだった。

それだのに、コーヒーがすむと、忽然《こつぜん》として、ある猛烈な歓喜が二人をつつんだ。で、セーヌ河を渡ると、河岸づたいに、フレットの村の方へ歩いていった。

だしぬけに彼がたずねた。

「それはそうと、あなたの名前はなんといったっけ?」

「ルイズっていうの」

ルイズと、彼はくり返し言ったまま、あとは黙りこくってしまった。

長い曲線を描いているその河は、はるか遠方で、さかさまに影を落している一列の白い家々を洗っている。若い娘がマーガレットを摘んで、田舎風の大きな花束をつくれば、彼は彼で、野原に放たれた若駒《わかごま》のようにうかれながら、大声で歌をうたう。

左手に、葡萄の植わった丘が、河にそっている。それなのに、フランソワは急に立ちどまると、驚愕《きょうがく》のあまり、身動きもしなかった。

「まあ! 見てごらんよ」彼は言った。

もう葡萄ではなくなっていた。いまでは、斜面全体、リラの花ざかりなのだった。まったく、それは菫色《すみれいろ》の森だった。二、三キロも先の村までつづいている、地面に敷きつめられた広大な花毛氈《はなもうせん》だった。

彼女も心をうたれて、思わず足をとどめ、低声《こごえ》で言った。

「まあ！　なんてきれいでしょう！」

そこで、畑をよぎり、二人はそのふしぎな丘の方に駆けていった。毎年、花売り女の小車に満載されて、パリの町々を売って歩かれるリラは、ぜんぶこの森が供給しているのであった。

一条《ひとすじ》の狭い小道がリラの木かげに消えている。その小道を行くうちに、小さな空地に出たので、彼らはそこにすわった。

蜜蜂《みつばち》の群れが、頭の上でぶんぶんいいながら、ものやわらかな、たえまないうなりを空中におくっている。そして、陽の光は、風ひとつない日の明るい陽の光は、花ざかりの長い斜面に照りつけて、この花束の森から、強烈な香気、においの無限の息吹《いぶ》き、あの花の汗を発散させているのだった。

遠く、教会の鐘が鳴っている。

すると、二人はそっと抱きあった。やがて、草の上に寝そべったまま、自分らのしている接吻のほかは何ごとも感ずることなく、きつく抱きしめあった。彼女は眼をとじたまま、両腕でしっかり彼をつかまえていた。何ひとつ思うでもなく、失心したように、ただ何かをはげしく待つ思いに、頭のてっぺんから足の先までしびれるようになったまま、無我夢中で相手を抱きよせた。こうして彼女は、自分が何をしているのか知ることなく、すっかり身をまかせたのだった。身をまかせているということさえわからずに。

彼女は大きな不幸の狂乱のうちに目がさめた。そして、両手で顔をおおったまま、苦痛にうめきながら泣きだした。

彼は彼女を慰めようとこころみた。それだのに彼女は、すぐにも発つのだ、家に帰るのだ、もどるのだ、といって、きかなかった。彼女は大股《おおまた》で歩きながらも、のべつ言いどおしだった。

「ああ！　どうしましょう！」

彼は彼女に言うのだった。

「ルイズ！　ルイズ！　泊ろうよ、お願いだ」

彼女の眼は落ちくぼみ、頰《ほお》は真っ赤だった。彼らがパリの停車場に着くや、彼女はさよならも言わずに行ってしまった。

＊

その翌日、乗合馬車で出会ったとき、彼女はやせて、まるで、別人のようだった。彼女が言った。

「ぜひお話ししたいことがあります。おりましょう」

歩道に、二人きりになると、

「あたしたち、お別れしなければなりません。あんなことがあったあとで、お目にかかることなどできません」

　彼は口ごもった。

「だって、どうしてです？」

「そんなことできませんもの。あたし、罪を犯したんですわ。だから、二度と犯してはいけないんだわ」

　すると、彼は、欲情にうずうずしながら、彼女に嘆願したり、哀願したりした。二人きりの恋の夜に、心ゆくまで彼女をわがものにしようという、せっぱつまった欲求に気も狂わんばかりだった。

　それでも、彼女は頑強《がんきょう》にくり返して言った。

「いいえ、だめです。あたし、いやです」

　言われれば言われるほど、彼は気がたち、いらいらしてきた。彼は結婚するとも言った。それでも彼女は言った。

「いけません」

　そして、さっさと行ってしまった。

　一週間のあいだ、彼女は姿を見せなかった。彼女に出会うこともできなかったし、それに、アドレスも知らなかったので、永久に逃がしたものとあきらめていた。

　九日目の夕方、呼鈴が鳴った。彼はドアをあけに行った。それは彼女だった。彼女は彼の腕のなかに身を投げるなり、もう拒まなかった。

三カ月のあいだ、彼女は彼の女だった。そろそろ、飽きかけてきた時分、女から妊娠したことを聞かされた。すると、彼の頭には一つの考えしかなかった。どうあっても、別れるということ。

それには、どういうふうにしたらいいか、どう言ったらいいかもわからず、ただ不安に心はみだれ、おまけに、日ごとに成長する子供にたいする恐怖もあって、彼には何をすることもできなかったので、けっきょく、最後の手段をとった。ある夜、こっそり引越して、姿をくらましてしまったのだ。

その打撃があまりにもひどかったので、彼女は、こんなふうにして捨てた男をさがそうとしなかった。彼女は母親の膝《ひざ》に泣きくずれて、自分の不幸を告白した。そして、それから数カ月後、男の子を分娩《ぶんべん》した。

＊

幾年かが過ぎた。フランソワ・テシエは生活になんの変化も起ることなく、だんだん年齢《とし》をとっていった。希望もなければ、期待もなく、単調で憂鬱《ゆううつ》な官吏生活を送っていた。毎日、おなじ時間に起きると、おなじ町を通り、おなじ門衛の前で、おなじ門をくぐり、おなじ事務室にはいって、おなじ椅子《いす》に腰かけ、おなじ仕事をする。彼はこの世でたったひとりきりだった。昼は、冷淡な同僚のあいだでひとりきりだったし、夜は夜とて、下宿の二階でひとりきりだった。彼は老後のために毎月百フランずつ貯金した。日曜日ごとに、シャンゼリゼへ散歩に行っては、りっぱな馬車や、美しい婦人など、上流人士が通るのを見物することにしていた。

あくる日、彼は自分とおなじその日暮しの同僚に言うのだった。

「きのうの森《ボワ》の帰りときちゃ、すてきなものだったぜ」

さて、ある日曜日のこと、たまたま、その日、彼は別の通りを歩いていたので、モンソー公園にはいってみた。晴れた夏の朝だった。

子守や、おかあさんたちは、並木にそったベンチに腰かけて、子供たちが面前で遊んでいるのを見ている。

ところが、とつぜん、フランソワ・テシエはぞくっとした。一人の婦人が、二人の子供の手をひいて、通りすぎてゆくのだ。十ばかりの男の子と、四つの女の子である。

それは彼女だったのである。

彼はなおも百歩ばかりあとをつけていったものの、ふらふらっと、ベンチに腰をおろしてしまった。興奮で息が詰ったのである。彼女は気がつかなかったらしい。そこで、気をとりなおし、もう一度彼女を見てやろうと思った。今度は彼女のほうがベンチに腰かけていた。女の子は土でおだんごなどつくっているのに、男の子のほうは、そばでおとなしくしている。彼女だ。まぎれもなく彼女だ。彼女は、れっきとした夫人らしい態度がそなわり、簡単な服装のうちにも、おかしがたい威厳があった。

彼はそばに行く勇気もなく、ただ遠くから見ていた。坊やがこっちを見た。フランソワ・テシエはぞくっとした。彼の子供だ。きっとそうだ。彼はその子に眼をそそいだ。すると、そこに、むかし撮った自分の写真とそっくりの顔を見た。

彼は木のかげにかくれていた。彼女が歩きだしたら、あとをつけてゆこうと思ったのだ。

その晩、彼は一睡もしなかった。子供を思う念が、とくべつ、つきまとってくるのだ。彼の息子なのだ！　ああ！　彼の息子だと、はっきり知ることはできないものだろうか？　できたところで、いまさらしかたないではないか？

彼は彼女の家を見たのである。それとなくようすを探ったところ、彼女は隣家の男と結婚したことがわかった。堅気で正直な男で、彼女の不幸に同情したわけだった。この男は彼女の過失を知り、それをゆるしたうえで、彼、フランソワ・テシエの子供を認知さえしたのである。

彼は日曜日ごとにモンソー公園へ行ってみた。日曜日ごとに彼女を見た。そして、そのつど、自分の息子を腕に抱きたいという、接吻で顔をうずめたいという、そのままさらってゆきたいという、盗んでゆきたいという、途方もない、抵抗しがたい欲望にかられるのだった。

彼は人の情愛を受けることのない年老いた独身者として、みじめな孤独のなかで、身も世もあらず煩悶《はんもん》しつづけた。後悔や、羨望《せんぼう》や、嫉妬《しっと》や、また自然が人間の胎内に入れたあの幼い者を愛そうとする欲望からなる父親としての愛のゆえに、身もちぎれる思いで、はげしい呵責《かしゃく》に、苦しみ悩みつづけた。

とうとう、彼はたまりかね、試みにやってみようと考えた。つまり、ある日、彼女が公園にはいってくるのを見ると、そばに近づいていって、声をかけたのである。真っ青な顔をして、道のまんなかに棒立ちになったまま、唇《くちびる》をぶるぶる震わせながら、

「わたしをおぼえていますか？」

彼女は眼をあげ、相手を見ると、恐怖の叫びと、驚愕の叫びを発し、二人の子供の手をとるや、引きずるようにしながら、逃げていってしまった。

彼は家に帰って泣いた。

また幾月かが過ぎた。もう彼女の姿は見られなかった。しかし、彼は父親としての愛ゆえに、身を裂かれ、咬《か》まれる思いで、昼も夜も苦しみつづけた。

息子に接吻するためには、彼は自分が死のうが、人を殺そうが、かまわぬような気がした。どんな荒仕事でもやりとげ、どんな危険でもおかし、どんな無鉄砲でもやれそうな気がした。

彼は彼女に手紙を書いたのである。しかし、返事はなかった。数十通もつづけざまに書いたあげく、彼は彼女を屈服させようと望むことの非を悟った。そこで、場合によっては、心臓にピストルの弾丸《たま》を受ける覚悟で、むちゃな決心をしたのだった。彼女の夫にたいして、つぎのような簡単な手紙を出したのである。

拝啓

私の名前は貴下にとって、嫌悪《けんお》のたねと思います。しかし、私は呵責の念に悩む哀れな者で、いまとなっては、貴下におすがりするよりほかはありません。どうぞ、十分間だけお会いくださるようお願いします。敬具、云々《うんぬん》……

その翌日、彼は返事を受取った。

拝啓

火曜日の午後五時にお待ちしています。

＊

階段をあがりながら、フランソワ・テシエは、一段一段立ちどまった。それほど、心臓がおどるのだ。馬が駆けるときのような、ある急速な音、重くはげしい音が、胸のなかでするのだ。倒れまいと、手すりにつかまりながら、やっとのことで息をついた。四階で、呼鈴を鳴らした。メイドがあけてくれたので、たずねた。

「フラメルさんはこちらですか？」

「さようでございます。どうぞおはいりください」

そこで、室内にはいっていった。中流家庭のサロンである。ほかにだれもいなかった。いよいよ大詰にきたような気がして、気もそぞろに、待っていた。ドアがあいた。一人の男がはいってきた。黒のフロックコートを着た、背の高い、どっしりした、すこしふとった男だ。その男が、手で椅子を示した。

フランソワ・テシエは腰かけた。それから、息切れのする声で、

「ムッシュー……ムッシュー……わたしの名をご存じかどうか知りませんが……もしあなたが知っていたら……」

フラメル氏はさえぎって言った。

「それにはおよびません。存じています。家内からあなたのことはうけたまわりました」

強《し》いて自分を冷たく見せようとする、あの親切な人にありがちな口調があった。また、誠実な人にそなわったブルジョワ的ないかめしさもあった。フランソワ・テシエは、ふ

たたび言った。「それでは、さっそくですが、じつは、わたくし、煩悶や、後悔や、恥ずかしさで死にそうです。一度でいいから、ほんとうに一度でいいから、キスしてやりたいんですが……あの子に……」

フラメル氏は立ちあがると、煖炉《だんろ》のそばへ行って、呼鈴を鳴らした。メイドがあらわれた。彼女に言った。

「ルイをつれてきてください」

彼女は出ていった。二人は顔をつきあわせていた。これ以上、もう言うことはないので、黙ったまま、待っていた。

と、とつぜん、十歳ばかりの少年がサロンのなかに駆けこんでくると、自分の父親だと思う人の方へ走りよった。が、そこに、まったく知らない人を認めて、少年はまごつき、立ちどまった。

フラメル氏は、少年の額に接吻をしてから、言った。

「さあ、坊や、おじさんにキスをなさい」

言われて少年は、この見知らぬ人をじろじろながめながら、おとなしくそばへやってきた。

フランソワ・テシエは立ちあがろうとして、ひょろひょろしたはずみに、帽子を落してしまった。ただ彼は一心に自分の息子をながめていた。

フラメル氏は気をきかして、席をはずし、窓から通りをながめていた。

子供は、ぽかんとしながら、待っている。子供は帽子を拾うと、それを見知らぬ人にわたしてやった。と、フランソワは、坊やを両腕に抱きかかえ、眼といわず、口といわず、髪といわず、顔じゅうに接吻しはじめた。

少年は、この接吻の嵐《あらし》に恐れをなし、それを避けようとし、顔をそむけ、この男の貪《どん》欲《よく》な唇を小さな手で押しのけようとした。

しかし、フランソワ・テシエは、荒々しげに子供を下へおろすと、叫んだ。

「さよなら！　さよなら！」

そして、泥棒《どろぼう》のように逃げ去った。

# シモンのとうちゃん

正午の鐘が鳴りおわろうとしていた。校門がひらくと、どっとばかり、学童たちはひしめきながら、われさきに出ようとした。だが、いつものように、彼らは大急ぎで散らばって、昼飯に帰ろうとはせず、すこし行くと立ちどまり、いくつかの群れにかたまって、ひそひそ話をはじめた。

それというのも、ブランショットの息子のシモンが、その朝、はじめて学校へ来たからだった。

このブランショットのことなら、みんな家で聞いて知っていた。母親たちは、表向きには彼女をちゃんと認めていたものの、内輪同士になると、いくぶん軽蔑《けいべつ》のまざった一種の同情を示すというふうだったので、これが、理由はわからぬながら、子供たちの心をとらえていたのだった。

シモン自身のことになると、子供たちはまるっきり知らなかった。だいいち、彼は家の外へ出るようなことはなかったので、みんなといっしょになって、村の往来だの、川べりなどを飛んだり、はねたりしなかった。だから、彼らはシモンが好きではなかった。それで、十四、五歳にもなろうか一人の腕白小僧が、いかにもしたり顔に、ずるそうなまばたきをしながらもらした言葉、「きみら、知ってるかい……シモンのことだが……

あいつ、とうちゃんがないんだぜ」を、彼らは大いに歓迎し、おたがいにくり返し、くり返し言ったものだったが、そこには多分の驚愕《きょうがく》とともに、ある種の歓喜の情さえあったのである。

ちょうどそのとき、ブランショットの息子が校門にあらわれた。

それは、七、八歳の、顔のすこし青白い、身なりのさっぱりした子で、見るからに臆《おく》病《びょう》そうだった。いってみれば、いかにも不器用そうに見えた。

母親のもとへ帰ろうとしている彼を、級友の群れは、悪事をたくらんでいる子供らに特有の、あの意地悪い残酷な目つきで相手を見つめては、あいかわらず、ひそひそ声を出しながら、すこしずつ取りまいてゆき、さては、完全に閉じこめてしまった。そのまま、彼はみんなのまんなかに立ちすくんでいるよりほかはなかった。どうされるのかわからないままに、ただびっくりして、おどおどするばかりだった。ところが、シモンのことを言いふらしたさきほどの腕白小僧は、はやくも事が成功したのに得々となって、彼にたずねた。

「きみの名前はなんていうんだい？」

「シモン」と彼は答えた。

「シモン、なにさ？」と相手はききかえした。

「シモン」と、子供はただ困って、くり返した。

腕白小僧は大声をあげた。

「だって、シモンなんとかと言うんだろう……シモン……だけじゃ、名前にならんよ」

すると、子供はいまにも泣きだしそうになりながら、今度もおなじことをくり返した。

「ぼく、シモンというんだよ」

子供たちはどっと笑いだした。例の腕白小僧は勝ち誇って、いちだんと声を高めた。

「どうだい、みんなわかったろう、こいつ、とうちゃんがないんだぜ」

あたりはしんとした。子供たちはこの異常な、ありうべからざる、奇怪な事実、つまり、とうちゃんがない子供があるという事実に呆然《ぼうぜん》としたのだ。何かふしぎなもの、自然外のものでも見るような気持で彼をながめた。そして、これまでわけがわからなかった、あの母親たちのブランショットにたいする軽蔑が、心のなかで大きくひろがってくるのを感じた。

シモンのほうは、木にとりすがって、倒れまいとしていた。そして、何かとりかえしのつかない災難におそわれでもしたようにじっとしていた。彼はなんとか説明しようとした。しかし、自分にはとうちゃんがないというこの恐ろしい事実を否定できるような答えはなんとしても見つからなかった。とうとう彼は、顔を真っ青にしながら、出まかせに叫んだ。——「あるとも、ぼくにだってあるよ」

「じゃ、どこにいる?」腕白小僧はたずねた。

シモンは黙ってしまった。わからなかったのだ。子供たちはやんやと言って、はやしたてた。それに、こうした田舎の子供たちは、動物そっくりで、たとえば、牝鶏《めんどり》の一羽が傷でも負おうものなら、ほかのやつらが小屋からぞろぞろ出てきて、よってたかって始末しようとするあの残酷な欲望を、彼らもまた感じずにはいられなかったのだ。ふとシモンは、そばに寡婦《かふ》の息子がいることに気づいた。彼も自分とおなじようにいつも母親と二人きりでいるのを見て知っていた。

「きみだって、とうちゃんはないやね」彼は言った。

「ばか言え、いるとも」相手は答えた。

「じゃ、どこにいる?」シモンは問いかえした。

「死んだんだよ」子供は意気揚々と宣言した。「うちのとうちゃん、ちゃんとお墓にいらあ」

そうだ、そうだというつぶやきが、いたずら小僧たちのあいだを走った。お墓に死んだ父親をもっているというこの事実は、彼らの仲間を偉大なものに仕上げたので、父親をどこにももっていないもう一人の仲間をへこますのに十分ででもあるように思ったのだろう。それに、こうした悪童どもの父親ときたら、酔っぱらい、かっぱらい、女房を打つ、蹴《け》るという、悪者ぞろいなのだが、その息子たちもおなじこと、こうして押しあいながら、だんだん囲みをせばめてゆくのだった。法にかなっている自分らは、法にはずれている者を押しつぶして、窒息させてもさしつかえないとでも思っているらしかった。

シモンの真向いにいたのが、とつぜん、さも意地悪そうにベカンコをしてみせてから、大声で言った。

「やい、父《てて》なし子！　やい、父《てて》なし子！」

シモンはその子の髪を両手でつかむと、めったやたらに蹴りはじめ、相手のほっぺたをいやというほど嚙《か》みつづけた。組みあっている二人がやっと引きはなされると、シモンは、なぐられ、ひっかかれ、傷をつけられ、地面にころがされたが、まわりの悪童どもはやんやの喝采《かっさい》である。彼がやっと立ちあがり、埃《ほこり》だらけになった小さなシャツを機械的に手ではたいていると、だれやらが大声で言った。

「さあ、とうちゃんとこへ言いつけに行きな」

それを聞くと、彼は心のなかがどっとくずれ落ちるような気がした。みんな自分よりも強くて、自分をなぐったのだ。そして、自分はみんなに答えることができなかったのだ。それというのも、自分にはとうちゃんがないのはほんとうだということを自分でもよく知っていたからだ。自尊心のてまえ、彼は喉《のど》を絞めつけてくる涙とたたかうため、数秒のあいだ、じっとがまんした。だが、息が詰って、ついに、はげしく身を震わせながら、声をしのばせて、すすり泣きだした。

すると、敵のあいだにどっと歓声があがった。そして、狂喜する野蛮人さながらに、彼らは手に手を取って、彼のまわりをぐるぐる踊りだしたが、ルフラン（訳注　詩や楽曲の各節の終りの部分を繰り返すこと）のように、くちぐちにくり返しながら言った。――「やーい、父なし子！　やーい、父なし子！」

しかし、とつぜん、シモンは泣きやんだ。怒りに逆上したのだ。足もとに石があった。彼はそれを拾うと、自分の迫害者めがけて力まかせに投げつけた。二、三人当ったとみえ、泣きながら逃げだした。そして、彼がいかにものすごい形相《ぎょうそう》を呈していたので、ほかの者たちもあわてだした。群衆が激怒した一人の人間に接するといつもそうなるように、彼らも急に怖気《おじけ》だち、ばらばらに散らばりながら、逃げ去った。

ひとりになると、父のない子は、畑の方に向って駆けだした。それというのも、彼はある一つのことを思い出したので、重大な決心をする気になったのである。彼は河で溺《でき》死《し》しようと思ったのだ。

じっさい、彼は思い出したのだった、物乞《ものご》いしていたあわれな男が、一週間前のこと、お金がなくなったので、河へ身を投げたということを。シモンは、その死骸《しがい》があげられるときそこにいた。そして、このかわいそうな男は、ふだんは不潔で、醜くて、みじめなものとばかり思っていたのに、そのとき、いかにもおだやかな顔をしているのに、シモンの心はうたれたのだった。頰《ほお》は青ざめ、長い顎《あご》ひげはぬれ、両眼《りょうめ》はひらいたまま、とてもしずかだった。そばでだれかが言った。——「おだぶつか」——それにまただれかがつけ加えて——「これでしあわせになれたよ」——それで、シモンも身投げがしたくなったのだ。この乞食《こじき》にお金がなかったように、彼にはとうちゃんがなかったから。

彼は水のすぐそばまで来ると、水の流れるのをつくづくながめた。魚が二、三匹、澄んだ流れのなかで忙《せわ》しそうにたわむれている。そして、ときどき、ぴょんぴょんはねあがっては、水面を飛んでいる小虫をとらえる。それをよく見るために、彼は泣きやんだ。彼らのやり方がいかにもおもしろかったからだ。ただ、嵐《あらし》の小やみに、突風が思い出したように吹きすぎながら、樹木を揺り動かして、地平に消えてゆくように、ときどき、あの考え——「ぼくにはとうちゃんがないから、身投げするんだ」という考えがよみがえってきては、彼を痛いほど刺すのだった。

うつらうつらとあたたかい、日和《ひより》だった。おだやかな陽光が野の草をあたためていた。水は鏡のようにかがやいていた。シモンはうっとりといい気持になった。泣いたあとのあのけだるさだった。このまま彼は陽光をあびながら草の上で眠ってしまいたくなった。一匹の小さな青蛙《あおがえる》が足もとではねた。彼はそれをつかまえようとしたが、蛙は逃げた。あとを追いかけていったが、三度とも失敗した。やっと、後脚をつかまえると、蛙のやつ、どうかして逃げようと、懸命になっているのを見ると、彼は笑いだしてしまった。

蛙は、後脚の上に身をちぢめたと思うと、まるで二本の棒のように硬直しているその脚を急に伸ばして、ぴょんと前にはね出ようとする。しかも、金色の輪に囲まれた眼をまるくむき出しながら、まるで手のように動く前脚で空気を打っている。これを見ていると、あのおもちゃのことが思い出された。細い板を一枚一枚ジグザグに重ねあわせて釘《くぎ》づけにしたおもちゃだが、それをこんなふうに動かすと、その上に立っている小さな兵隊さんが運動しはじめる仕掛けになっているのである。すると、家のこと、母親のことが思い出され、とても悲しくなって、また泣きはじめた。手足が震えてしかたがない。彼はひざまずいて、寝る前のときのように、お祈りを唱えた。でも、おしまいまでつづけることができなかった。すすり泣きがどっと押しよせてきて、全身を占領したからだ。もうなんにも考えなかった。あたりにはもうなんにも見えなかった。ただ、泣くことだけでいっぱいだった。

とつぜん、重い手が肩にのっかったと思うと、ふとい声がたずねた。――「なにがそんなに悲しいんだい、坊や？」

シモンはふり返った。一人の背の高い職人が親切そうに彼をながめているのだ。頰ひげも頭の毛も真っ黒にちぢれている人だ。彼は眼に涙をいっぱいため、喉を詰らせながら、答えた。

「みんながぶったんだよ……だって、ぼく……ぼく……とうちゃんが……ないんだもくには……全然ないんだよ」

子供は悲しみにしゃくりあげながら、やっと答えた。──「それが、ぼくには……ぼ

「どうしてさ」その人はほほえみながら言った。「だれにだって一人はあるものだよ」

の」

するど、職人は真顔になった。これがブランショットの息子だとわかったのである。彼はこの土地に来てまだ日は浅かったが、シモンの身の上なら漠然《ばくぜん》とながら知っていた。

「ああ、そのことなら、安心するがいい、なあ坊や、さあ、おじさんといっしょにかあさんとこへ帰ろう。いまに坊やにだってやるよ……とうちゃんを一人な」

二人は歩きだした。大人は子供の手を引いている。そして、その大人はまたしてもほほえんでいる。なぜって、ブランショットを見るのがまんざらいやではなかったからだ。人の話では、彼女は村でいちばんの器量よしだとか。それに、若い女が一度あやまちを犯したからには、二度犯すということもありうるだろうと、おそらく男は心の底で自身に言って聞かせていたかもしれない。

二人は小さな家の前に来た。いかにも小ぎれいな、白壁の家である。

「ここだよ」と子供は言ってから、また、大声を出した。「かあちゃん」

一人の女があらわれた。すると、職人はほほえむのを急にやめてしまった。この大柄《おおがら》の、顔を蒼白《そうはく》にした女に冗談を言ってはならないと、彼は即座に感じとったからだった。

じっさい、戸口に厳として立っている彼女は、かつて一人の男に裏切られたことのあるこの家の閾《しきい》を、世の男たちにたいして防禦《ぼうぎょ》してでもいるように見えた。

鳥打帽を手にして、おずおずしながら、男は口ごもった。

「じつは奥さん、お子さんが河のそばで迷子になっていたものですから、おつれしてきました」

ところがシモンは母親の首に飛びつくと、またもや泣きだしながら、言った。

「ちがうよ、かあちゃん、ぼく、身投げしようと思ったんだよ。だって、みんながぼくをぶつんだもの……ぶつんだもの……とうちゃんがないっていって」

若い女の頬は真っ赤に染まった。そして、全身傷つけられた面持《おももち》で彼女はかたくわが子をかきいだいたが、涙はとめどなく頬を流れていた。男は心を動かされ、立ち去るすべもなく、もじもじしていた。ところが、いきなり、シモンが走りよってきて、言った。

「おじさん、ぼくのとうちゃんになっておくれよ」

しんとした。ブランショットは穴にもはいりたいほどの恥ずかしさに、無言のまま、両手を胸に当てて、壁によりかかっていた。子供は、返事してくれないので、ふたたび言った。

「おじさんがいやだというなら、ぼく、また河へ飛びこみに行っちゃうから」

職人は冗談にまぎらせて、笑いながら、答えた。

「ああ、いいとも、なってやるよ」

「じゃ、おじさん、名前なんていうの？」すかさず子供はたずねた。「あいつらが名前きいたら、答えてやるんだ」

「フィリップっていうんだよ」男は答えた。

シモンは、この名前をおぼえこむために、ちょっと黙りこくった。それから、さも安心したように両腕を差しのべながら、言った。

「ああ、よかった！　フィリップ、ぼくのとうちゃんだね」

職人は子供を抱きあげると、いきなり、両頬にキスした。それから、一目散に逃げ去った。

翌日、シモンが学校へ行くと、意地悪な笑いが彼を迎えた。そして、帰りがけ、例の腕白小僧がまたはじめようとしたとき、シモンは、石でもぶちつけるように、相手の顔にこういう言葉をたたきつけた。——「わかったか、ぼくのとうちゃん、フィリップっていうんだ」

四方八方から、どっと笑声がわきおこった。

「フィリップだれだい？……フィリップなんだい？……それはどういうものだい、フィリップって？……おめえのフィリップ、どこで拾ってきたんだい？」

シモンは一言も答えなかった。そして、かたく自分を信じていたので、眼で彼らに挑《ちょう》戦した。ここで逃げだすくらいなら、甘んじて虐待をうける覚悟だった。先生が彼を助けてくれたので、母親のもとへ帰った。

三カ月というもの、大男のフィリップ職人は、よくブランショットの家のそばを通った。そして、彼女が窓のそばで縫いものでもしているのを見ると、思いきって声をかけるようなこともときどきあった。それに彼女は丁重に、いつも厳然とした態度で答えた。いっしょになって笑うようなこともなく、家のなかへ入れることもしなかった。それにしても、男のつねとして、多少うぬぼれのせいだったか、自分と話すときの彼女は、ふだんよりいつも赤くなるような気がしてならなかった。

しかし、風評というものは一度たつとなかなか消えにくくて、いつまでもくすぶっているものだから、ブランショットの臆病なほどのつつしみにもかかわらず、もう村の人々はなにかと噂《うわさ》をしていた。

シモンときたら、この新しいとうちゃんが大好きだったので、とうちゃんの仕事が終ると、夕方、いっしょに散歩することをほとんど欠かさなかった。彼は勤勉に学校へかよい、友達のあいだを昂然《こうぜん》として行き、彼らがなんと言っても答えなかった。

ところが、ある日のこと、最初に彼を攻撃した例の腕白小僧が、言った。

「嘘《うそ》つき、おまえにはフィリップなんていうとうちゃん、ないじゃないか」

「それ、なぜだい？」シモンはひどくいきまきながら、たずねた。

腕白小僧はもみ手をしいしい、言った。

「おまえにとうちゃんがあるなら、それはおまえのかあちゃんの亭主だろうが」

なるほど、この理屈はあたっているので、シモンは狼狽《ろうばい》した。それでも彼は答えた。

――「でも、やっぱりぼくのとうちゃんだ」

「そうかもしれん」腕白小僧はせせら笑いながら、言った。「でも、まだほんとうにはおまえのとうちゃんにはなっていまい」

ブランショットの息子はうなだれてしまった。そして、フィリップが働いているロワゾンじいさんの鍛冶場《かじば》の方へ、物思いにしずみながら歩いていった。

この鍛冶場はまるで樹木に埋まっているようだったので、ひどく暗かった。ただ、ものすごい炉の赤い光だけが、パッと五人の鍛冶屋を照らし出していた。腕をむき出しにした彼らは、恐ろしい火花を散らしながら、めいめいの鉄床《かなとこ》をたたいていた。彼らは悪魔のように火炎につつまれながら、仁王立ちになったまま、自分が拷問《ごうもん》にかけている熱鉄を見まもった。そして、その重苦しそうな腕は、鉄槌《てっつい》といっしょに上下していた。

シモンはだれにも見つからないようになかへはいり、そっとお友達の袖《そで》を引いた。その人がふり返った。とたんに、彼が仕事をやめたものだから、みんないっせいに真顔でこちらを見た。そのとき、この異例な沈黙のなかから、シモンのかぼそい声が聞えた。

「だって、ねえ、フィリップ、ミショードんとこの子がいま言ったよ、おじさんはまだほんとうにはぼくのとうちゃんじゃないって」

「どうしてさ?」職人はたずねた。

子供は正直に答えた。

「だっておじさんはかあちゃんの旦那《だんな》さんじゃないもの」

笑うものは一人もなかった。フィリップはつっ立ったままだった。鉄床に立てた鉄槌の柄《え》で巨《おお》きな両手をささえながら、彼はその甲の上に額をのせている。彼は考えこんでいるのだ。それを四人の仲間は見まもっている。そして、これら巨人のあいだにはさまって、小さなシモンは心配そうに、待っている。とつぜん、鍛冶屋の一人が、みんなの考えを代表して、フィリップに言った。

「あのブランショットという女、あれでなかなか感心なもんだよ、あんな不幸な目にあっても、ちゃんと、しっかりしているからな。堅気な男がもらったって、りっぱな女房になるだろうぜ」

「そのとおり」と、三人は相槌《あいづち》をうった。

その男はなおもつづけた。

「身をあやまったからといって、あの女ばかりの罪だろうか? 夫婦になる約束だったんだからな。それに、おなじようなあやまちをしたって、いまじゃ人さまから尊敬されている女だって、世間にはたくさんあるからな」

「そのとおり」と、三人は異口同音に答えた。

彼はなおもつづける。——「女手ひとつで息子を育てるにはずいぶん苦労したろうが。なにせ、教会へ行くよりほかにはろくろく外にも出ないくらいだから、きっと泣いてばかりいたことだろうが。これは神さましかご存じないことだった」

「そうだ、そのとおりだ」と、三人が言った。

そのあとは、炉の火をあおりたてるフイゴの音が聞えるばかり。いきなり、フィリップはシモンの方に身をかがめた。

「かあちゃんに言ってくれ、今夜、話があるから行くってな」

それから、肩を押しながら、子供を外に出した。

彼は仕事にかかった。と、たちまち、五本の槌はいっせいに鉄床の上に落ちた。こうして彼らは夜まで鉄を打った。たくましく、頑強《がんきょう》な彼らは、満足している槌のように楽しげだった。それにしても、祭の日、大伽藍《だいがらん》の鐘の音は、ほかの寺の鐘を圧して鳴り響くように、フィリップの鉄槌は、他の鉄槌の音をおさえつけて、大音響をたてながら、一秒ごとに打落された。そして、彼は火花のなかにつっ立ったまま、眼を火と燃やしながら、一心不乱に鉄を鍛えた。

彼がブランショットの戸口をたたいたときには、空には星がいっぱい出ていた。よそ行きの上着に、新しいシャツ、ひげもきれいにしてあった。若い女は戸口にあらわれると、心配そうに言った。――「いけませんですよ、フィリップさん、こんなにおそくおいでになっては」

彼は答えようとしたが、口ごもるばかり。しかたなく、女の前につっ立っていた。女はつづける。――「よくおわかりでしょうに。わたし、とやかく言われるのはもういやでございますので」

そのとき、彼は出しぬけに、

「それがどうしました、あなたさえわしの女房になってくれれば！」

なんの返事もなかった。ただ、部屋の暗がりで、人体がくずおれるような音がしたと思われた。すばやく彼はなかにはいった。と、シモンは、もう寝床にいたのだったが、接吻《せっぷん》の音と、かあちゃんが何やら低い声でささやいている言葉を聞き分けた。すると、いきなり、自分の体がお友達の手に抱きあげられるのを感じた。そして、その人は、巨人のような両腕で彼をささえながら、叫んだ。

「さあ、学校の友達に言ってやるんだ、ぼくのとうちゃんは、鍛冶屋のフィリップ・レミーだって。そして、ぼくをいじめるやつは、みんな耳を引っぱってやると、とうちゃんが言っていたとな」

翌日、教室がいっぱいになって、授業がはじまろうとしたとき、小さなシモンはすっと立ちあがった。顔は青ざめ、唇《くちびる》は震えている。「ぼくのとうちゃんはな」明るい声で彼は言った。「鍛冶屋のフィリップ・レミーだぞ。そして、ぼくをいじめるやつは、みんな耳を引っぱってやると言ったぞ」

今度はだれも笑わなかった。鍛冶屋のフィリップ・レミーなら、みんなよく知っていたからだった。そして、それなら、だれでも自慢できるようなとうちゃんだったからだった。

# 夫の復《ふく》讐《しゅう》

アントワーヌ・ルイエ氏は、マティルド・スリ未亡人と結婚した。彼女に恋してから十年目である。

スリ氏というのは、ルイエの友人だったのである。古くからの学校友達だったのである。ルイエはこの男が大好きだったが、いささか、とんちんかんだと思っていた。彼はよく言ったものだ。「なにしろ、このスリという男、少々おめでたいんでね」

そのスリが、マティルド・デュヴァル嬢と結婚したときには、ルイエも度肝をぬかれた。どうにもおもしろくなかった。というのは、彼は彼女をほのかに恋していたからで。これは隣に住んでいる女の娘だった。母親というのは、以前、小間物屋をしていたが、小金をためて、いまでは商売をよしている。美人で、抜けめのない、利口な娘だった。彼女はスリの金にほれたのだ。

そこで、ルイエは別の希望をいだくようになった。彼は友人の細君に言いよったのである。風采《ふうさい》はりっぱだし、とんまじゃないし、そのうえ、同様に金もあった。成功疑いなしと思っていたところが、みんごと失敗だった。これで、彼は完全な片思いになったわけだ。亭主と親しい仲だけに、用心ぶかくて、小心で、なにかとぐあいのわるい、片思いの恋人になったわけだ。スリ夫人は安心していた。相手の男は大それた考えなどいだかず、もう自分のことなど思っていないと信じて、率直に友達になってしまった。これが九年つづいた。

ところが、ある朝のこと、使いの者が、かわいそうな夫人の、半狂乱の一語をルイエにもたらした。スリは脳溢血《のういっけつ》で頓死《とんし》したのである。

彼はぞっとした。二人はおなじ年齢《とし》だったからだ。しかし、その直後に、なんともいえずうれしくてたまらない、ほっとしたような、救われたような気持が、肉体と心にしみこんできた。

とはいえ、彼はしかるべき悲しみの表情を示すことは心得ていた。いざというときを待機し、あらゆるチャンスをねらっていた。十五カ月の終りに、彼は未亡人と結婚した。

世間ではこの行為を自然だとなし、りっぱだとさえ思った。これは良き友、良き人にふさわしい行いだった。

やっと、彼は幸福になった。完全に幸福になった。

彼らは、最初の一発で意気投合してしまうという、およそ無類の夫婦仲だった。おたがいに秘密というものはぜんぜんなかったし、心の底の底までも語りあうのだった。きょうこのごろのルイエは、おだやかな、信頼しきった愛情で、妻を愛していた。自分と一心同体ともいうべき、やさしくて献身的な伴侶《はんりょ》として、妻を愛していた。ただ困ったことには、彼の心底には、故スリにたいする、奇妙な、説明しがたい怨恨《えんこん》がこびりついていた。この女を最初に所有し、この女の青春の花を手折《たお》って、その風情《ふぜい》をいくぶん殺《そ》ぎさえした、あのスリにたいする怨恨だった。死んだ亭主の思い出は、生きている亭主の幸福をきずつけるのである。そして、このごろでは、この死後の嫉妬《しっと》が、日夜、ルイエの心をかきみだすのだった。

そこで、たえずスリのことを話すことになるのだった。彼に関する、もろもろの、人知れぬ、秘密の細部をたずねたり、その習慣や、人柄《ひとがら》をすみずみまで知ろうとするのだった。そうして、嘲弄《ちょうろう》で、彼をその墓穴の底まで追いかけていっては、おもしろがって、相手の悪癖をさがしたり、その阿呆《あほう》さかげんを力説したり、その欠点を極言したりするのだった。彼はいったん思いたつと、妻が家のなかのどんな遠いところにいようが、ひっきりなしに呼びよせるのだった。

「おーい！　マティルド、いるかい？」

「はーい、ただいま」

「ちょっと聞きたいことがあるんだ」

彼女はいつもにこにこしながら、やってくるのだった。スリのことを話そうとしていることはちゃんとわかっているし、また、この新しい夫の罪のない妙な癖がうれしいのである。

「ねえ、おまえはおぼえているだろう、いつだったか、スリが、小男は大男よりもてるということを、どうにかしてぼくにわからせようとしたことがあったね」

そう言って、彼は、小男である故人にはおもしろからぬ、大男である彼ルイエにはひそかに有利である省察にふけるのだった。

そこでルイエ夫人は、いかにもいかにもと、彼のほうに理のあることをわからせて、自分は腹の底から大笑いを発する。そして、昔の亭主をかるく茶化して、新しい亭主をいやがうえにも喜ばせようとするのだったが、その亭主は、最後はきまって、こう付言する。

「大きかろうが、小さかろうが、どっちだっていいじゃないか。あのスリといったら、ほんとにとんちんかんだよ」

彼らは幸福だった。じつに幸福だった。そして、ルイエはおのれのつきることのない愛情を、いつもの表示で、妻に証明することをやめなかった。

ところで、ある夜のこと、二人とも急に若返ったのか、ひどく興奮して、眠ることもできず、ルイエは妻を両腕にかたく抱きしめ、口いっぱいにキスしたりしていたが、何を思ってか、いきなりたずねた。

「あのねえ、おまえ」

「なによ？」

「スリはだね……言いにくいことなんだがな……スリはだね……相当だったかい？」

彼女は一つ大きなキスを返すと、ささやいた。「あなたほどじゃなかったわよ」

彼は男子の自尊心をあおられて、うれしくなり、ふたたび言った。「やっこさん、きっと……とんちんかんだったろうな……ええ？」

彼女は答えなかった。ただ、夫の首のところに自分の顔をかくしながら、意地悪そうな、うす笑いをうかべただけだった。

彼はたずねた。「きっと、ずいぶん、とんちんかんだったにちがいないぜ。それに、それにだね……なんて言ったらいいか……やっこさん、うまくなかったろう？」

彼女は頭をかすかに動かしてみせた。「そうよ。ちっともうまくなんかなかったわ」

という意味である。

彼はふたたび言った。「やっこさん、おまえを退屈させたろう、夜なんか？」

今度は、彼女はひどく率直に答えたものだ。「ええ、まったくそうよ！」

この言葉に、またしても彼は彼女をきつく抱きしめて、つぶやいた。「なんていう野《や》暮《ぼ》なやつだったんだろう。おまえ、しあわせじゃなかったわけなんだね？」

彼女は答えた。「そうよ、毎日が楽しくなかったわ」

ルイエは、妻の旧状と現状を比較してみるに、ぜんぜん、自分に有利であることが確定すると、うっとりするほど、うれしくなった。

彼は、しばし、口もきかずにじっとしていたが、やがて、急にはしゃぎだして、たずねた。

「あのねえ？」

「なによ？」

「おまえはぼくになんでもありのまま言ってくれるね、そうだろう？」

「それはそうよ」

「それならね、じつはそれなんだが、おまえはまだ一ぺんも、一ぺんもだね、彼をね……彼をだね……裏切るといったような、そんな気をおこしたことはなかったかい、あのスリのおばかさんをさ？」

ルイエ夫人は羞恥《しゅうち》から、「おお！」と一声かすかに放って、夫の胸に、なおもいっそうぴったりと顔を押しかくした。しかし、夫は彼女が笑っていることに気づいた。

彼はがんばった。――「さあ、そこのところを、言ってごらんな。あいつは、もともと女房にだまされるようにできているんだよ、あの野郎はね！　よっぽど、まぬけの、へまにちがいないんだ。あのお人好《ひとよ》しのスリときてはな。さあ、さあ、おまえ、そのことを言ってごらんな、おれだもの、このおれだもの、いいだろう」

彼はこの「おれだもの」に力を入れた。というのは、もし彼女がスリを裏切るような気をおこしたとしたら、相手はこのおれだと思ったからである。彼女がそれを告白すると思うと、うれしくて、胸がわくわくしてきた。もしも彼女が貞節な女でなかったとしたら、事実そうだったのだが、そしたら、あの当時、すでに彼女を獲得したろうことは確実なので。

しかし、彼女は答えない。何かひどくおかしなことを思い出しているらしく、あいかわらず笑っている。

今度はルイエのほうが笑いだした。スリを出しぬいてやることができたのだと思うと、おかしいのだ！　なんというおもしろい冗談！　なんというみごとな茶番！　おお、そうなんだ、じっさい、愉快な狂言じゃないか！

彼は歓喜に震えながら、つぶやいた。「スリもかわいそうなやつじゃ、は、は、は、まったく、読んで字のごとく、鼠《スリ》のようなやつじゃった、は、は、は！」

いまでは、ルイエ夫人は布団《ふとん》の下でもがいている。涙の出るくらい笑いころげ、叫び声さえ発している。

そこで、ルイエはくり返し言う。「さあ、さあ、言ってごらんな、何もかもな。ありのままをね。おまえにもわかろうさ、言ったところで、それがこのおれになんの不愉快であろうものか」

そこで、彼女は息を詰らせながら、口ごもる。「言うわ、言うわ」

夫はなおもねだる。「言うって、何をさ？　さあ、さあ、みんな言ってごらんよ」

もう彼女は控えめにしか笑わなかった。そして、こころよいうちあけ話を待っているルイエの耳もとまで口をやって、彼女はつぶやいた。「そうよ。あたし、裏切っちゃったのよ」

彼は骨までぞくっとして、思わず身ぶるいした。そして、あっけにとられながら、早口に言った。

「おまえは……あの……おまえは裏切ったんだって……実際にかい？」

彼女は、夫がこのことを非常におもしろがっているとばかり思いこんでいたので、答えて言った。

「それはそうよ、ほんとによ……ほんとによ」

思わず彼はベッドに起きあがった。それほどまでに興奮してしまったのだ。息はずむ。まるで自分自身が女房に裏切られたのを知ったときかなんぞのように、転倒してしまったのだ。

はじめ、彼は一言も言えなかった。ついで、しばらくしてから、「ああ！」と言っただけだった。

彼女もまた笑うのをやめていた。いささかおそきに失したが、自分の失策がわかってきたのである。

ルイエは、やっと、たずねた。「相手はだれだい？」

彼女は話のすじみちを考えながら、黙っていた。

彼はふたたび言った。「だれだい？」

彼女はやっと言った。「ある若い人」

いきなり、彼は彼女の方にふり向いた。そして、ひからびた声で言った。「おれだって、相手が飯たき女だとは思わん。おれは、なんという若い男なのか、それをきいているんだ、わかったかい？」

彼女はなんとも答えなかった。彼は、彼女が顔をかくしている布団をつかむと、ベッドの中央にはねのけて、くり返して言った。

「なんという若い男なのか、それが知りたいんだ、わかったかい？」

そこで、彼女はやっと答えた。「だって、あたし、冗談のつもりだったんですもの」

しかし、彼は激怒で体を震わせた。「なんだって？　どうしたって？　冗談のつもりだって？　すると、すると、おまえは、おれをばかにしているんだな？　だって、そんなかこつけじゃ、承知せんぞ、わかったか？　その若い男の名前をきいているんだ」

彼女は答えなかった。仰向けになったまま、身動きもしない。

彼は彼女の腕をつかむと、きつく握りしめた。「さあ、わかったろうが、おまえに話しているんだから、おまえはおれに返事せにゃならんのだ」

そこで、彼女は神経的に言った。「あなた、頭がおかしいんじゃないの。そっとしておいてちょうだいよ！」

彼は激昂《げっこう》のあまり、言葉も出ず、ただ震えているばかり。そして、力まかせに彼女をゆすぶりながら、「わかったか？　わかったか？」をくり返している。

彼女は彼を突っぱねようとして、荒々しくもがいた。その拍子に、指の先を夫の鼻にぶちつけた。夫はなぐられたと思いこみ、彼女の上に飛びかかった。

すでに彼は彼女を組み伏せて、力のかぎり、横面《よこつら》をはりとばしながら、わめいている。

「こいつめ、こいつめ、この淫売《いんばい》め！　この売女《ばいた》め！」

やがて、彼も息が切れ、根がつきて、起きあがると、茶だんすのところへ行って、橙《とう》花《か》水《すい》（訳注　鎮静飲料）をコップに一杯つくろうとした。いまにも気絶しそうにまいってしまったからだ。

彼女はベッドのなかで泣いている。しきりに、しゃくりあげながら、そして、自分の失策から、これで幸福も終ったと感じながら。

そのとき、彼女は涙のなかから、つぶやいた。「ねえ、アントワーヌ、ここへ来てよ。あたし、嘘《うそ》をついたの。きっとわかってもらえるわ。ねえ」

いまや、彼女は、理性と術策で武装し、専念、防備につとめようとして、皺《しわ》くちゃのボンネットをかぶったみだれ髪の頭を、ちょっと持ち上げた。

そして彼は、彼女の方にくるりと向くと、なぐったのが気恥ずかしそうに、そばに寄っていった。だが、亭主としての彼の心底には、もう一人の男、あのスリを裏切ったこの女にたいする尽きない憎悪《ぞうお》の情の生きているのが感じられた。

# 肖像画

おや、ミリヤルがいる！　わたしのそばにいた男がこう言った。わたしはそう言われた男の方を見た。じつは前々から、このドン・ファン（訳注　女たらし）を知りたいと思っていたからである。

若いどころか、もう相当の年配だった。髪はうす白く、ごま塩で、北部のある種の人たちがかぶる、あの毛のついた頭巾《ずきん》をちょっと思わせるような髪だった。そして、顎《あご》ひげは、細くて、かなり長く、胸までたれさがり、これまた毛皮の観があった。たまたま、一人の婦人と話していたが、その婦人の方に身をかがめて、低声《こごえ》で語りながら、敬愛にみちた、温和な眼《まなこ》で、じっと相手を見つめていたのだった。

わたしは彼の生活を知っていた。すくなくとも世間で知っているくらいは知っていた。彼は何度となく熱烈に愛されたことがある。そして、艶《つや》っぽいできごとが起るごとに、かならず彼の名前が加わっていた。世間では、彼のことを、きわめて誘惑的な、ほとんど不可抗力を具備した男かなんぞのように噂《うわさ》していた。いったい、この魔力は彼のどこから来ているのか知りたくて、彼を礼讃《らいさん》する女たちにたずねてみたことがあるが、彼女たちはしばらく考えたあとで、きまって、こう答えるのであった。

「よくわからないわ……なにしろ、魅力があるのね」

もとより、美男なんぞではなかった。女の心を征服するほどの男にはそなわっているはずの、あの優雅な風情もさらになかった。彼の魅惑はどこにかくされているのだろうかと、わたしは興味をそそられてよく考えたことがある。才知だろうか？……それにしても、彼の放ったという名文句を聞かされたこともなければ、また、彼の知性をほめそやすのを聞いたこともない……。まなざしかしら？……あるいはそうかもしれない……。それとも、声だろうか？……。ある人たちの声には、肉感的な、強力な風味があるものである。食べて美味なものの味わいがあるものである。われわれはそういう人たちの声を聞くことに食欲を感ずるのである。そして、その人たちの言葉の響きは、まるで砂糖菓子かなんぞのようにわれわれのうちにしみこむ。

ちょうど、友人が通りすがったので、わたしはその男にたずねた。

「きみはミリヤルを知っているかい？」

「知っているとも」

「それなら、ぼくに紹介してくれないか」

それから一分後には、われわれは握手を交わし、二枚のドアのあいだで立ち話をしていた。彼の言うことは正確で、聞いていてこころよく、年長者らしい語調などさらさらなかった。声はきれいで、やさしく、やわらかで、音楽的だった。それにしても、わたしは、もっと把握《はあく》的で、もっと攪乱《かくらん》的な声を聞いたことがある。彼の声を聞いていると、清冽《せいれつ》な谷川が流れるのを見てでもいるように、まことにさわやかだった。彼についてゆくために、なんら心を緊張させる必要はなかった。暗々の意が好奇心をそそるというようなこともなければ、思わせぶりが興味を目ざめさせるということもない。言ってみれば、彼の会話は鎮静的なのだ。そして、返答したり、抗弁したりするはげしい欲求も、あるいは、仰々しい同意も、われわれのうちに起させるようなことはなかった。

　そればかりでなく、彼の語るのを聞いているのとおなじくらい、彼に返答することもまた平易だった。彼が語りおわるや、返事はひとりでに唇《くちびる》にうかんでくるのである。そして、言うべき文句は、彼の方へ向ってゆくのである。それは、彼の言ったことが、それらの文句を自然に口から出させるようなものだった。

　すぐにわたしはある考えにうたれた。思えば、わたしは彼と知ってものの十五分にもなっていないのに、旧友の一人かなんぞのような気がし、彼のあらゆるものが、顔も身ぶりも、声も、考え方も、すべてがわたしにはずっと前からなじみぶかいもののように思われたのである。

　数分間の立ち話のあとで、いきなり彼は、わたしの昵懇者《じっこんしゃ》のあいだに割りこんでしまったという感じだった。わたしたちのあいだにはあらゆる扉《とびら》が開かれたのである。そして、普通は最も古い友人にしかもらさないようなうちあけ話でも、もし懇望されたなら、きっとわたしはすすんでしたことだろうと思う。

たしかに、ここに謎《なぞ》があったのである。普通はだれのあいだにも閉ざされた柵《さく》があるものである。ただ、共感や、似た趣味や、おなじ知的教養や、ふだんの交際などによって、錠をはずされるにおよんで、時がはじめてその柵をあけてくれるものだが、彼とわたしのあいだには、最初からそんな柵は存在していないように思われた。もちろん、わたしばかりであろうはずはなく、彼が偶然に途上で出会ったような男や女のあらゆる人々とのあいだにも存在しなかったのだろう。

それから三十分後に、今後はときどき会うことを約して、わたしたちは別れた。翌々日、彼はわたしを中食《ちゅうじき》に招《よ》ぶといって、住所を教えてくれたのである。

時間を失念したので、わたしはすこし早く行きすぎた。彼はまだ帰っていなかった。こざっぱりした、無口の下僕が、きれいなサロンに案内してくれた。薄暗くて、親しみのもてる、落着いた部屋だった。わたしは自家にでもいるようなくつろぎを感ずるのだった。部屋というものが、性格や精神のうえにいかに影響するものであるか、わたしは幾度気づいたことだろう！　気のめいるような部屋があるかと思うと、心のうきうきする部屋があるものである。白と黒のはでな部屋でも心を陰気にするのもあるし、落着いた壁布の貼《は》られた部屋でも人を陽気にするのもある。人の眼《め》は心のようなもので、やっぱり、憎悪《ぞうお》も愛情もあるのである。といっても、その愛憎をわれわれにあずからせるわけではないが、ただ、われわれの気分のうえに、そっと、ひそやかに課するのである。

家具や壁の調和、全体の調子が、たちまちわれわれの精神上の本性に働きかけること、あたかも、森や、海や、山の空気が、われわれの肉体上の本性をかえるがごときものであろう。

わたしは、クッションにうずもれた長椅子《ながいす》に腰かけていた。そうしていると、急に、これらの絹布につつまれた小さな羽根布団《ぶとん》にささえられ、着せられ、おおわれているような気がしてきた。まるで、自分の体の形態や位置が、前もってこの家具にしるしづけられてでもいるように。

ついで、わたしはあたりをながめた。部屋には、けばけばしいものなど何ひとつなかった。いたるところに、美しく簡素な器物、単純で貴重な家具、ルーヴルものでなく、どこかハレムの室内から来たらしい近東の窓かけ、それから、わたしの眼前には婦人の肖像画があった。中くらいの大きさの画像で、頭と上半身を示し、手には一冊の本を持っている。若い女で、帽子はかぶらず、髪はぴったりと二つに分けて、いくぶん悲しそうにほほえんでいる。それは彼女が帽子をかぶらずにいるせいだろうか、それとも、このように自然のままの姿勢からくる印象によるのだろうか。いずれにせよ、いかなる婦人像とてこの住いにおけるこの像ほど、自家にいるという感じを与えたものはなかった。わたしのこれまで知っている婦人像のほとんどぜんぶは外見を張ったものばかりだった。たとえば、その婦人が華美な服装をしていたり、それにふさわしい帽子をかぶっていたり、最初は画家に、ついで、自分をながめるであろう人々にたいして、気どった態度を見せていたり、あるいは、いっそ、くだけて、凝ったふだん着をさりげなく着ていたりするというふうだった。

ある婦人たちは、堂々とめかして、立っている。日常の生活にあっては、ながく保持できそうもない傲然《ごうぜん》とした態度を示している。また他の婦人たちは、無表情なカンヴァスのなかで、愛想笑いをしている。が、いずれにせよ、どんな婦人も、かならず何かちょっとしたものを、花だとか、飾りものだとか、服や唇のひだだとか、そういった効果を出すために画家の命じたらしいものを持っている。彼女たちが、帽子をかぶっていようが、頭にダンテル（訳注 レース）をのせていようが、それとも、無帽のままであろうが、なにかしら、ぜんぜん自然でないところの何物かが彼女たちのなかにあることがわかる。それが何であるか、それはわからない。ただ、人はそれらの婦人たちを知っているわけではないのに、その何物かが感じられるのである。どうも彼女たちはよそ行きの顔をしている。自分が喜ばせたいと思っている人とか、自分に有利に見せかけたく思っている人とか、そういう人の家でも訪問しているときのように見える。それで、彼女たちは、自分たちのとるべき態度、ときにはつつましい、ときには傲然とした態度を研究しつくしたのである。

さて、この婦人像についてはどう言ったらいいだろうか？　彼女は自家にいるのだ、それもたったひとりで。そうなのだ、彼女はたったひとりきりなのだ。というのは、人が何か甘く悲しいことをひとりぼんやり考えているときなど、あの微笑をうかべるものだから。そしてそれは自分が見られているときにうかべる微笑ではないのである。じっさい、彼女はこの広大なアパルトマンを、すっかり空虚に、完全に空虚にしてしまっているほど、そんなにひとりぼっちであり、自分の家にいるのだった。彼女はたったひとりでこの部屋に住み、この部屋をみたし、この部屋に生気を与えている。さぞかし、この部屋には大勢の人たちがはいったことであろう。そして、その人たちは、語り、笑い、うたいもしたことであろう。それでも彼女は、寂しそうな微笑をうかべながら、いつもひとりであったにちがいない。そして、たったひとりで、肖像画のあのまなざしで、彼女はそれらの人たちをいきいきとさせたにちがいない。

このまなざしが、これまた独特だった。それは、わたしの方を見ようとはせず、やさしげに、じっと、一直線にわたしのうえにおちてくるのである。どんな肖像画も、自分たちが見られているということを意識しているものである。そして、彼らは、ものを見、ものを考える眼で答えるものである。わたしたちが、彼らの住まっている部屋にはいってきたときから、出るまでのあいだじゅう、わたしたちをはなれようとはせず、わたしたちにつきまとっているまなざしで、答えるものである。ところが、この肖像画はわたしを見ていない、何物も見ていない。そのくせ、彼女のまなざしは、わたしのうえに、まっすぐにそそがれてくるのである。わたしはボードレールの驚くべき詩句を思い出す。

画像の眼のように人を惹《ひ》きつけるおまえの眼

じっさい、彼らは不可抗的にわたしを惹きつけ、わたしのうえに、新奇の、強力な混乱をなげつける。その、かつて生きていた、おそらくいまも生きている、描かれた眼は。ああ！　いったい、どんな艶美《えんび》が、このくすんだ額縁から、この推しはかるべからざる眼から出るのだろう。それは、春風のように駘蕩《たいとう》とさせ、リラ色の、バラ色の、青色の淡い夕空のように人心をうっとりとさせ、やがて来る夜のような憂愁をふくんだ美しさなのだ。この眼、ほんの二、三筆で描かれたこの眼は、あるように見えてあらぬものの神秘を、往々にして女のまなざしのなかにあらわれうるものの神秘を、われわれのうちに恋情を芽生えさすものの神秘をかくしているのだ。

ドアがあいた。ミリヤル氏がはいってきた。彼はおくれたことをわび、わたしはわたしで早く来すぎたことをわびた。ついで、わたしは、彼に向って言った。

「ぶしつけながら、おたずねしますが、このご婦人はどなたでしょうか？」

彼は答えた。

「わたしの母です。ごく若くて死んだのですけれど」

そう言われて、この男のあの説明しがたい魅惑がどこから来ていたのか、わたしにはすぐにわかった。

# 墓場の女

友達五人、夕食を終えようとしていた。五人とも裕福な中年の社交人、三人は結婚し、二人はまだ独身でいる。こうして、彼らは月に一度集まっては、その青春時代をしのぶことにしているのである。そして、食事がすんだあと、朝の二時ごろまでも語りあかすのがつねだった。気心の知れた友達だし、いっしょになって騒ぐのが好きな連中だったので、おそらく彼らとて、生涯《しょうがい》でこのうえなく楽しい夜だと思っていたにちがいない。およそパリ人の心をとらえ、パリ人を喜ばせるようなことなら、何にかぎらず話題になった。つまり、どこのサロンもおんなじで、ここでも、その日の朝の新聞で読んだ記事の、そのむし返しのかたちだった。

なかでもとくべつおもしろいのが、ジョゼフ・ド・バルドンという独身者、およそ自由自適に、およそ完全にパリ生活を生きている男である。といって、遊蕩児《ゆうとうじ》だの、極道者だのというのではない。ただ、物好きなのだ。なにしろ、まだ四十そこそこという、世の中がおもしろくてしかたない年ごろなんだから。社交人という言葉に値しうる、最も広い、最もいい意味での社交人である彼は、もとより多分の才知をそなえているものの、さして深からず、その雑学は、真の博学の域に達せず、その敏感な理解力も、深い明察とまでゆかず、ただ彼は、自分の観察から、自分のアヴァンチュールから、自分の見たもの、遭遇したもの、発見したものから、喜劇的な、同時に哲学的な小説もどきの奇聞や、ユーモアたっぷりの要点を引出すので、そのため、巷間《こうかん》では、物知りだというたいへんの評判をたてられていたのである。

彼は座談の名人だった。いつもかならず一つは、とっときの話題をもっていないということはなく、仲間の者たちもそれをあてにしているわけだった。人から乞《こ》われるまでもなく、自分から話しだすというふうだった。

両肘《りょうひじ》をテーブルにつきながら、彼は煙草《たばこ》をふかしている。眼《め》の前には半分飲みさしのコニャックのグラスがおいてある。熱いコーヒーの香もはげしく、紫煙のもうもうと立ちこめる、この部屋の雰囲気《ふんいき》に、さすがの彼も陶然としたか、まるで自家にいるようなくつろぎをおぼえてきた。それはちょうど、ある種のものが、ある時刻において、ある場所に、つまり、絶対にあらねばならぬ場所にあるようなもので、たとえば、善男善女が礼拝堂のなかにいるとか、金魚が金魚鉢《ばち》のなかに住んでいるとかいう類《たぐい》であろうか。

煙草をふかす、その合い間に彼は言った。

「すこし前のことだがね、ぼくは妙なことに出っくわしたんだよ」

すると、みんな口をそろえて、「話したまえ」と、せがんだ。

彼は語りだした。

「よし、話そうかね。きみたちも知ってるように、よくぼくはパリの街なかをぶらつくんだよ。骨董《こっとう》好きが、古道具屋の飾り棚《だな》をあさり歩くようなものさ。そこでぼくは、街上のさまざまな光景、いろいろの人間、過ぎてゆくもの、行われること、そういうことごとくをうかがっているんだね。

ところで、九月も中旬にちかいころ、おりからの好天気に、ある日の午後、どこへ行こうというあてもなく、ぼくはふらりと家を出た。いつもながら男というものは、たれぞ美しい女でも訪れてみたいという、ただ漠然《ばくぜん》とした願望をもっているものだね。自分の好きな散歩道を歩きながら、だれにしようかと物色する。あれか、これかと、胸のなかで比較研究する。自分に与える興趣、魅惑の大小を秤《はかり》にかけてみる。で、けっきょくは、その日の引力によって最後の肚《はら》を決める、ということになる。ところが、うららと陽《ひ》が照って、吹く風もあたたかいような日など、女を訪問しようという気持を失ってしまうことが往々にしてあるものだ。

その日も、うららと陽は照って、吹く風もあたたかかった。ぼくは葉巻に火をつけると、外郭道路をぼんやり歩いていった。こうして、ただあてもなく漫歩しているうち、ふと、モンマルトルの墓地まで足を伸ばして、はいってみようという気になった。

いったい、ぼくは墓場というものが妙に好きでね。墓場に来ると、心がやすらいで、しんみりするんだ。これがぼくには必要なんだね。そればかりでなく、墓場には親しい友達がいる。いまはもう会うすべもない友達がね。で、いまもってぼくは、ときどき墓場に行くわけさ。

とくに、このモンマルトルの墓地には、ぼくにとって、心の歴史がある。つまり、ぼくの心をことごとくとらえ、ぼくを熱狂させた一人の恋人、いとしの、美《うる》わしい女がいるのだ。その女のことを思い出すと、いまだにぼくの胸ははげしく痛むし、また同時に、悔恨の念……あらゆる種類の悔恨の念がわき起ってくるんで……。で、彼女の墓の前へ行って、物思いにふける……。これだけのことだがね。

かてて加えて、ぼくが墓場を好むゆえんは、それがおびただしい人間の住んでいる、奇形な都市だということだ。考えてもみたまえ、このちっぽけな場所に、パリのあらゆる時代の死者がいるんだ。永久に、そこに居住しているんだ。これら永劫《えいごう》の穴居民族たちは、それぞれの小さな地下室、石の蓋《ふた》がしてあって、十字架の標識のあるちっぽけな穴ぼこに押しこめられているんだ。ところがどうだろう。生きているやつらは、あんなにひろびろとした場所を占領して、あんなにやかましく立ち騒いでいるじゃないか、あの愚かな人間どもはね。

ぼくが墓場を好む理由はほかにもある。なにしろ、墓場には、博物館に劣らぬほど興趣深い記念碑があるからね。たとえば、モンマルトルの墓場に埋められているカヴェニャックの像など、白状すれば、ぼくをして、あのジャン・グージョンの傑作を思わせたんだぜ。あのルーアンの大伽藍《だいがらん》の地下礼拝堂に横たわっている、ルイ・ド・ブレゼの像さ。もとより、あれとこれと、比較したはずもないがね。諸君、近代的とか、写実的とか言われている芸術は、ことごとく、この像に源を発しているんだぜ。グージョンの手になる死者ルイ・ド・ブレゼの像は、今日、人々が墓石の上で拷問《ごうもん》に付している、さいなまれた死体のどれと比べても、はるかに真に迫っているだろう。はるかに凄惨《せいさん》であろう。断末魔の苦悶《くもん》でひきつけた、はるかに生気のない肉でできているだろう。

それのみか、モンマルトルの墓地に行けば、あの堂々とそびえる、ボーダンの記念塔を嘆賞することもできよう。ゴーチェの墓、ミュルジェールの墓にぬかずくこともできよう。そうそう、そういえば、せんだっても、ミュルジェールの墓に、黄色い母子草《ははこぐさ》の貧弱な花輪が一つだけおいてあったっけ。だれが手向《たむ》けたものやら？　いずれ往年のグリゼットで、いまは年老いて、この界隈《かいわい》の門番のかみさんにでもなっている女ででもあろうか？　ミレの手になる愛すべき小像だが、いまはよごれて、かえりみる者さえなく、荒れはてている。おお、ミュルジェール、若き日を謳《うた》えよ！

ところでぼくはモンマルトルの墓地にはいろうとして、ふと、悲しみの情におそわれた。悲しみの情といっても、人の心をかきむしる底《てい》のものではなく、たとえば、人がすこぶる健康な場合、『ふん、墓って、まんざらでもないな、だが、おれの来る時機ではまだないらしい……』と思わずにはいられないときに感ずる、あの悲しみの情である。

あたりは、ひえびえとしめった空気がただよい、秋の色も濃く、ために、陽の光さえ衰え、疲れて、褪色《たいしょく》したかに思われ、木の葉の凋落《ちょうらく》がしのばれる。人間の死のにおいのする、この場所にただよう寂寞《せきばく》の気、決定的な終末の印象を、この秋の気配がいっそう深めることによって、ぼくの悲しみの情を詩化するわけなんだ。

この墓石の並ぶ街路を、ぼくはゆっくりと歩いていったものだ。街路といっても、この隣人たちは、近所づきあいをしているわけではない。もういっしょに寝もしなければ、新聞も読みはしない。もっとも、ぼくのほうでは、碑銘を読みはじめたわけなんだがね。いや、まったく、世の中に、あんなにおもしろいものはないよ。ラビーシュ、メーヤックといえども、あの墓石に散文で書かれた喜劇ほど、ぼくを笑わせなかったからね。いやはや！　人を笑わせるだんにかけちゃ、ポール・ド・コックの小説なんかよりは数等上だよ。なにしろ、あの大理石の板や、十字架でできている書物には、死者の縁者が、それぞれ哀悼の情を吐露しているんだからね。あの世で亡者《もうじゃ》が幸福であるようになどと願っているんだからね。そして、いずれは、再会する希望を述べているにいたっては――嘘《うそ》八百さ！

それはともかく、ぼくがこの墓場でとくに熱愛しているのは、糸杉やイチイの大木が生え繁《しげ》っている、もの寂しい、忘れられたような一角、つまり、死者の旧市街なんだよ。もっとも、それとて、やがては、もとどおり、新市街になるだろうが。というのは、人間の死体で青々と成長した木立も、そのうち、伐《き》りはらわれて、大理石の薄板の下に、新しい亡者を並べることになるだろうから。

そのような寂しい一隅《いちぐう》をぶらついて、ぼくは、しばし、精神を爽快《そうかい》にすることをえたが、そのうち、だんだん気がめいってゆくのをおぼえた。そして、自分のいとしい女の奥津城《おくつき》に、追憶の忠実な供物《くもつ》をささげる必要を感じた。彼女の墓の近くまで来ると、ぼくはいささか胸の詰る思いがした。かわいそうな、いとしい女、彼女はあんなにもやさしかった、あんなにも情が深かった、あんなにも色白で、あんなにも潑剌《はつらつ》として……それが、いまでは……もしこの墓をあばいたなら……。

鉄柵《てっさく》の上にかがむようにして、ぼくは、相手に聞えるはずもないと知りつつ、自分の悲しい心を小声で語ったのだった。そして、そこを立ち去ろうとしたところ、一人の女が、隣の墓にひざまずいているじゃないか。第一期の喪に服している、黒衣の女だ。縮紗《デシン》のヴェールをあげていたため、そのあいだから、美しい明色の顔がのぞいていたが、左右に分けた髪の毛は、黒い帽子の夜の下で、あけぼのの光に明るく照らされている風《ふ》情《ぜい》だった。ぼくは立ち去るのをやめて、とまった。

たしかに、彼女は深刻な苦悩をいだいているに相違なかった。両手のあいだに視線を埋め、体を硬直させ、哀悼の情のため、石像のように物思いに沈みながら、眼をとじている、その瞼《まぶた》の裏の暗闇《くらやみ》で、追憶のむごい数珠《じゅず》をつまぐっている姿は、彼女自身が、死んだ女ででもあるよう。その死んだ女が、死んだ男のことを考えているとでも言おうか。

ついで、この女が泣いていることが、ふと、ぼくにわかった。柳に吹く風のそよぎのように、この女の背中が小ゆるぎにゆるぐのでわかったのだ。はじめは、しのび音《ね》に泣いていたが、そのうち、いよいよはげしくなり、首と肩を急速に動かしながら泣いた。とつぜん、彼女は眼をおおっている両手をはなした。涙でいっぱいの、美しい眼だった。そのものに憑《つ》かれたような眼を、彼女は悪夢からさめでもしたときのように、あたりに向けるのだったが、ぼくが見ていることに気づくと、恥ずかしかったらしく、ふたたび両手で顔をかくしてしまった。すると、彼女のすすり泣きはいよいよ痙攣《けいれん》的になり、頭はじょじょに墓石の方へ傾いていった。額が石についた。と、彼女のヴェールはひろがって、あたかも新しい喪でもあるように、いとしい墓石の白い稜《かど》をつつんだ。うめき声がしたかと思うと、彼女はがっくり倒れてしまった。畳石に片頬《かたほお》をついたまま、意識を失い、動こうともしなかった。

ぼくは彼女の方に駆けよると、彼女の両手を打って、瞼に息を吹きかけた。そうしながらも、きわめて簡単な墓碑銘を読みながらね。『陸戦隊大尉《たいい》、ルイ・テオドル・カレルここに眠る。トンキンにて戦死す。彼の冥福《めいふく》を祈られたし』

つまり、数カ月前に死んだことになるね。ぼくは涙がこぼれるほど胸をうたれて、介抱もいとねんごろにしてやった。それが功を奏したか、彼女は正気に返った。ぼくはひどく興奮しているらしかった。——ぼくだってまんざらじゃないからね。なにしろ、まだ四十にもなっていないんだから――ぼくは相手のまなざしをちょっと見ただけで、これは礼に厚い、恩を忘れぬ女だと見てとったが、まったくそのとおりだった。彼女が、今度はおのずから性質の異なる涙を流しながら、息をはずませて、とぎれとぎれに語るその身の上話によれば、この士官がトンキンで戦死したのは、二人が結婚して一年後のこと。それは恋愛結婚で、父も母もない彼女には、たまたま、まがりなりにも持参金があったのだった。

ぼくは彼女を慰め、力づけてやった。抱きおこし、立たせてやった。さて、それから、彼女に言った。

『あなたはこんなとこにいてはいけません。さあ、行きましょう』

彼女はつぶやくように小声で、

『あたし、とても歩けませんの』

『では、わたしにつかまりなさい』

『ご親切、ありがとうございます。あの、ここへいらっしゃるのは、やはり、お亡《な》くなりになったかたのために、泣こうとなさって?』

『まあ、そうです』

『女のかたですの?』

『まあ、そうです』

『奥さま？』

『友達』

『友達だって、奥さんくらい愛してもいいと思いますわ。愛情に掟《おきて》はありませんもの』

『ほんとに、そうです』

で、ぼくたちはいっしょにそこを立ち去った。彼女はぼくにもたれかかりながら、ぼくは、墓地の道々を、ほとんど彼女をになうようにしながら。墓地のそとに出ると、彼女は絶え入らんばかりの風情でささやいた。

『なんだか、あたし、気持が悪くなりそうで』

『どこかへ行って、何か飲みませんか？』

『ええ』

一軒の料理屋が眼にとまった。つまり、死者の知人たちが、無事に葬儀をすませたのを祝うため、宴をはる料理屋なのである。僕たちはその家にはいった。ごく熱い紅茶を飲ませたら、彼女もだいぶ元気が出たようだった。ほのかな微笑さえ唇《くちびる》にうかんできた。それから、身の上話となった。この世の中に、たった一人でいるのが、寂しくて、寂しくてしかたないというのである。明けても、暮れても、家のなかにたった一人きり、愛をそそぐ人も、たよりにする人も、理解してくれる人も、一人もいないのが寂しいというのである。

それがいかにも真剣なようすなんだ。口のきき方などもおとなしいんだ。ぼくは何やかやとりとなったね。まだとても若くて、二十歳というところであろうか。ぼくはほろねんごろな言葉をかけてやったが、彼女もこころよく受けてくれた。それから、時間もたつので彼女の家まで車で送ってやろうと申しでたところ、それも彼女は承諾した。そして、辻馬車《つじばしゃ》のなかでは、ぼくたち、ぴったりと、肩と肩がくっつくほど寄りそっていたものだから、二人の体温は、着ているものを通してまじりあうくらいだったよ。まあ、これくらい、人の心をワクワクさせるものはなかろうね。

車が家の前で止ると、彼女は小声で言った。

『あたし、ひとりでは、階段があがれそうもありませんわ。五階ですもの。お願いですわ。あたしの部屋まで、また手をかしていただけないでしょうか？』

もとよりおやすいご用である。彼女は、ひどく息をはずませながら、ゆっくりゆっくり階段をあがっていった。それから、戸口まで来ると、つけ加えて言った。

『どうぞ、ちょっとでもおはいりくださいな。お礼も申しあげねばなりませんので』

で、ぼくははいったね。それははいったともさ。部屋そのものは、いたって質素で、いささか貧乏くさかったが、彼女のたしなみか、こざっぱりと、よく整頓《せいとん》していた。

ぼくたちは二人並んで小さなソファに腰をおろした。すると、彼女はまたしてもひとり暮しの寂しさをこぼすのだった。

彼女はメイドを呼鈴で呼んだ。何か飲みものを持ってこさせようとしたのだ。ところがメイドは姿を見せなかった。ぼくは内心うれしかったね。これは、いわゆるかよいメイドで、きっと朝でなければいないのだ、と見てとったからだ。

もう彼女は帽子を脱いでいた。彼女はじつに可憐《かれん》だったね。ぼくのうえに、じっと、その澄んだ眼をそそいでいる。それがあんまり、澄んだ眼を見はって、ぼくを見つめているものだから、つい、あらぬ誘惑を感じて、抵抗できなくなっちゃった。ぼくは、いきなり、両腕で彼女を抱きかかえるや、瞼の上に、もっとも、瞼はあわててとじてしまったが、その上に接吻《せっぷん》をしたのだ……また接吻……また接吻……と、むやみやたらにね。

彼女はぼくを押しやり押しやり、身をもがきながら、しきりに言った。『ねえ……ねえ……ねえったら！』

この言葉に、彼女はどういう意味を与えていたのか？　かかる場合、『ねえ』には、すくなくとも二通りの意味がありうる。『ねえ、よしてよ』ともとれれば、『ねえ、早くして』ともとれよう。ぼくは彼女を黙らせるために、接吻を眼から口に移動させた。そして、『ねえ』という言葉に、ぼくの好むほうの解決を与えた。そして、彼女も抵抗を示さなかったよ。そして、トンキンで戦死した大尉の名誉をこうしてけがしたあとで、ぼくたち二人がふたたび顔と顔を見あわせたとき、彼女は、ぐったり疲れているような、しんみりしているような、あきらめているような風情に見えたので、ぼくの不安の念も消えてしまった。

そこでぼくは、感謝にあふれた、慇懃《いんぎん》な、伊達者《だてしゃ》になったわけだ。それから、また一時間ばかり、とりとめのない話をしてから、ぼくは彼女にたずねた。

『いつも夕飯はどこでしますか？』

『近くの小さな店ですの』

『ひとりきりで？』

『それはそうですとも』

『では、いっしょにどうですか？』

『それ、どこですの？』

『ブールヴァールの、どこか、いい店へ行きましょう』

彼女はおいそれとは応じなかった。そこで、ぼくは押した。彼女は応じたことは応じたが、『あたし、とても疲れているの、とても』と、いかにも持たせぶりをして。ついで、つけ加えて、『そんなら、この服ではあんまりですから、もうすこしはでなのにしますわ』

そう言って、彼女は寝室にはいっていった。

出てきたのを見ると、第二期の喪の服装をしていた。灰色の、いたって簡単なこしらえながら、すっきりと清楚《せいそ》なうちに、艶《つや》っぽい美しさがあった。明らかに彼女は、墓行きと、街行きの、二通りの喪服を持っていたのだね。

晩餐《ばんさん》はまことに楽しかった。彼女もシャンパンを飲んだものだから、すっかりいい気持になり、興奮してきた。で、ぼくはいっしょに彼女の家へもどった。

墓石の上で結ばれたこの関係は、それから、約三週間ばかりつづいた。だが、人間って、何ごとにかぎらずすぐ飽きるものだよ。とりわけ、相手が女の場合はね。ぼくは余儀ない旅にかこつけて、この女と手を切ってしまった。手切れ金も奮発したので、彼女もぼくを大いに徳とした。そして、旅からもどったら、また自分のもとに帰ってくれるようにと、ぼくに約束させ、誓わせたものだ。正直なところ、彼女はいささかぼくに未練があったらしいんで。

ぼくはほかの女たちに愛情を求め歩いた。そうして、一月ばかりが過ぎたが、その間、あの喪服のかわいい、恋の女に再会したいという思慕の念にかられて、その誘惑にまけるということもなかった。そのくせ、彼女を忘れたわけではなかったが……。それどころか、彼女の思い出は、たえずぼくにつきまとっていたんだ。一つの神秘としてね。心理学上の疑問としてね。解決に手をやかせる、あの難問題の一つとしてね。

それが、ある日のことだ。なぜとも知らず、ぼくはモンマルトルの墓地へ行けば、彼女に会えると思ったのだ。そこで、行ってみた。

ぼくはながいあいだぶらついたが、出会うのは、ただ普通の墓参りの人たちばかり、つまり、死者との絆《きずな》がまだ完全に断ち切れずにいる人たちばかりだった。トンキンで戦死した大尉の墓には、その大理石の上で泣く女もいなければ、花も、花輪もなかった。ところが、死者の眠っている、この大都市の、別の一角をぼくがさまよっていたら、ふと、眼にとまったのだ、十字架の並ぶ狭い通りの向うから、第一期の喪服をつけた一組の男女がこちらへやってくるのが。驚いたのなんのって！　二人が近づいてくると、ぼくにはわかったんだよ、その女が。

それは彼女だったのだ！

彼女はぼくを見ると、さっと顔を赤らめたが、すれちがいに、ぼくはさわってやったものだから、彼女は、かすかな身ぶり、すばやいまばたきをしてみせた。それは、『知らない顔をしていてね』を意味しているのだろうが、『あなた、また来てね』と言っているようにも思えた。

相手の男は、りっぱな、品のいい、瀟洒《しょうしゃ》たる紳士で、四等レジョン・ドヌール勲章の所有者だった。年のころは五十くらいであろうか。

そして、男は女の体をささえるように抱きかかえていた。それは、かつてぼく自身がこの墓地を出るときやったのとおなじあんばい式だった。

ぼくは茫然《ぼうぜん》自失のかたちで立ち去ったが、道々も、たったいま目撃したことを考えてみずにはいられなかった。墓から墓へと、あさり歩くあの女は、いったい何者だろうか？　ただ普通の娼婦《しょうふ》なのだろうか？　それとも、妻なり情人なりを失ったあわれな男が、たえず女につきまとわれ、ありし日の愛撫《あいぶ》の思い出に耐えられず、墓場にやってくるのを、その墓石の上で拾おうと考えついた淫売婦《いんばいふ》であろうか？　これは彼女の専売であろうか？　ほかにも大勢あるのだろうか？　これもまた一つの稼業《なりわい》であろうか？　歩道を流すからには、墓場を流したってふしぎはないわけだが？　さては墓場流しの女たちもあったのか！　それとも、深遠な哲学とも言える、こんな驚嘆すべき思想をいだくにいたったのは、彼女ひとりなのであろうか？　この哀愁の場所では、恋の未練がひとしおはげしくあおられるので、それを巧みに利用しようなどとは。

それにしても、ぼくは知りたかったのさ。この日の彼女は、いったい、どこの何某《なにがし》の寡婦《かふ》ということになっていたのかね」

# メヌエット

——ポール・ブールジェに——

不幸も、あまりにひどくなると、かえって悲しくないものだね。と、こう言ったのは、ジャン・ブラデル、懐疑家で通っているひとり者の老人である。わたしは戦争もすぐそばで見た。かわいそうとも思わずに、死骸《しがい》を飛びこえもした。こういった、自然や人間の残虐《ざんぎゃく》行為は、なるほど、恐怖や憤激の叫び声を出させるかもしれない。しかし、なんでもない、小さい、あわれなできごとに接しても、背すじがぞっとする戦慄《せんりつ》、心臓を刺される痛さを感ずることがあるものだが、大きな不幸には、そういうことはないようだね。

なんといっても人間の感じうる最大の苦痛は、母親にとっては子供の死であり、人の子にとっては母親の死であろう。もとより、これははげしい、恐ろしい苦痛であり、人の心をかきみだし、かきむしる底《てい》のものかもしれぬ。だが、このような大災難は、出血のはなはだしい大怪我《おおけが》と同様、いつかは癒《い》えるものだよ。ところが、偶然、ぶつかった事件、ふと垣間《かいま》見ただけのできごと、人に言われぬ悲しみ、運命のいたずら、こういった程度でありながら、われわれの心中のありとあらゆる苦痛をかきたてたり、複雑な癒《いや》しがたい、精神的苦悩の神秘な扉《とびら》を、いきなり、われわれの眼前にあけたりするものがあるね。それは、一見さもないように思われるだけに、いっそう深刻なんだね。とらえどころがないように見えるだけに、いっそう痛烈なんだね。こしらえごとのように見えるだけに、いっそう執拗《しつよう》なんだね。こういうのに見舞われたが最後、われわれの魂には、悲哀の条痕《じようこん》、苦い後味、幻滅感が残って、容易に抜けるものではないよ。

わたしには、そんなのが、二つや三つ、いつだってあるね。きっと、他の人たちなら気づきもしないだろうが、わたしの心中に、長い、細い、傷跡となって、いつまでもおらずに、うずいているんだね。

こういう束の間《つかま》の印象が、わたしの心にどんな感動を残しているか、おそらく、あなたにはわかりますまい。わたしは、そのなかの一つだけをお話ししよう。ずいぶん昔のことでありながら、まだついきのうのことのようにまざまざと残っている。まあ、わたしがそんなふうに感動したのも、自分勝手の空想のせいだったかもしれないがね。

当年五十歳のわたしも、あのころは若かったもので、法律の勉強をしていた。いくぶん陰鬱《いんうつ》で、いくぶん夢想家といったタイプで、厭世《えんせい》哲学はだいぶしみこんでいたね。騒々しいカフェもきらい、口角泡《あわ》を飛ばす友人たちもきらい、いわんや、阿呆《あほう》の女の子なんてまっぴらだった。朝は早くから起きたものだ。そして、何よりの楽しみは、朝の八時ごろ、リュクサンブール公園の苗圃《びようほ》を一人で散歩することだった。

といっても、あなたがたのような若い人たちは、あの苗圃はご存じありますまい。前世紀の忘れられた苑《その》とでもいおうか、老婦人のやさしい微笑にも似た、美しい苑だった。

木の葉の茂った生垣《いけがき》が、整然と、まっすぐに通った小道をふちどっていた。つまり、きれいに刈りこまれた、茂みからなる二つの壁のあいだに、その静かな小道がはさまっているわけなんだね。園丁の大きな鋏《はさみ》が、この枝の仕切りをたえず刈りこんでいたっけ。ところどころに花壇がある。小さな木の群れが、遠足の学生のように並んでいたりする。みごとなバラの社会があるかと思うと、果樹の連隊がある。

おまけに、このすばらしい茂みのいたるところは、蜜蜂《みつばち》の住みかになっていた。適当な間隔をおいて、花壇のなかにつくられた彼らの藁屋《わらや》が、めいめいの戸を陽《ひ》に向けて、大きくひらいている格好は、指貫《ゆびぬき》のさし口みたいだった。そして、どの道を歩いても、ぶんぶんうなっている、金色の蜜蜂に出会ったものだ。彼らこそ、この平和な一角の真の主といおうか。廊下に似た、この閑静な小道の真の散歩者といおうか。

わたしは、毎朝のように、ここへやってきたものだ。ベンチに腰かけては、読書に時をすごす。ときには、本が膝《ひざ》の上に落ちるのも気づかず、夢想に耽《ふけ》ることもある。自分の周囲に営まれている、パリの生活の騒音に耳傾けることもある。そしてまた、この時代めいた並木道の無限な静謐《せいひつ》を楽しんだりする。

ところが、まもなく気づいたのだが、開門と同時にこの場所へかよってくるのは、わたし一人ではなかったのである。木立のすみなどで、小柄《こがら》の、風変りな老人とぱったり出会うことがよくあった。

その人というのは、銀の留め金のついた短靴《たんぐつ》をはいていた。前が上げ下げのできる半ズボンに、煙草《たばこ》色のフロックを着、ネクタイのかわりにレースを結んでいた。その灰色の帽子ときては、見たこともないような珍物で、つばは広く、毛は長く、まさに大時代物だったね。

やせていて、それもごつごつと、ひどいやせ方なんだ。しかめ面《つら》をしているようでもあり、ほほえんでいるようでもある。その鋭い眼《め》は、ひっきりなしにまたたく瞼《まぶた》の下で、たえずきょろきょろ動いている。いつも、金の握りのついたみごとなステッキを持っていたが、いずれ、相当に由緒《ゆいしょ》のある代物《しろもの》なのだろう。

はじめ、わたしをびっくりさせたこの老人は、そのうちわたしの興味を法外もなく惹《ひ》くようになった。そこで、わたしは、老人を生垣のなかで待ち伏せしていて、遠くからあとをつけていったものだ。見られないように、ときどき、生垣の曲り角で立ちどまったりしてね。

さてある朝のこと、老人は自分一人きりだと思ったらしく、奇妙な運動をやりはじめたんだね。まず、二、三度、ぴょんぴょんとはねてから、敬礼した。それから、かぼそいその片脚で、もっと敏速な跳踊《はねおど》りを一つしたかと思うと、今度はぐるぐると優雅に旋回しはじめた。旋回しながら、はねたり、おかしなふうに体をふり動かしたりする。見物人の前にでもいるように、愛想よく笑ってみせたり、愛嬌《あいきょう》をふりまいたり、両腕をひろげたり、操り人形のように、貧弱な体をひねったりする。虚空《こくう》に向って、感動的な、そのくせ、滑稽《こっけい》な会釈《えしゃく》を送ったりする。

老人はダンスをしていたのさ！

わたしはびっくりして、化石のようになってしまった。われわれ二人のうち、おかしいのは彼かわれかと、みずからにたずねたほどだったよ。

ところが、老人はふいに立ちどまり、舞台の俳優のように、前へ進み出た。それから、にこやかな微笑をうかべながら、刈りこんだ二列の生垣に向って、その震える手で女優のような投げキスをすると、お辞儀をし、引きさがった。

それから、急に真面目《まじめ》くさって、また散歩をはじめたんだよ。

この日から、わたしはもうこの老人から眼をはなさなかった。毎朝、老人は例の珍妙な練習をやりはじめるのだ。

わたしは何でもかでもこの老人と話がしたくなった。そこで、思いきって、会釈をしてから、言葉をかけてみた。

「きょうはいいお天気ではありませんか」

老人も挨拶《あいさつ》してくれた。

「いかにも。まるで昔のような天気です」

一週間ののち、われわれは友達になってしまった。そして、わたしはこの老人の身の上を知ることができた。老人はオペラ座のダンスの教師だったのである。ルイ十五世時代のオペラ座のね。例のみごとなステッキは、クレルモン伯爵《はくしゃく》の贈物だったとか。話がダンスのことになると、もう老人のおしゃべりを阻止することはとうていできなかった。

さて、ある日のこと、老人はわたしにこんなことをうちあけた。

「わしは、そら、あのラ・カストリと結婚しているんですがな。なんなら、ご紹介いたしてもよろしいが、なにぶんあれは午後でないとここに見えませんでな。それはもうこの庭ときたら、わたしらには何よりの楽しみであり、わたしらの命のようなものですからな。昔のもので、わたしらに残されているものといったら、この庭くらいのものでしょう。この庭がなかったら、もうわたしらは生きるかいもないようなものです。ねえ、見るからにものさびた、いい庭ではありませんか？　わしはここへ来ると、自分の若い時分とちっともちがってない空気を吸うような気がしますよ。家内とわしは、いつも午後はずっとこの庭ですごすことにしています。もっとも、わしだけは朝早くからやってきますがね。なにしろ、こっちは早起きなものですから」

昼飯をすますと、わたしはさっそくリュクサンブール公園に引返した。ほどなく、わたしの友達の姿が見えてきた。友達は、黒衣の小柄な老婦人にものものしく腕をかしていた。このご婦人にわたしは紹介された。これがラ・カストリだったのである。ルイ十五世をはじめ、王侯貴族はもとより、この世に恋の色香を残したというべき、あのはなやかな世紀のあらゆる人々から愛された名舞踏家、ラ・カストリだったのである。

わたしたちはベンチに腰かけた。ころは五月、花の香が清楚《せいそ》な小道にただよっている。あたたかな陽光は木の葉をもれて、わたしたちの上へ、光線の大粒の点滴となって降ってくる。ラ・カストリの黒衣など、光でぬれているようにさえ見えた。

庭は人気《ひとけ》もなく、がらんとしていた。遠く、乗合馬車の通る音が聞えてくる。

「あの、ちょっと説明していただきたいんですがね」わたしはこの老舞踏家に向って言った。「メヌエットというのはどんな踊りだったんでしょうか?」

老人は身ぶるいした。

「メヌエットというのは、あんた、ダンスの女王ですぜ。そして、女王のダンスなんですぜ。おわかりですかい? だから、王のない今日は、メヌエットまたなしですわい」

それから、この舞踏家は、美辞麗句のかぎりをつくして、熱烈なメヌエット讃《さん》をやりはじめたが、わたしにはまるっきり理解できなかった。それよりは、足どりや、動作や、ポーズをやってみせてもらったほうがよかった。それには老人も困惑の体《てい》だったね。自分の体力の衰えにわれながら腹をたてたか、いらいらしげに、しょげかえっているのだ。

と、ふいに、老人は自分の昔の踊り相手の方へふり向いた。いつも沈みがちに黙々としているその老配偶者の方へね。

「ねえ、エリーズ、承知しておくれでないか？　このかたにお見せしてあげようではないか？」

老女は、あたりを不安げにうかがっていたが、ものをも言わずに立ちあがると、老人と向いあいになった。

このとき、わたしは終生忘れることのできないものを見たわけなんだ。

二人は、子供っぽいしぐさをしながら、行ったり来たりするんだね。おたがいに微笑を交わしたり、左右に揺れたり、お辞儀をしたり、飛びはねたり、まるで、古くなった二つの人形そっくりなんだ。それも、昔の人形作りの名人が、その時代の様式でつくった、しかし、いまはすこしこわれている、旧式な機械仕掛けで動くやつなんだね。

わたしは、二人の踊るのを見ていたが、心は異常な感動でみだされ、魂はいい知れぬ哀愁にうたれずにはいられなかった。いたましくも滑稽な幽霊、一世紀も時代おくれの亡霊でも見ているような気持がした。笑いたくもあり、泣きたくもある気持だった。

急に二人は立ちどまった。これで舞踏のふりは終ったわけだ。それだのに、二人はまだしばらく向いあっていたが、へんてこに顔をゆがめたと思ったら、抱きあいながら、おいおい泣いてしまったんだ。

それから三日ののち、わたしは田舎に発《た》った。それっきり二人には会わずじまいになった。二年たって、パリにもどってきたときには、あの苗圃は取りこわされて、あとかたもなくなっていた。あの昔なつかしい庭がないとすれば、二人の老人はどうなったことだろう。あの迷宮のような花壇も、過去のにおいも、優美に曲りくねった生垣もないとすれば。

彼らは死んだのだろうか？ それとも、希望を失った亡命者のように、近代的な街々をさまよっているのであろうか？ それとも、墓場の糸杉のかげ、墓石の並んだ小道のほとりで、月の光をあびながら、あの滑稽な亡霊たちは、奇怪なメヌエットを踊っているのであろうか？

彼らの思い出は、たえずわたしの心に去来し、しつこくまつわり、苦しめて、傷跡のようにながく残ってはなれない。なぜだろうか？ わたしにはわからない。

きっと、あなたなんかは滑稽にお思いだろうが？

# マドモワゼル・ペルル

その晩、どんな気持からマドモワゼル・ペルルを女王にえらんだのか、じっさい、自分ながらふしぎでならない。

# 一

わたしは古くからの知合いであるシャンタルの家へ王さままつりの夕べをすごしに行くのを毎年のならわしにしている。じつは父が彼の最も親しい同僚であったため、わたしは子供の時分からこの家へつれてゆかれたのである。わたしはこれをずっとつづけてきたのだし、また自分の生きているかぎりは、そして、この世にシャンタル家の者が一人でも残っているかぎりは、おそらく今後ともつづけることだろう。

それはともかく、このシャンタル家というのは、まったく奇妙な生活をしている人たちで、彼らはパリに住んでいながら、グラッスとか、イヴトーとか、ポン・タ・ムッソンとか、そういった田舎にでもいるような生活をしているのである。

天文台の近くに、小さな庭のある一軒の家を持っているのだが、それがまるで田舎住いのようなものである。パリ、真のパリのことなど、彼らはからきし知らないし、だいいち、頓着《とんじゃく》もしていない。パリなんて、遠い、遠いところなんだ！　それでも、ときに、市内へ旅行を試みることがある。それは大旅行なのだ。一家で言うところの、シャンタル夫人の買出し旅行なのである。その買出し旅行はどういうふうに行われるか。ざっとつぎのようである。

台所の戸棚《とだな》の鍵《かぎ》をあずかっているマドモワゼル・ペルルが、（というのは、下着類の戸棚は主婦みずからが管理しているので）砂糖がおしまいになりそうだとか、缶詰《かんづめ》がきれたとか、コーヒー袋の底が見えてきたとか、警告を発する。

かくして、飢饉《ききん》の警報に接したシャンタル夫人は、その他の食料の検査にあたり、いちいち手帳にノートする。それから、数字を一面に書きつらねると、まず長い計算に没頭し、つぎに、マドモワゼル・ペルルを相手に長論争をたたかわす。が、けっきょくは意見の一致ということになり、向う三カ月のあいだ用意すべき品物の量をそれぞれ決定する。砂糖、米、干しスモモ、コーヒー、ジャム、グリンピース、インゲンマメ、蝦《えび》の缶詰、干物、燻製《くんせい》、等々である。

これがすむと、買物の日どりを決める。それから、馬車、といっても、荷物棚のついた馬車で出かける。行先は、橋の向うの、新開地に住んでいる大きな食料品店である。

シャンタル夫人とマドモワゼル・ペルルは、二人そろって、いかにも神妙そうに出かける。そして、夕飯時分、まだ興奮はさめやらぬものの、さすがに疲れたらしく、箱馬車に揺られながら帰ってくるのだったが、見れば、馬車の屋根は紙包みや袋でいっぱい、まるで引越し車のようだ。

シャンタル家の人たちに言わせれば、セーヌ河の向うがわにあるパリはぜんぶ新開地だということになる。つまり、そこに住んでいるのは奇妙な、騒々しい住民、毎日をむだづかいにすごし、夜は夜でらんちき騒ぎを演じ、窓から金を投げるといった、あまり感心できない人種ばかりである。それでも、娘たちをお芝居につれてゆくようなこともときどきあった。「オペラ・コミック」や、「フランス座」だが、それも出しものが、シャンタル氏のとっている新聞でほめられているような場合だった。

娘たちは、今年十九と十七になるが、二人とも美しかった。背のすらりとした清楚《せいそ》な感じのする子供たちで、いかにも育ちがいい。いや、育ちがよすぎるといったほうが当っているかもしれない。というのは、まるでかわいい人形を二つ並べたみたいに、かえって人目につかないくらいだからだ。シャンタル家のお嬢さんたちに目をつけるとか、言いよるとか、そんな考えがわたしの胸に宿るということはおそらくぜったいにあるまいと思う。いかにも清浄無垢《むく》で、話しかけるのがやっとのこと、会釈《えしやく》してさえ失礼ではないかと心配なくらいだ。

父親はどうかというと、これはなかなか愛すべき人物で、教養もあり、闊達《かったつ》、懇篤《こんとく》な性質だった。が、何よりも安息、平穏、静寂を愛する人だったので、こうして一家の者たちが沈滞しきった空気のなかでミイラ化してしまったのも、彼が自分流に生きようとしたせいも大いにあったことだろう。読書家で、座談家で、ちょっとしたことにも涙ぐむほうだった。外部と接触したり、肘《ひじ》つき合せたり、衝突したりすることがないため、彼の皮膚、つまり、彼の精神の皮膚は、ひどく敏感に、デリケートになっていたのだ。ほんのちょっとしたことにも感動し、心をみだされ、思い悩むといったふうだった。

シャンタル家にはしかしつきあいがないわけではなかった。ただし、制限されたつきあい、近所の人々のなかから、慎重にえらび出されたつきあいだった。また、遠方に住んでいる親戚《しんせき》と年に二、三度くらい行き来することもあった。

わたしはどうかというと、八月十五日の聖母昇天祭と、王さままつりの日に晩餐《ばんさん》のごちそうになるならわしになっている。これはわたしの義務の一部になっているもので、いわば、カトリックの信者が復活祭の聖体拝受に行くようなものである。

八月十五日には、幾人かの友人も招かれるが、王さままつりの日は、外からの客はわたし一人であった。

二

そんなわけで、その年も、例年どおり、わたしは主顕節を祝うためにシャンタル家の晩餐会に出かけた。

いつものように、わたしはシャンタル夫妻と、マドモワゼル・ペルルに接吻《せっぷん》し、ルイズ、ポーリーヌの両嬢には丁重にお辞儀をした。わたしはいろいろの質問をあびた。町の事件だの、政治だの、トンキン事件を世間ではどう言っているかだの、わが方の代表者のことだのだった。シャンタル夫人というのは、ぶくぶくふとった人だが、その言ったり、考えたりすることは、どうしたものか、切り石とでもいったような、何か真四角な印象を与えるのだが、政治の議論が出ると、きまったように、「のちのちになって、わざわいの種にならなければいいのですけれど」という文句を結論として述べるのが癖だった。シャンタル夫人の考え方が真四角だなんて、どうしてわたしにはいつもそう思われるのだろうか？　そうなるとわたしにもさっぱりわからないのだが、ともかく、この人の口にすることは、すべてわたしの頭のなかで四角という形をとるのだからしかたない。正方形、四つの相等しい角をもつ大きな正方形なのだ。世の中には、その考えが丸くって、いつも輪のようにゴロゴロころがってゆくように思われる人々もあるものである。そういう人たちが何かあることについてひとこと言いだすと、もうそれはころがりはじめる。どんどんまわってゆく。十、二十、五十となって、その丸い考えが、大小とりまぜて、とびだしてきては、先になり後になりながら、地の果てまで、走ってゆくのが見えるような気がする。そうかと思うと、先がとがっている考えの人もあるが……。まあ、そんなことはどうでもいい。

いつものように食卓についた。そして、食事は、とりたてて言うほどのこともなく終った。

デザートになって、王さまの日のお菓子が出た。ところで、王さまになるのは毎年シャンタル氏だった。それはいつもながら偶然の結果か、それとも、家庭内の暗黙の結果か、それはわたしの知るところではなかったが、ともかく、シャンタル氏の分のお菓子のなかに豆がはいっているのはまちがいのないことで、その彼がシャンタル夫人を女王にえらぶのもいつものことだった。だから、わたしはまったくあっけにとられずにはいられなかった。なにしろ、一口ぱくついたら、何かひどく硬いものがあって、わたしはあやうく歯を一本折るところだったんで。その硬いものをそっと口から出したところ、ソラマメほどもない、小さな陶製の人形だったのである。「あっ！」と、思わず驚きの叫びが出た。みんなわたしの方を見た。すると、シャンタルが手をたたきながら、大声で、「やあ、ガストンだ、ガストンだ、王さま万歳！　王さま万歳！」

一座の者たちがそれに和して、「王さま万歳！」わたしは耳のつけねまで真っ赤になった。何かちょっと間のわるいような場合、わけもなく人はこんなふうに赤くなるものだ。わたしは眼《め》をふせたまま、その豆粒のような瀬戸物を二本の指にはさんだなりで、笑顔をつくりながらも、何をしていいのやら、何を言っていいのやら、困っていると、シャンタルが追っかけるように言った。「さあ、今度は女王をえらぶ番だ」

さあ、こうなるとわたしはあわててしまった。無数の考えが、無数の仮定が、一瞬のうちに、わたしの脳裏をかすめた。人はわたしにシャンタル嬢の一人を指名させようとしているのだろうか？ どっちが好きなのかわたしに言わせるための手段がそこにあるのだろうか？ わたしと娘たちの一人との結婚はありうることと考えて、両親たちが、その結婚のほうへと、そっと、かるく、気づかれないように、わたしを押しているのではあるまいか？ 結婚という考えは、適齢期の娘をもつ家のなかにはたえずただよっているもので、それはあらゆるかたちをおび、あらゆる変装をし、あらゆる手段をとるものなのである。これはうっかり巻きぞえをくってはいけないという、あるはげしい恐怖におそわれたし、それに、ルイズ、ポーリーヌ両嬢のあくまで端正で、閉鎖的な態度を前にしては、わたしといえどもつい尻込《しりご》みせざるをえなかった。二人のうち、一方をさしおいて一人をえらぶのは、二滴の水のいずれかをえらぶにもましてむずかしいことのように思われた。そればかりか、いやおうなしに結婚話のほうにそっと引っぱられるのではあるまいか、ちょうど、自分がさりげなく王位につかされたのとおなじように、用心深い、気づかれない、おだやかな方法でやられるのではないかと思うと、どうしていいかわたしはまったく困ってしまった。

しかし、ふと、いい考えがうかび、わたしはこの象徴的な人形をマドモワゼル・ペルルの方に差出した。一座ははじめこそびっくりしたが、すぐに、わたしの心づかいと用心深さを認めてくれたとみえ、われるばかりの拍手をおくりながら、口々に叫んだ。

「女王万歳！　女王万歳！」

マドモワゼル・ペルルはと見れば、かわいそうにこの老嬢、すっかり度を失い、気もそぞろに、わななき震えながら、ただ、もごもご言うばかり。「だって、困ります……わたし、困ります……いいえ、それ、いけません……わたしでなくして……お願いです……わたしでなくして……お願いです……」

そのとき、わたしはマドモワゼル・ペルルをはじめてしみじみながめ、そして、これはどういう人なのだろうかと考えた。

わたしは彼女をこの家のなかで見慣れていたわけだが、それはちょうど、子供の時分から腰かけているくせに、つい注意をはらわずにいた綴織《つづれおり》張りの古い肘掛椅子《いす》でも見るようなぐあいだった。ところが、ある日のこと、なぜともなしに、ひょっとしたら、一条の陽光がその腰掛の上にあたっていたせいか、突如として、人は自分に向って言う。「おや、おや、この椅子、なかなか珍品じゃないか」と。そして、その細工が、名匠の手になったものであることを発見する。張ってあるきれも案外にりっぱであることを発見する。そのように、わたしもこれまでマドモワゼル・ペルルを注意して見るようなことは一度もなかったのである。

彼女はシャンタル家の一員、わかっているのはそれだけだった。だが、どうしてそうなのか？　どういう資格でそうなのか？――やせた、背の高い人で、人目につかないようにつとめていたが、けっして人なみ以下の女ではなかった。家の者たちは厚意をもって彼女を遇していた。メイドよりは上、身内の者よりは下というところだろうか。これまで気にかけたこともなかったような、いろいろのこまかな差別が、いま、突如としてのみこめてきた。シャンタル夫人は、「ペルル」と言っていた。娘たちは、「マドモワゼル・ペルル」、そして、シャンタル氏は、マドモワゼルとだけ呼んでいたが、どうやらそれは彼女をより重んじている口調だった。

わたしはあらためて彼女の顔をながめた。——年はいくつだろう？　四十か？　そう、四十というところだろう。——この老嬢、おばあさんとはいえない。ただ、老《ふ》けて見えるようにしているのだ。わたしはこのことに気づくや、ハッと目がさまされた。なるほど、髪かたちも、着つけも、化粧も、みんな滑稽《こっけい》だった。そのくせ、彼女自身はけっして滑稽には見えなかった。それほどまでに彼女には生れながらの素朴《そぼく》で、自然の優雅がそなわっていた。それは、一生懸命にかくそうとしている、ヴェールをかぶった優雅であった。思えば、なんたる奇妙な存在だろう！　どうしてこれまでもっとよく観察しなかったのだろう？　まずその髪の結い方がじつに奇妙キテレツで、流行おくれの小さなカールなどまったく噴飯《ふんぱん》もの。ところが、この聖母もどきの古風な髪の下には、ひろい、おだやかな額が見える。ながい悲しみを語っている、二条《ふたすじ》の深い皺《しわ》の寄っている額である。それから、二つの大きな、やさしげな、青い眼、おどおどしているような、物怖《ものお》じしているような、いかにもつつましやかな眼、小娘のような驚きと、若々しい感覚にあふれ、また悲しみもたたえているけれど、いぜんとして無垢《むく》のままの二つの美しい眼、そのなかをよぎったもろもろの悲しみのために、涙ぐんだろうけれど、けっして濁りはしなかった二つの眼。

顔ぜんたいは、きゃしゃで、淡泊な感じ。使わないうちに色あせてしまったような顔、それとも、人生の大きな感動や、疲労のためにしおれてしまったような顔だった。なんと愛らしい口だろう！　それに、なんときれいな歯！　それだのに、彼女は笑顔を見せようなどとはしなかったろう！

と、急にわたしはこの人をシャンタル夫人と比較してみた！　たしかに、マドモワゼル・ペルルのほうが上だった。百倍も上だった。ずっと繊細で、上品で、気位があった。わたしはこのような観察にわれながら呆然《ぼうぜん》とした。シャンパンがつがれた。わたしは自分のグラスを女王の方に差出しながら、しかるべき文句で彼女の健康を祝した。彼女はナプキンのなかに顔をかくしたかったに相違ない、とわたしは見てとった。それから、彼女が透きとおった葡萄酒《ぶどうしゅ》に唇《くちびる》をつけると見るや、一座は、「女王が飲んだ！　女王が飲んだ！」と、はやしたてた。すると、彼女は真っ赤になって、むせたものだから、どっという笑い声がおこった。この家で彼女がどれほど愛されているか、わたしにはよくわかった。

三

晩餐がすむと、シャンタルはわたしの腕を取った。これは彼の葉巻煙草《たばこ》の時間、いうならば、彼の神聖な時間なのだ。いつもひとりのときは、往来へ出てふかす。だれか客のあるときは、玉突き場にあがって、煙草をふかしながら、ゲームに興ずる。その晩は、王さままつりというので、玉突き場には火さえ焚《た》いてあった。そこでわたしの年老いた友はキューを取りあげた。細づくりのキューで、打ち粉をつけて念入りにみがいてから、言った。

「さあ、きみからやれ！」

彼は二十五にもなるわたしをつかまえて、まるで子供扱いの口のきき方をしていた。なにしろ小さい時分からのわたしを知っているのでむりもなかったろう。

そこでわたしはゲームをはじめた。わたしは何度か三つ玉を当てたり、また、はずしたりした。それよりも、マドモワゼル・ペルルのことが頭のなかを行ったり来たりしているものだから、出しぬけにたずねてみた。

「それはそうと、シャンタルさん、マドモワゼル・ペルルはご親戚のかたなんですか？」

彼はひどく驚いたらしく、玉を突くのをやめて、わたしの顔をのぞきこんだ。

「何だって？　きみは知らなかったのか、マドモワゼル・ペルルのこと？」

「ええ、知りません」

「じゃ、おとうさんから聞かなかったんだな？」

「ええ、聞きませんでした」

「へえ、それはへんだな！　知らなかったとは、いや、まったく驚いた！　なにしろ、世にもめずらしい物語なんだからな！」

彼はちょっと口をつぐんでから、語をついだ。

「それにね、何よりふしぎなのは、きょう、この王さままつりの日にきみがそのことをたずねたということなんだよ！」

「なぜですか？」

「なに！　なぜかって？　まあ、聞きたまえ、あれから四十一年になる。主顕節のきょうでちょうど四十一年になるわけだ。そのころ、わしらはルイ・ル・トールに住んでいた。あの城壁の上にな。しかし、きみによくわかってもらうためには、まず家の説明からかからなければなるまい。だいたい、ルイというのは山腹にある町なんだ。いや、むしろ、あたり一帯の牧場が見わたせる丘陵の上だと言ったほうがいいかもしれない。そういう場所に、わしらの家はあったわけだ。美しい庭もついていたがね。その庭が、外敵防禦《ぼうぎょ》の古い城壁にささえられた格好は、まるで宙に浮んでいるようだな。だから、家屋のほうは町なかにあって、街路に面し、庭のほうは平野を見おろしていたことになる。それから、この庭から野原の方に抜ける通用門があった。よく小説なんかに出てくる例の隠し階段が厚い城壁のなかを伝っておりていたが、その終ったところに門はついていたわけだ。道路が門の前を通っていて、門には大きな鐘がとりつけてあった。つまり、農夫たちが、大回りするのをいやがって、ここから穀物や野菜を運ぶようにしていたからだ。

さあ、これで場所のことはだいたいわかったろう？　ところで、その年の王さままつりの日は大雪でね、一週間も前から降りつづけていたのだ。この世の終りといっても誇張じゃあるまいね。城壁のところへ行って野っ原をながめると、魂まで冷えこみそうだった。なにしろ、眼前にひろがる無限の曠野《こうや》は、凍りついて、ニスを塗ったようにかがやいて、白、白、ただ白の一色なんだから。神さまがこの大地を古い世界の納屋《なや》にしまいこむために、荷造りをしたのじゃないかとも言いたくなる。いや、まったく、荒涼たるながめだった。

そのころ、わしらの一家はみんないっしょに住んでいたので、大家族だった、たいへんな大家族だった。父と母、叔父と叔母、兄が二人に、従妹《いとこ》が四人、きれいな娘たちだった。が、わしはその末娘と結婚したわけなんだ。これだけの人数のなかで、生き残りは三人きりだからね。家内とわしと、それから、マルセイユに住んでいる義姉だけになっている。まったく驚いたよ、家族というものがだんだん減ってゆくには！　そんなこと考えると、ぞっとなるね！　なにしろ、十五の少年も、いまじゃ五十六だからな。それはさておき、その晩、わしらは王さままつりをしようってんで、大いにはしゃぎきっていた！　みんな客間で晩餐のはじまるのを待っていたところ、兄のジャックがこう言いだしたんだ。

『原で犬がほえている。もう十分もたつだろう。かわいそうに主人にはぐれたらしい』

こう言いおわらないうちに、庭の通用門の鐘が鳴ったんだ。ゴーンと、まるでお寺の鐘みたいに鳴ったものだから、人が死んだのじゃないかと、みんなぞくっとなった。父は下男を呼んで、見にやらせた。みんなシーンとなって待った。あの大地を埋めつくした雪がつい頭にうかんでくる。下男はもどってきたが、何の異状もないということだった。犬はあいかわらずほえつづけていた。そのほえている場所も変りはしなかった。

一同は食卓についたが、いくぶん興奮していた。ことに若い連中はそうだった。それでも焼肉が出るまでは無事だったが、ここでまた鐘が鳴りだした。ながく、つづけざまに三度鳴って、わしらの指の先まで響きわたり、息の根を止めるかと思われた。みんなフォークを宙にあげたなりで、顔と顔を見あわすばかり。何か超自然の恐怖といったものにとらえられながら、なおも一心に耳を傾けていた。

とうとう母が口をきった。『おかしいじゃありませんか、こんなにながい間《ま》をおいて、また鳴らすなんて。バプチスト、一人じゃだめよ、どなたかについていってもらいなさい』

叔父のフランソワが立ちあがった。巨人といってもいいほどの大男、たいへんな力自慢で、世の中にこわいものなしという男だった。その叔父に向って、父が言った。『ともかく鉄砲は持ってゆけよ。万一の用心に』

しかし、叔父はステッキだけ持つと、すぐに下男と出ていった。

われわれ残った者たちは、こわいやら、心配やらで、ただ震えているばかり。食べるどころか、口さえきけない。父はなんとかしてわれわれを安心させようと試みた。『なあに、いまにわかるよ、どこかの乞食《こじき》か、それとも、雪で道に迷った通行人かなんかだろう。はじめ鐘を鳴らしたが、すぐあけてくれそうもないので、自分で道をみつけようとしたんだね。しかし、どうしてもみつからなかったものだから、また門のところへ引返してきたわけだろう』

叔父が行ってから一時間もたったような気がした。やっと帰ってきたが、ぶりぶり怒りながら、ののしっている。『ばかばかしい、なんのこともありゃしない、だれかいたずらにやっただけなんだ！　なんのことはない、ただ犬の野郎がほえているばかりさ。城壁から百メートルもあろうか、鉄砲があったら、一発で撃ち止めて、黙らせてやったんだがな』

みんなはまたごちそうを食べはじめたものの、やっぱり、心配でならなかった。これで終ったのではない、という気がした。何ごとかが起ろうとしている。鐘が、いまにも鳴りだすかもしれない。

それは鳴った。ちょうど、王さまのお菓子を切ろうとしているときだった。男という男はいっせいに立ちあがった。シャンパン酒がだいぶはいっているフランソワ叔父は、『あいつ』を殺してくれるといきりたったが、それがあんまり恐ろしい剣幕なので、母と叔母が飛びついて、止めようとしたほどだった。父というのは、きわめて温和な人で、体もすこし不自由だったが（落馬して、足を折って以来、片足を引きずって歩いていた）、それでも父は父で、その正体をつきとめに、自分も行ってみる、と言ってきかなかった。十八と二十になる二人の兄も、それぞれ銃を取りに走ってゆく。みんなわしのことなど意に介していないのをもっけのさいわいに、わしも空気銃をひっつかむや、この探検に加わろうと身がまえた。

すぐに探検隊は出発した。父と叔父が先頭にたった。カンテラを持ったバプチストをつれていた。そのあとに兄のジャックとポールがつづき、やっと母の腕をふりすててきたわしがしんがりという順序だった。もとより母は、自分の妹と、わしの従妹たちといっしょに家の戸口に残っていた。

雪は一時間前からまた降りだし、樹《き》につもっていた。樅《もみ》の木が、この重い鉛色の着物のためにしなっている格好は、白いピラミッドか、巨大な棒砂糖そっくりだった。そして、その樅の木よりも軽くて、暗がりで蒼《あお》い色をおびている灌木《かんぼく》などは、すきまなく降りこめる粉雪の灰色をしたカーテンの向うに、かろうじて見わけられるほどだった。その降りようがいかにも厚いので、視力のとどくのは十歩先までだった。しかし、カンテラが前方に広い光を投げていた。城壁をくりぬいた回り階段をおりはじめたとき、じつのところ、わしはこわかったね。だれかうしろからついてくるような、ぐいと肩をつかんで、どこかへさらってゆかれそうな、そんな気がした。いっそ、引返したいほどだったが、それには庭をまた横ぎらなければならないので、その勇気もなかった。

野っ原に向いている門をあける音が聞えた。すると、叔父がわめきだした。『畜生め、また行っちまいやがった。影だけでも見りゃ、ただじゃおかないんだが……こいつめ』

じっさい、なんとも言えず無気味な気持だったたね、その野っ原を見たときには。いや、見たというよりか、自分の面前に感じたというほうが当っているかもしれない。なにしろ、野っ原なんて見えなかったんだから。見えるのは、果てしない雪のヴェールだけ。上も、下も、右も、左も、前方も、どこもかしこもだ。

叔父がまた言った。『おや、おや、犬のやつ、またほえているぞ。ひとつ、腕前を見せてやろうか。ちょうどもっけのさいわいというものだ』

しかし、心のやさしい父はそれをさえぎった。『それよりかつれてきたほうがいいだろう。かわいそうに、お腹《なか》がすいて鳴いているんだ。あいつ、助けを求めているんだ。せっぱつまった人間が呼ぶときのようにね。行ってみようじゃないか』

そこで一行は、このカーテンをかき分けて進んだ。雪はおやみなく降りしきっている。夜の闇と空気をすきまなくみたしているこの泡《あわ》は、揺れ、ただよい、落ちる。落ちて、溶ける拍子に肉を凍らせる。この白い雪片が触れるごとに、皮膚の上をすばやい、はげしい痛みが走って、まるで火傷《やけど》のように肉を凍らせる。

このやわらかな、冷たいねり粉のなかにわれわれは膝《ひざ》まではまりこんだ。だから、進むには脚をうんと高くあげなければならない。進むにしたがって、犬の鳴き声はいよいよ明瞭《めいりよう》に、いよいよ大きくなってきた。叔父が、『いたぞ！』と叫んだ。一同は相手を見定めるために立ちどまった。夜、敵兵にぱったり出会いでもしたときのような格好だった。わしにはなんにも見えなかった。だからほかの連中に追いついた。そしたら、見えたんだ。それは身の毛のよだつような、そのくせ、夢でもみているような光景だった。その犬、その大きな黒犬、まるで狼《おおかみ》のような面《つら》をした、むく毛のシェパードが、四つ足をふんばって立っているのが、雪の上に投げられたカンテラの長い明りの先端に照らし出されたのだ。犬は動こうともせず、鳴きやんで、こっちを見ているのだ。

叔父が言った。『妙なやつだな、飛びつきもしなければ、逃げもしない。一発くらわしてやろうか』

父がきっぱりと言った。『いや、つれて帰ったほうがいい』

そのとき、兄のジャックがつけ加えた。『や、犬だけじゃないぞ、そばに何かあるじゃないか』

なるほど、犬のうしろに何かがある。かたちの見わけのつかない、何か灰色をしたものだ。一行は用心深くまた歩きだした。

われわれが近づくのを見ると、犬は尻をついてすわった。猛悪そうなようすもなかった。むしろ、みんなを引きよせることができたのを満足しているように見えた。

父はつかつかと進んでいったかと思うと、犬の頭をなでてやった。犬は父の手をなめた。そして、犬は小さな車の輪につながれていることがわかった。おもちゃの車とでも言いたいような小ちゃなやつだったが、三、四枚の毛布ですみずみまでつつんであった。そっとこの毛布をはがしてみた。そして、バプチストが、車輪づきの犬小屋とでも言いたいこの車の入口にカンテラを近づけると、なかに赤ん坊が眠っているのが見えた。

あまりの意外さに、われわれは口をきくこともできなかった。それでも父がいちばん先に気をとりなおした。父は人情家だったし、いくぶん感激居士《こじ》の傾向もあったので、車の屋根に手をかけて、こう言った。『かわいそうな捨て子よ、よろしい、家のものにしてやろう!』そうして、兄のジャックに命じて、この拾いものを先頭にたててころがしてゆかせた。

父は考えていたことを口に出しながら、言葉をつづけた。

『不義の子か何かだろうが、かわいそうに母親がうちの鐘を鳴らしに来たとみえる。それが主顕節の夜とは、神なる幼な児にあやかるためか』

父はまた立ちどまった。と、四方に向いて、夜の闇も通せとばかり声はりあげて、四度、こう叫んだ。『ひきうけましたぞ！』それから、叔父の肩に手をかけながら、つぶやいた。『この犬を撃ったらば、なあ、フランソワ？……』

叔父は返事をしなかったが、暗がりで十字を切った。見かけは威勢がよくても、あんがい信心深い男だったからな。

犬はといてやると、われわれのあとについてきた。

いや、まったく、世にもうるわしいながめだったね、その引揚げの光景は！　城壁の階段で車を引っぱりあげるには、はじめ、ずいぶん苦労したが、どうやらそれもできたので、あとは玄関まで押していった。

母ときたら、うれしいような、おったまげたような、なんとも言えぬ妙な顔をしていたっけ！　それから四人の従妹たち（いちばん下が六つだった）の格好といったら、巣のまわりに集まった四羽の牝鶏《めんどり》そっくり。ようやく車から赤ん坊を出したが、あいかわらず眠りつづけている。生後六カ月ばかりの女の子だった。それから、産衣《うぶぎ》のなかに金貨で一万フランはいっていた。そうなんだよ、まさに一万フランなんだよ！　父はすぐその金をその子の持参金として預金したが。じゃ、これは貧乏人の子供じゃなかったのか……ひょっとしたら、どこかの貴族と、町の娘とのあいだにできた子供かもしれない……それとも……などと、いろいろ想像をはたらかせてみたが、何ひとつわからなかった……まるっきり……何ひとつだって……。だいいち、犬だって知っている者はなかった。この土地の犬じゃなかったのだ。しかし、いずれにしても、うちの鐘を三度鳴らしにきた者は、男か女か知らないが、うちをえらんだからには、うちの両親をよく知っているに相違あるまい。

マドモワゼル・ペルルが生後六カ月でシャンタル家入りをした次第は、まあざっと以上のとおりさ。

もっとも、マドモワゼル・ペルルなんて呼ぶようになったのは、もっとあとになってからのことだった。はじめは『マリ・シモーヌ・クレール』という名前をつけた。クレールというのが、苗字《みょうじ》のつもりだった。

その赤ん坊をかかえて、一同が食堂に引きあげてきたときのおかしかったことといったらなかったよ。目をさましてさ、あのぼんやりした、かすんだような、青い眼で、あたりの人たちや、あかりを見てるようすといったらね。

一同はふたたび食卓につくと、お菓子がくばられた。わしが王さまにあたったので、女王はマドモワゼル・ペルルにした。いまさっき君がやったのとおなじなのさ。もっとも、その日、本人は、そんな光栄に浴したなんて、思いもしなかったろうがね。

というわけで、子供は養女になり、うちで育てられた。すくすくと成長し、年月が流れた。かわいげのある、やさしい、すなおな子だった。だれからもかわいがられた。母の苦情がなかったら、おそらく甘やかしすぎて、どんなことになったかわからない。母というのは、几帳面《きちようめん》な、格式を重んずる女だった。小さなクレールを、自分の子供なみに扱うことには同意したが、それでも、われわれのあいだの距離をはっきりさせ、身分を明瞭にさせておくことだけは固執した。

だから、少女が物心つくようになると、さっそく、母は彼女の生立《おいた》ちを話してきかすことを怠らなかった。そして、彼女はシャンタル家にとって、養女であり、拾い子であるということ、だから要するに、他人であるということを、少女の頭のなかに、おだやかに、愛情さえこめて、しみこませるようにつとめたのだった。

クレールは自分のおかれている位置を、ふしぎなくらいの頭脳と、驚くべき本能で理解した。自分に与えられた地位を受取り、保つのに、いかにも利発で、品がよく、すなおだったので、父などは感動のあまり、幾度泣いたかしれなかった。

母にしたところで、このやさしい、いたいけない子供が心から感謝しているのを知ったり、いくぶん遠慮がちの献身ぶりに接したりすれば、胸をうたれないはずもなく、彼女を、『うちの娘』とまで言うようになった。そして、少女が何かいいことや、かわいいことを言ったときなど、母はいつも眼鏡を額の上にあげて、というのは、これは彼女が感動したときのしぐさなのだが、こうくり返すのだった。『真珠《ペルル》ですよ、ほんとに真珠《ペルル》ですよ、この子は！』──というわけで、この名前がクレールにかわり、わしらにとってはマドモワゼル・ペルルということになってしまったのさ」

四

ここでシャンタル氏は口をつぐんだ。彼は玉突き台に腰かけ、足をぶらぶらさせている。そして、左手で玉をもてあそびながら、右手では一枚のきれをいじくっている。普通「黒板消し」と言われている、石板に書いた点数を消すのに使うきれである。いくぶん顔を赤らめ、聞きとれないほどの声で、いろいろな思い出にふけりながら、いまでは自分自身のために物語っているというふうである。彼の胸に目ざめてくるさまざまの古い事件、昔の事柄《ことがら》のあいだを静かにかき分けてゆくのは、ちょうど、自分が育てられた故郷の古い庭をさまよい歩くようなものだろう。庭のどの樹も、どの道も、どの植物も、先のとがったヒイラギも、香りの高い月桂樹《げっけいじゅ》も、指でおすと赤い脂《あぶら》ぎった実がはじけるイチイも、それらすべてが歩を運ぶごとに、過ぎ去った生活のほんのちょっとした事実をうかびあがらせるのである。それは無意味なものであっても、なつかしい事実で、人生の真髄というか、緯《よこいと》というか、そういうものを形成しているものなのだ。わたしは壁にもたれて、彼のまん前に立ったなりでいた。両手を用のすんだキューの上にのせて。

彼はちょっと間をおいてから、またつづける。「いや、じつにきれいだった……十八歳の彼女は……。それに、しとやかで……非のうちどころがなく……ああ！　きれいで……きれいばかりでなく……きれいで、善良で……それにけなげで……チャーミングだった！　眼は……青くって……透きとおるような……明るい眼で……あんな眼、これまで見たこともない！……一度だって！」

彼はまた口をつぐんだ。わたしはきいてみた。「なぜ結婚しなかったのでしょう？」

彼は答えたが、それはわたしに向ってではなく、この「結婚」という言葉に向ってである。

「なぜ？　なぜだって？　本人が結婚したがらなかったからさ……どうしてもね。なにしろ、三万フランの持参金はあるし、何度も申しこまれたことはあったんだが……それでも、したがらなかった！　あのころの彼女は寂しそうだったな。ちょうど、わしが従妹《いとこ》のシャルロット、つまりいまの家内と結婚したころのことだったが。従妹とは、六年前から婚約してあったんで」

わたしはシャンタル氏の顔をつくづくながめた。すると、この人の精神のなかへはいりこめたような気がしてきた。正直な心、まっとうな心、非のうちどころのない心、そういう心が秘めているあのささやかな、しかし、残酷なドラマの一つをいきなりわたしは見ぬいてしまったような気がした。自分の心を告白したこともなければ、他人から忖度《そんたく》されたこともないだけに、だれひとり知るよしもなかったし、そのあきらめきった無言の犠牲者さえ知るはずもなかったが、わたしはその心を看破したような気がした。

すると、とつぜん、わたしは大胆な好奇心に引きずられて、言った。

「シャンタルさん、あなたこそ彼女と結婚なさったらよかったのではないでしょうか?」

彼はぎくりとなって、わたしを見てから、言った。

「わしが? だれと結婚するんだって?」

「マドモワゼル・ペルルとです」

「それ、どうして?」

「あなたは従妹さんよりも彼女のほうを愛していたからです」

彼はあわてたらしく、眼をへんに丸くさせながら、わたしの方を見て、つぶやくように言った。

「わしが彼女を愛したって?……このわしが?……どうしてだよ? だれがそんなこと言った?」

「そりゃ、わかりますよ、マドモワゼル・ペルルというものがあったからこそ、従妹さんとの結婚をながいことしぶって、六年も待たせたんでしょう」

すると、彼は左手に持っていた玉をはなしたかと思うと、黒板ふきを両手でつかんで、顔に押しあて、さめざめと泣きはじめた。それは見るからにいたましいような、そのくせ、何か滑稽《こっけい》な泣き方だった。海綿をおすと水が出るように、眼から、鼻から、口から、涙があふれ出た。それから、咳《せき》をし、唾《つば》を吐き、黒板ふきで鼻をかみ、眼をふき、くしゃみをした。それから、うがいを思わせるような喉《のど》の音を出しながら、顔の孔《あな》という孔から涙を流し出した。

わたしはすっかり面くらい、いたたまらなくなって、その場を逃げだしたかったが、さて、どう言ったらいいか、どうしたらいいか、どういうキッカケをつけたらいいか、さっぱりわからなかった。そのとき、とつぜん、シャンタル夫人の声が階段のところでした。「お煙草《たばこ》はもうおすみになりましたか?」

わたしはドアをあけて、叫んだ。「はい、奥さん、いますぐにおりてゆきます」

それから、わたしは主人のところへ駆けより、肘《ひじ》をつかみながら、言った。「シャンタルさん、ねえ、シャンタルさん、そら、奥さんが呼んでいますよ、さあ、しっかりしてくださいよ、さあ、さあ、はやく、行かなくちゃならないのですから、さあ、しっかりしてください」

シャンタル氏はどもりながら、「うん……うん……いま行くよ……あの子もかわいそうに……行くよ……いますぐ行くって言ってくれたまえ」

そう言って、彼は念入りに顔をふきはじめたが、なにしろ、二、三年も石板の点数を消してきた布きれだから、あらわれ出た顔は半分が白、半分が赤、額も、鼻も、頬《ほお》も、顎《あご》も白墨だらけ、おまけに、泣きはらした眼にはまだ涙がいっぱいたまっている。

わたしは彼の手をとると、居間の方へ引っぱってゆきながら、低声《こごえ》で言った。「どうもすみませんでした、シャンタルさん、ほんとにすみませんでした、こんなにあなたを苦しめるなんて……ちっとも知らなかったものだから……。ねえ、わかっていただけるでしょう……」

彼はわたしの手を握った。「うん……うん……一生にはつらいときがあるものだよ……」

それから、彼は洗面器のなかに顔を浸した。洗面器から出た顔を見ても、人前に出られるものとはとうてい思えなかった。が、わたしはある策略を考えついた。鏡を見ながら、心配そうにしている彼にわたしは言った。「眼のなかにごみがはいったと言ったらいいじゃありませんか。そうすれば、みんなの前でいくらだって泣けますよ」

そのとおり、彼はハンカチで眼をふきながら、おりていった。みんな心配して、ごみをみつけようとしたが、みつからなかった。こんなことから医者を呼びに行かなければならないような場合もある、などという話もでた。

わたしはマドモワゼル・ペルルのところへ行って、彼女をしげしげながめていた。はげしい好奇心、苦しいまでの好奇心にかられて、どうしようもなかったのだ。なるほど、はやさしい眼をした、美しい人だったろう。大きく見ひらいた、そのしずかな眼は、ほかの人たちがするように、まだ一度も閉じたことがなかったようにさえ思われた。身じまいはいささか滑稽だった。いかにも老嬢らしい身じまいで、彼女を不細工に見せるというのではなかったが、美しさを殺《そ》いでいた。

いまさっき、シャンタル氏の心のなかが見えたように、彼女の心のなかも見えるような気がした。つつましくて、すなおで、献身的なこの人の一生を、はしからはしまで見わたしたような気がした。だが、ある欲望がわたしの唇の上までこみ上げてきた。彼女にききただしてみたいという矢も楯《たて》もたまらない欲望だ。彼女もまた彼を愛していたかどうか、彼女も彼とおなじようにあのながいあいだの人に秘めたはげしい苦しみのために悩んだかどうか、それは人には見えない、人の知らない、人の推察しない苦しみだが、夜、暗い孤独の部屋のなかで、思わずもれる苦しみ、彼女もまたそんな苦しみに悩んだかどうか。わたしはじっと彼女をながめた。レースのついた肌着《はだぎ》の下で、彼女の心臓が波うっているのが見える。このやさしい、あどけない顔が、はたして、ぬれた枕《まくら》のなかでうめき声を出したのだろうか、そして、燃えるような寝床のあたたかさに身もだえしながら、すすり泣いたのだろうか、と、わたしは自分に向ってたずねてみずにはいられなかった。

そこでわたしは、おもちゃをこわしてなかを見ようとする子供みたいに、低い声で彼女に言った。「さっきシャンタルさんがお泣きになりましてね、あなただってごらんになったら、同情なさったことでしょうよ」

彼女は思わず体を震わせて、「なんですって、お泣きになったんですって？」

「ええ、そうなんですよ、泣いたんですよ！」

「それ、なぜでございましょう？」

彼女はひどく胸をうたれた面持《おももち》だった。わたしは答えた。

「あなたが原因ですよ」

「わたしが原因って？」

「そうです、昔、あのかたがあなたをどんなに愛したか、そして、あなたのかわりに、いまの奥さんと結婚するのがどんなにつらかったか、さっき、話してくれましたが……」

彼女の青白い顔がすこし伸びたと思ったら、いつも大きく見ひらいている、あのしずかな眼が急にとじてしまった。永久にとじてしまったのではないかと思われるほど急速だった。彼女は腰かけていた椅子から床の上にすべり落ちると、そのまま、しずかに、ゆっくりと、くずおれた。まるでショールが落ちでもしたときのように。

わたしは叫んだ。「だれか来て！　だれか！　ペルルさんがたいへんです」

シャンタル夫人と、二人の娘たちが駆けつけてきた。それ水だ、タオルだ、酢だ、と、みんなが騒いでいるあいだに、わたしは帽子をひっつかんで、逃げだした。

わたしは大股《おおまた》に歩いていった。心はみだれ、頭は後悔と自責の念でいっぱいだった。そのくせ、何か満足したような気持でもあった。ほめてもらえそうな、必要なことをやったような気がしたのだ。

「おれはいけないことをしたのだろうか？　それとも、あれでよかったのだろうか？」と、わたしは考えてみた。あの二人は心のなかにあのことを持ちつづけてきたのだ。それはちょうど、ふさがった傷口の下に弾丸を保存しているようなものだろう。いまとなって、二人はかえってしあわせになったのではあるまいか？　いまさら二人が苦しみもだえるにはおそすぎ、しみじみと昔を思い出すにはちょうどいい早さだということになるまいか？

そして、来る年の春の宵《よい》、自分たちの踏む草の上に樹のあいだからこぼれる月の光に心ときめかして、おそらく彼ら二人は手に手を取り、かたく握りあいながら、あのこらえにこらえた、むごたらしい苦悩を思い出すことであろう。そして、おそらくはまた、この短い握手は、彼らのついぞ知らなかったあの身ぶるいのいくぶんかを血管のなかに伝えて、これら一瞬にしてよみがえった二人の死者に、この陶酔、この狂気の、迅速にして聖なる感覚を投げ与えることだろう。げにこの感覚こそは、他の人間が一生かかって摘みとる以上の幸福を、これらの恋人同士には、たった一度の身ぶるいによって与えることだろう。

# オルタンス女王

その女のことを、アルジャントイユの人たちはオルタンス女王と呼んでいた。そのわけはだれも知らなかった。それは彼女の口のきき方が、号令をかける士官のように断乎《だんこ》としていたからかもしれない。それとも彼女が、大柄《おおがら》の骨ばった、横柄《おうへい》な女だったからかもしれない。それとも、世の老嬢なみに、彼女もまた、牝鶏《めんどり》、犬、猫《ねこ》、カナリヤ、鸚《おう》鵡《む》など、一群の家畜を家来のように飼育していたからかもしれない。だからといって、彼女が、これらの家庭動物を甘やかしたり、やさしい言葉をかけてやったりしていたとは言えない。ゴロゴロいう猫のビロードのような毛並みの上に、女たちの唇《くちびる》からこぼれるかと思われる、あの子供っぽい愛情をそそぎかけていたとも言えない。彼女はおのれの禽獣《きんじゅう》を権勢ずくで飼育していたのである。支配していたのである。

これはまさに老嬢だった。とげとげしい声の、ひからびた身ぶりの、心は石のように硬い、あの老嬢の一人だった。反駁《はんばく》も、口返答も、逡巡《しゅんじゅん》も、疎《そ》放《ほう》も、怠慢も、困憊《こんぱい》も、彼女は断じて許容しなかった。そのかわり、彼女が愚痴を言ったり、何かを残念がったり、だれかをうらやましがったりするのを聞いた者もなかったろう。「人は人、自分は自分」というのは、彼女が宿命論者のような信念をもって、いつも口にする言葉だった。教会へ行くでもなく、牧師が好きでもなく、神さまも信ぜず、宗教的なこととなると、何ごとにかぎらず、「泣虫むきの商品」と呼んで、かたづけていた。

往来にそう小さな庭でへだてられた、この小さな家に住んで三十年、彼女は自分の習慣を変えたことがなかった。変えるのはメイドだけで、メイドは二十一歳になると、容赦なく追い出されるのである。

自分の飼っている犬猫や小鳥が、事故のために、あるいは、寿命がきて死んでも、彼女は涙ひとつこぼすでもなく、惜しがるでもなく、さっさとほかのと取りかえるのだった。そして、死んだ動物はシャベルで花壇に埋めると、その上を、足で無造作にとんとんと二、三度踏みかためるのだった。

この町に彼女の知合いも幾軒かあった。毎日、亭主はパリへ出勤するというような勤め人の家庭であった。夜、お茶の会に招《よ》ばれるというようなこともときたまあった。そういう集まりに来て、彼女が眠ってしまうのは毎度のことで、人に起されて、はじめて家に帰るのだった。昼も夜も、こわいものなどないというわけで、彼女は人に送ってもらうことを絶対に承知しなかった。子供が好きのようなようすもなかった。

彼女が時間つぶしにする日課というのが、これがまた男のするような仕事ばかりだった。指物《さしもの》細工をしたり、畑をいじったり、鋸《のこぎり》や斧《おの》で木を割ったり、自分の家を修繕したり、いざとなれば、石工のまねまでするのだった。

親戚《しんせき》が二軒あって、年に二度ずつ会いに来た。つまり、シム家と、コロンベル家で、双方とも自分の妹の嫁《とつ》ぎ先で、前者が薬種屋で、後者は金利生活者だった。シム家には子供がなかった。コロンベル家には三人あった。アンリ、ポーリーヌ、ジョゼフである。アンリは二十歳、ポーリーヌは十七歳、それからジョゼフは、母親の受胎がもはや不可能だと思われていた時分にひょっこり生れてきたので、まだやっと三つだった。

こういう親戚にたいしても、老嬢はてんで愛情をおぼえなかった。

一八八二年の春、とつぜん、オルタンス女王は病気になった。近所の人たちが医者を呼んできてくれたが、彼女はそれを追い返した。今度は坊さんがやってきたので、彼女は半裸の格好で寝床からはい出て、これも外にたたき出してしまった。

若いメイドはおろおろしながら、薬湯をつくってやった。

寝ついて三日目に、容態は相当危険になったように見えたので、医者の忠告で、隣に住む桶屋《おけ》がかまわずその家のなかにはいってきて、二軒の親戚を呼びよせることを引受けたのである。

二軒の親戚は、おなじ汽車で朝の十時ごろにやってきた。コロンベル夫妻は幼いジョゼフをつれてきた。

この家族が庭の入口まで来ると、まずメイドの姿が眼《め》にはいった。メイドは椅子《いす》に腰かけ、壁ぎわで泣いていた。

太陽の熱い直射を受けながら、犬が玄関の靴《くつ》ぬぐいの上で眠っている。二つの窓のはしっこに、猫が一匹ずつ、眼をとじ、足も尻尾《しっぽ》もだらりと伸ばして寝ている。まるで死んでいるようだ。

一羽のふとった牝鶏が、小さな庭を歩きながら、雛《ひな》を呼んでいる。そのあとから、綿のように軽くて、黄色い産毛《うぶげ》につつまれた雛が、ぞろぞろと一隊になってついてゆく。壁に吊《つ》ってある、はこべをのせた大きな鳥籠《とりかご》には、小鳥の一群が収容されている。彼らはこの春のあたたかい午前の光線をあびながら、嬉々《きき》として鳴いている。

牧人小屋を形どった別の小さな鳥籠には、一つがいの鸚鵡が止り木の上に寄りそったまま、いとも静かにしている。

シム氏というのは、鼻息のあらい乱暴者で、必要とあらば、男であろうが女であろうが、平気で他人を押しのけて、どこへでもまっさきにはいりこんでゆくような男だが、いつものことで、さっそくに口を切った。

「おい！　セレスト！　そんなに悪いのかい？」

メイドは涙声で言った。

「もうわたしさえおわかりになりません。お医者さんはだめだとおっしゃいました」

一同は顔を見あわせた。

シムの細君と、コロンベルの細君とは、一言も発せずに、たちまち抱きあった。この二人は非常によく似ていた。二人ともおなじように髪の毛を左右に分け、炭火のようにまばゆいフランスカシミヤの真っ赤な肩掛けをしていた。

シムは義弟の方をかえりみた。顔色の悪い、黄ばんで、やせた男で、胃病で苦しんでいる。そのうえ、ひどく足が悪かった。シムはもっともらしい口調で言った。

「おい、間にあってよかったぜ」

そのくせ、一階にある瀕死者《ひんししゃ》の部屋へはだれもはいろうとしない。シムさえも先を譲った。そこで、まっさきにはいる肚《はら》を決めたのがコロンベルだった。杖《つえ》の石突きで床《ゆか》を鳴らし、船のマストのように横揺れしながら、はいっていったのである。

二人の女も思いきってそのあとにつづき、けっきょく、シム氏がしんがりについた。

幼いジョゼフは犬にひかされて、ひとり外に残っていた。

一条《ひとすじ》の光線が寝床を二つに裁断し、一直線に病人の手を照らしていた。その神経的に震えている手は、ひっきりなしに開いたり閉じたりしている。指はたえず動いている。ある思念がそれらをそそのかしてでもいるようだった。何ごとかを意味し、何らかの考えを示し、頭の働きに従って動いてでもいるようだった。この指を除いた肉体のほかの部分は、夜具の下で微動だにしなかった。角ばった顔もぴくりともしなかった。眼は閉じたままだった。

親類の人たちは半円形にひろがって、ものをも言わずにながめはじめた。胸は迫り、息ははずんだ。メイドがあとからついてきたが、あいかわらず涙を流している。

やっとのことで、シムがたずねた。

「正直なところ、医者はなんと言ったね？」

「静かにしておきなさいと言いました。それよりしかたはないと言いました」

ところが、とつぜん、老嬢の唇が動きだした。その唇は、口に出せない言葉を言っているように思われた。この死にかけている女の頭のなかにかくされている言葉を言っているように思われた。そして、彼女の手は、さきほどからの奇妙な活動をいっそう速めてきた。ふいに、彼女は、かぼそい、かさけた声でものを言いはじめた。それは彼女のふだんの声ではなくて、どこか遠くから聞えてくるような、おそらくはつねに閉ざされていた、この心の底から聞えてくるような声だった。シムはこの光景を見るに耐えないらしく、爪先《つまさき》で出ていってしまった。コロンベルは、片脚がきかないので、疲れて、すわってしまった。

二人の女は立ったきりだった。

さて、オルタンス女王は非常な早口でしゃべりつづけているが、言葉の意味はさっぱりわからなかった。名前を、いろいろの名前を口走って、空想の人たちをやさしそうに呼ぶのだった。

「かわいいフィリップや、さあ、ここへおいで、ここへ来ておかあさんに接吻《せっぷん》をおし。坊や、おまえはおかあさんが好きだったね？　ローズや、おまえは小さい妹のお守りをしておくれね。おかあさんはこれからちょっと出てきますからね。どんなことがあっても、赤ちゃんを放っておいてはいけませんよ。わかりましたね？　ああ、それから、マッチにはさわらないようにね」

彼女はほんのしばらく口をつぐんでいたが、ついで、今度はもっと高い声で、人を呼びでもするときのように、「アンリエットや……」と言って、ちょっと待ってから、ふたたびつづけた。「おとうさんに言っておくれよ。お役所にお出かけになる前、わたしに声をかけてくださるようにって」それから、いきなり、「きょう、わたし、すこし気分がわるいんですのよ。あなた、あんまりお帰りがおそくならないようにね。きっとですよ。わたしが病気だと、課長さんに申しあげたらいいでしょう。だって、わたしが休んでいるのに、子供たちを放っておいては危ないじゃありませんか。晩にはお米の砂糖煮をつくってあげますからね。子供たちも大好きなんですよ。クレールはきっとよろこぶことでしょうね！」

彼女は笑いだした。若々しい、にぎやかな笑い方で、いままでに彼女がこんなふうに笑ったことは一度だってなかった。

「まあ、ジャンを見てごらんなさいよ、なんておかしな顔でしょう。ジャムでべとべとなんですよ。きたない子ですわね！　そら、見てごらんなさいよ、あなた、あの子ったら、あんな妙な顔して！」

コロンベルは、旅疲れのした片脚の位置をひっきりなしに変えながら、つぶやくように、こう言った。

「夢をみているんだな。子供や亭主のある夢をみているんだな。いよいよ臨終がちかづいたらしいぜ」

二人の姉妹たちは、ただあっけにとられて、いつになっても動こうとさえしなかった。メイドが言った。

「お帽子や肩掛けをお脱ぎになってはいかがですか？　あっちのお部屋へお越しになってはいかがですか？」

二人の女は一言も言わずに部屋を出た。そして、コロンベルも足を引きずりながらあとからついていったので、ふたたび瀕死の病人は一人きりにされることになった。

女たちは道中の服を脱いで、はじめて腰をおろした。すると、窓に眠っていた猫の一匹が、立ちあがって、伸びをし、部屋のなかに飛びおりてくると、シムの細君の膝《ひざ》にあがってきたので、彼女はなでてやった。

あいかわらず隣室からは瀕死の病人の声が聞えてくる。こうして彼女は、この末期《まつご》の時になって、おそらくは彼女のあこがれていた生活を生きているのである。すべてが彼女にとって終ろうとしているこのまぎわになって、彼女は夢そのものを生きようとしているのである。

シムは、幼いジョゼフや犬を相手に庭で遊んでいた。いかにも野育ちの乱暴者らしいはしゃぎ方で、大いに愉快がっていたので、瀕死の病人のことなど念頭になかった。

ところが、何を思ってか、急に部屋へはいってきて、メイドに言うには、

「おい、ねえちゃん、昼飯にしてくれるだろうね。奥さんたちは何を食べますか？」

パセリ入りのオムレツ、ロース、新しい林檎《りんご》、チーズ、コーヒーということに話がきまった。

そして、コロンベルの細君が財布を出そうとポケットをさがしているのを、シムがとめて、メイドの方に向き、「お金はあるね？」彼女は答えた。

「はい、旦那《だんな》さま」

「なんぼある？」

「十五フランあります」

「それで足りる。大急ぎだぜ、いいか。そろそろ腹がへってきた」

シムの細君は、花の咲いた蔓草《つるくさ》が陽《ひ》をあびているのや、二羽の仲のいい鳩《はと》が向いの屋根にとまっているのをながめていたが、いかにも傷心の面持《おももち》で言った。

「こんな悲しいことで来るなんて、つまりませんわね。きょうなんぞは、田舎を歩いたらさぞいい気持でしょうに」

妹はためいきをついただけで、返事をしなかった。コロンベルのほうは、きっと歩く

ことを考えて腹がたったのだろう、不平そうに言った。

「おれの足にはどうにも弱ったもんさ」

幼いジョゼフと犬は、ものすごい音をたてている。一方がうれしくてキイキイ声を出せば、一方は夢中でワンワンほえている。子供と犬は、双方とも狂ったようになって、三つの花壇のまわりを、追いつ追われつ走りながら、かくれんぼうをしている。

瀕死の病人は、あいかわらず自分の子供たちを呼びつづけている。その一人一人と話しながら、自分は相手に着物を着せたり、キスをしたり、読み書きを教えたりしているのだと思いこんでいる。「さあ、シモンや、もう一度言ってごらんなさい、ア、ベ、セ、デ……。いけませんね、いいですか、デ、デ、デですよ、わかりましたね？　そこで、もう一度くり返して……」

シムが言った。「こういうときになると妙なことを言うもんだな」

そこでコロンベルの細君がたずねた。

「病人のそばに行っているほうがよくはありませんか」

ところがシムは即座に彼女を思いとどまらせた。

「そんな必要はありますまいさ。あんたが行ったところで、容態がよくなるというものではない。ここにいて結構ですよ」

だれもそれ以上こだわらなかった。シムの細君は緑色をした二羽の鸚鵡をつくづくながめていた。この鳥がアンセパラーブル（番鳥《つがいどり》）とも呼ばれているのは、雌雄がいつもくっついているからであろうか。彼女はこの鳥の奇特な夫婦仲をかるくほめてから、男たちがこの動物を見習わないのをくさしたのだった。シムは笑いだし、女房の方をちらりと見て、茶目気分で鼻歌をうたった。「トラ・ラ・ラ、トラ・ラ・ラ」まるでご当人の女房思いを披露《ひろう》してでもいるようだった。

コロンベルはとうとう胃痙攣《けいれん》をおこし、杖で床をたたいている。

もう一匹の猫が尻尾を立ててはいってきた。

食事についたときは一時になっていた。

コロンベルは葡萄酒《ぶどうしゅ》に口をつけるや、上等のボルドー酒しか許されていなかったので、さっそくにメイドを呼んだ。

「おい、ねえちゃん、お倉にはこれよりいいのはないのかい？」

「はい、旦那さま、ございます。いつもおいでのときに差上げる上等のがございます」

「そんなら、それを三本だけ持ってきてくれ」

なるほど、結構な味だった。もっとも、本場ものだからというわけではなく、倉に十五年いたという年功からだった。シムも公言した。「これはまったく病人向きの酒だよ」

コロンベルは、このボルドー酒を所有したいという熱烈な欲望にかられ、またしてもメイドにたずねた。

「ねえさん、この手はまだどれだけ残っているかね？」

「あれ！　旦那さま、まるで手つかずでございますよ。うちの奥さまときたら一滴も召しあがりませんから。お倉の奥に山ほど積んであります」

そこで、コロンベルは義兄の方に向きなおった。

「なんなら、シム、わしがこの酒をもらうかわり、あんたには何かほかのもので埋めあわせをしますからね。なにしろ、こいつはわしの胃にはうってつけなんで」

今度は牝鶏が雛の一群を引きつれてはいってきた。二人の女はおもしろがって、パンくずを投げてやった。

ジョゼフも犬も相当食べたので、また庭に追い返された。

オルタンス女王はあいかわらずしゃべっている。しかし、もう声は低くなっていて、言葉は聞きわけられないくらいだった。

コーヒーがすむと、一同は病人のようすを見に行った。病人は落着いているらしかった。

一同はまた外に出て、食後の腹ごなしに、庭で円陣になって、腰かけた。

とつぜん、犬が、何かをくわえながら、椅子のまわりを全速力で駆けだしはじめた。

幼いジョゼフは、夢中になって、そのあとを追いかけた。双方とも家のなかへ姿を消した。

シムは腹を陽にさらして眠っている。

瀕死の病人がまた高い声でしゃべりだした。が、とつぜん、叫び声をあげた。

二人の女と、コロンベルは、けげんに思って、大急ぎで部屋へはいっていった。シムも目をさましたが、こういうことは苦手なので、動かなかった。

病人はものすごい眼をして、すわっている。犬は、幼いジョゼフの追跡をのがれようとして、寝床の上に飛び上がり、瀕死の病人を踏み越えたのである。そして、枕《まくら》のうしろにより、眼をかがやかせて遊び仲間を見ながら、ふたたび遊戯を開始するために、いまにも飛びだそうと身がまえている。犬が口にくわえていたのは、女主人のスリッパだったのである。もう一時間もいたずらしているので、ぼろぼろに嚙《か》み切られている。

子供は、自分の面前に、いきなりこの女が起きあがったものだから、怖気《おじけ》がさし、寝床の方を向いたまま、身動きもせずにいる。

牝鶏も部屋にはいっていたので、この物音にはよほどびっくりしたらしく、椅子の上に舞いあがったのである。ところが雛のほうは、椅子の四本の脚のあいだでうろうろしながら、ピヨピヨ鳴いているので、親鳥は上から絶望的に呼んでいる。

オルタンス女王は張り裂けるような声で叫んでいる。

「いやです。いやです。わたし、死ぬのはいやです。死ぬのはいやです。死ぬのはいやです。わたし、死んだら、子供をだれが育てます？　だれが世話します？　だれがかわいがります？　いやです。わたし、死ぬのはいやです……わたし……」

彼女は仰向けに倒れた。事切れたのである。

犬はひどく興奮したらしく、部屋じゅうをはねながら、飛びまわった。

コロンベルは、窓ぎわに駆けよって、義兄を呼んだ。「早く来てください。早く来てください。だめらしいですぜ」

そこでシムは起きあがり、やっと気をとりなおしたらしい。部屋にはいってきながら、つぶやいて言うには、

「思ったよりもろいものだな」

# 待ちこがれ

晩餐《ばんさん》の喫煙室で、男たちのあいだに雑談がはじまった。思いがけない相続とか、風変りの遺産とか、そんな話題が中心になった。そのとき、世間から、大先生だの、名弁護士だのと呼ばれているル・ブリュマン氏が、つかつかやってきて、煖炉《だんろ》によりかかった。彼は言った。

「わたしはね、いま、一種とくべつ恐ろしい事情で失踪《しっそう》したある相続人をさがしているのです。と申しても、これは、世間にざらにあるような、単純で、むごたらしい、あの悲劇の一つにすぎないのです。毎日、起っているような事件にすぎないのです。そのくせ、それは、わたしのこれまで知っている事件のなかで最も戦慄《せんりつ》すべきものの一つなのです。事件というのはこうです。

もう半年ばかり前のことですが、わたしはある瀕死《ひんし》の婦人に呼ばれました。彼女がわたしに言いました。

『先生、わたしはあなたにおたのみしたい仕事があるのですが、おそらくこんなに面倒で、むずかしくて、時間のかかる仕事はなかろうと思います。どうぞ、そこのテーブルにおいてある遺言書をお調べください。あなたが成功なさらない場合は、謝礼として、五千フランがあなたに遺贈してあります。成功なさった場合は、十万フランが遺贈してあります。それは、わたしの死んだあと、わたしの息子をさがし出すことでございます』

彼女がもっとらくに話せるように、わたしは手をかして、寝床にすわらせてやりました。不規則な声が喉《のど》につまって、いかにも苦しそうだったからです。

わたしはたいそう富有な家のなかにいたのです。部屋は豪華をきわめていますが、といって、それは簡素な豪華で、壁のように厚い敷物が敷きつめられています。愛撫《あいぶ》の感覚を思わせるばかり眼《め》にやわらかな敷物です。語る言葉はそのままそのなかにしみ入り、消え、死んでゆくと思われるほど物言わぬげな敷物です。

瀕死の人は語をつぎました。

『わたしが自分の恐ろしい物語をお聞かせするのは、これがはじめてです。わたしは、どうかして、最後まで話しつづけたいものです。あなたは、社交の人であると同時に、心の人であることをわたしは存じていますが、そのあなたが、しんじつ、全力をつくしてわたしを助けてくださるためには、何もかも知っていただく必要があるからです。どうぞお聞きください。

結婚前わたしはある青年を愛していましたが、わたしの家では、その青年の求婚を拒絶しました。相手の富が足りなかったからです。それからほどなく、わたしは非常に裕福な男と結婚しました。世間の娘さんたちが結婚するのとおなじに、わたしもまた、無知と不安と服従と無頓着《むとんじゃく》によって、結婚したのであります。

子供が生れました。男の子です。夫は数年後に亡《な》くなりました。

わたしの愛した人も結婚していました。わたしが後家になったことを知ると、自分が妻帯者であることを非常に煩悶《はんもん》しました。彼はわたしに会いに来て、わたしの前でさんざ泣きました。それを見ると、わたしは心をかきむしられる思いでした。彼はわたしの友達になりました。ほんとうは、家に来てもらってはいけなかったのでしょう。でも、しかたがないじゃありませんか。わたしはひとりぼっちですから。希望を失った孤独な、悲しい身の上ですから！　それに、わたしは彼をまだ愛していたのです。人間って、ときに、なんて苦しまねばならぬものでしょう！

わたしにはこの世の中に彼よりほかはありませんでした。両親も死んでいました。彼はときどきやってきては、夕方をずっとわたしのそばですごすのでした。じつを申せば、わたしは彼をこんなにしげく来させてはいけなかったのです。相手は結婚しているのですから。でも、わたしにはそれだけの力はありませんでした。

なんと申したらいいでしょうか？……つまり、彼はわたしの恋人になったのです！どうしてそんなことになったのか？　わたしにわかるものですか？　だれにわかるものですか！　相愛の二人の人間が、あの恋愛の抵抗しがたい力で相寄せられたとき、ほかにしようはないではありませんか？　自分の熱愛している人、わずかな欲求でもみたしてしあわせにしてやりたい人、能《あた》うかぎりの喜悦を、ことごとく与えてやりたい人、しかも、世間体ゆえに、希望をかなえさせてやれない人、そういう人が、懇望、嘆願、涙、狂乱の言葉、拝跪《はいき》、熱情のかぎりをつくして要求することを、むげに拒絶しつづけることができるものでしょうか？　そのためには、よほどの力が必要ではないでしょうか？　幸福を捨てることが、自己を犠牲にすることが、必要ではないでしょうか？　貞節をかさにきるエゴイズムさえもが必要ではないでしょうか？

　とうとう、先生、わたしは彼の女《もの》になってしまいました。そして、わたしは幸福でした。十二年のあいだ、わたしは幸福でした。そして、わたしは……ここに、わたしの大きな弱点と、大きな怯懦《きょうだ》があったのですが、わたしは彼の妻の友達になっていたのです。

　わたしたちはいっしょになって息子を育てました。わたしたちは息子を一人前の男にしました。誠実で聡明《そうめい》な、感情と意志の豊かな、考えのひろくて自由な男にしました。子供は十七歳になりました。

　彼、この若者は、わたしの……わたしの恋人を愛していました。わたし自身が愛しているくらいに愛していました。なぜなら、息子はわたしども二人にとっておなじようにかわいがられ、大切にされていたのですから。息子は、彼から、りっぱな教育を受け、正直と名誉と誠実の手本しか示されなかったのですから。息子は、彼を、母親のふるくからの、忠実で、献身的な友達と考えていました。なんと申しますか、精神上の父親とか、後見人とか、保護者とか、そんなふうに思っていたのです。おそらく息子は、不審に思ったことなど一度もありますまい。なにしろ、幼いころから、家のなかに、この人を見慣れてきたのですから。たえずわたしどものことに専念しているこの人を、わたしのそばに、自分自身のそばに見つづけてきたのですから。

ある夕方、わたしたちは、三人していっしょに夕食をすることになっていました。（これがわたしの何よりの楽しみでした）そして、わたしは二人を待っていましたが、どちらが先に来るだろうなどと、ひとり心に思っていました。ドアがあきました。わたしのふるい友達でした。わたしは両手をひろげて、彼の方に行きました。彼は幸福ながい接吻《せっぷん》をわたしの唇《くちびる》の上にいたしました。

とつぜん、ある物音が、ほとんどあるかないかの、かすかな衣《きぬ》ずれの音がしました。人のいる気配を示すあの神秘的な感覚です。わたしたちはぞくっとして、思わず、ふり返りました。息子のジャンが、棒立ちになって、真っ青な顔をして、わたしたちの方を見ながら、そこにいたのです。

それは狂乱のむごい一瞬でした。わたしは祈るように、両手を子供の方に差出しながら、あとずさりしました。そのときには、もはや、息子の姿は見えませんでした。出ていってしまったのです。

わたしたちは顔と顔を見あわせたきり、ただ茫然《ぼうぜん》として、口をきくこともできませんでした。わたしは長椅子《ながいす》に倒れました。わたしはただもう逃げだしたかった。逃げだして、夜の闇《やみ》のなかにまぎれて、永久に消えうせてしまいたかった。そういう漠然《ばくぜん》とした、しかし、力強い欲念にかられました。ついで、痙攣《けいれん》的な嗚咽《おえつ》が喉にあふれてきました。わたしは泣きました。心臓は引裂けるばかりに、全身をうちふるわして、泣きました。このような瞬間に直面した母親の心をおそう、恐ろしい羞恥《しゅうち》のため、全神経はねじよられる思いでした。

あの人は……ただびっくりして、わたしの前に立ったきりで、わたしの近くに来るわけでもなく、わたしに話そうとするわけでもなく、さわろうとするでもなく、子供のもどってこないことが気が気でなかったのです。やっと彼は言いました。

《ぼくは行って、さがしてきます……よく話して……よくわからせて……要するに、僕は彼に会う必要がある……彼に知ってもらう必要がある……》

そう言って、出てゆきました。

わたしは待ちました。気もそぞろに、待ちました。小さな物音にもはっと驚き、おびえながら。煖炉の火のかすかにはぜる音にも、そのたびごとに、言うに言われぬ、耐えがたい衝動を受けて。

わたしは一時間待ちました。二時間待ちました。刻々、わたしの心のなかには、わけのわからぬ恐怖が増大していくのです。それは、どんな犯罪人にも、このような思いを十分とはさせておきたくないほどの苦悩でした。うちの坊やはどこにいるのだろうか？何をしているのだろうか？

真夜中になって、使いの者がわたしの恋人の手紙を持ってきました。わたしはいまでもその文面をおぼえています。

息子さんはもどったでしょうか？ ぼくはあがってゆかないことにします。いまぼくは下にいます。こんな時間ですから、ぼくにはさがせませんでした。

わたしはそのおなじ紙の上に鉛筆で走り書きしました。

ジャンはもどってきません。どうしてもさがし出してください。

それから、わたしは椅子の上で夜を明かしました。待ちわびながら。

わたしは頭がおかしくなりそうだった。わめきたかった。走っていって、地面をころころがりたかった。そのくせ、わたしは身動きひとつしなかったのです、あいかわらず待ちわびながら。これはどういうことになるのだろうか？ わたしはそれを知ろうとした。見ぬこうとした。しかし、わたしの努力にもかかわらず、わたしの魂の懊悩《おうのう》にもかかわらず、わたしには、そのことになると予想がつきませんでした！

こうなると、わたしは、彼ら二人の出会うことがこわくなってきました。出会ったら、彼らはどうするだろうか？ 子供はどうするだろうか？ 恐ろしい危惧《きぐ》が、むごたらしい推量が、わたしを八つ裂きにします。

先生、あなたにはおわかりになっていただけると思います。

小間使は、何ひとつ知ってもいなければ、わかってもいないのですから、わたしを狂っているのだと思ったにちがいなく、ひっきりなしに、わたしのところに来るのでした。彼女はそれをわたしは言葉に出したり、身ぶりに見せたりして、追い返してやりました。彼女は医者を呼びに行きました。医者は神経の発作で苦しんでいるのだと申しました。

わたしはベッドに寝かされました。脳膜炎のような高熱が出ました。

ながい病気のあとで、意識を回復したとき、わたしは自分のベッドのそばに、わたしの……わたしの恋人を見いだしました……ただ一人きりでいるのを。わたしは大声をあげました。

《うちの子供は？……うちの子供はどこにいます？》

彼は答えませんでした。わたしは口ごもって言いました。

《死んだの……死んだの……自殺したの？》

彼は答えました。

《いいえ、いいえ、そんなこと、けっしてありません。ただ、ぼくもずいぶん骨おったのですが、さがし出すことはできませんでした》

それを聞くと、わたしは急にむっとなり、腹さえたって、思わず、言ってやりました。

人って、ときに、そんな説明のつかない、理屈にあわない怒りを感ずるものです。

《あなたにさがせないなら、二度とここへ来ることは、わたしに会うことは、お断わりです。出ていってください》

彼は出てゆきました。

それっきり、先生、わたしは、どちらの者にも、二度とふたたび会いませんでした。そして、わたしはこうして二十年生きてきました。

あなたにはご想像できるでしょうか？　この残虐《ざんぎゃく》な苦しみがおわかりになるでしょうか？　母としての心のうえに、女としての心のうえに与えられる、この緩慢な、絶えることのない苦痛、この忌《いま》わしい、終りのない……終りのない……待ちこがれ！……それがおわかりになるでしょうか？

いいえ……その待ちこがれも、いまは終ろうとしています……わたしは死のうとしているのですから。わたしは彼らをふたたび見ることなく、死のうとしているのですから……どちらをも見ることなく！

彼、わたしの友は、二十年来、毎日のように手紙をよこします。しかし、わたしは彼に来てもらおうとは絶対にしませんでした、たとえ一秒たりとも。なぜなら、もし彼がここにふたたび来るとすれば、それは、わたしの息子が姿をあらわす、ちょうどそのときでなければならないように思われますので。――わたしの息子が！――わたしの息子が！――彼は死んだのでしょうか？　生きているのでしょうか？　どこにかくれているのでしょうか？　きっと、向うに、大きい海のかなたに、わたしなどの名前さえ知らないような遠い国に！　彼は、わたしのことを思っているのでしょうか？　おお！　彼がもし知ったなら！　子供って、なんと残酷なものでしょう！　どんなにひどい目にわたしをあわせているかが、息子にはわかったでしょうか？　末期《まつご》の日まで、どんな責め苦のなかに、まだ若いわたしを生きながらに投げこんだかということが、息子にはわかったでしょうか？　母として、能うかぎりの愛をそそいで、愛してやったこのわたしですのに。ねえ、ほんとに残酷ではありませんか？

先生、どうかこのことをすっかり息子におっしゃってくださいまし。わたしの最期の言葉をそのまま伝えてくださいまし。

わたしの子よ、わたしのいとしい、いとしい子よ。かわいそうな人たちにたいして、そんなにむきになるものではありませんよ。それでなくても、人生は無情で、残酷なものです！　わたしのいとしい子よ、おまえが家を去ってこのかた、おまえの母の、おまえのかわいそうな母の生活が、どんなであったかを考えてみてください。わたしのいとしい子よ、彼女をゆるしてやってください。彼女を愛してやってください。いまではもう死んだのだから。極悪の苦業を受けたのですから』

彼女は身ぶるいしながら、息をはずませていました。まるで自分の前に立っている、息子に話しかけてでもいるようでした。彼女はなおつけ加えて言いました。

『それから、先生、あれ以来、わたしはもう一人の人にも会わなかったと、伝えてくださいまし』

彼女はまた黙ってしまいました。ついで、悲痛な声でつづけました。

『もう、どうぞ、わたしを静かにしておいてください。わたしはたったひとりで死にとうございます。あの人たちは、わたしのそばにいませんから』」

ル・ブリュマン氏はそれにつけ加えて言ったのだった。

「みなさん、わたしはさめざめ泣きながら立ち去りました。それがあまりにはげしかったせいでしょう。馭者《ぎょしゃ》がふり返って、わたしをじろじろ見たくらいでした。

このような悲劇は、わたしたちの周囲に、毎日、束にするほど起っているんです！

わたしは息子を……その息子を、さがしだしませんでした。みなさん、なんとお考えになるのもご勝手ですが、わたしはですね、あえて言いますね、この息子は……重罪人だと……」

# 泥《どろ》棒《ぼう》

「こんな話、どうせだれもほんとうにしないだろうが」

「でも、まあ、話したまえよ」

「じゃ、話すとしようか。しかし、最初に断わっておくがね、ぼくの話はつくりごとのように思われるかもしれないが、しかし、始めから終りまでぜんぶ実話だということを信じてもらわなければ困るんだ。もっとも、絵かき連中だったら、こんな話、驚きもしないだろうが。あの悪ふざけの、どんちゃん騒ぎの時代を知っているような年配の絵かき連中だったらばとくにね。なにしろ、あの時代ときたら、道化の精神というやつが幅をきかせていたんで、ぼくたち、真面目《まじめ》くさった顔をしていなければならないような場合でも、いつだってこの精神がつきまとわずにはいなかったのだからね」

　こう言って、その老画家は椅子《いす》に馬乗りになった。

　場所は、絵かき村ともいうべきバルビゾンの、とあるホテルの食堂。

　彼は語をついだ。

「つまり、その夜、ぼくたちはソリウールの家で夕飯を食ったと承知してくれたまえ。ぼくたち仲間のうちではいちばんの熱血漢だったが、かわいそうに、もう鬼籍の人間なんだがね。その晩、ぼくたちは三人きりだった。ソリウール、ぼく、そして、ル・ポアトヴァンだったように思う。が、これはル・ポアトヴァンだとはっきり言いきれないような気もする。もちろん、ぼくの言っているのは、これも亡《な》くなったけれど、海洋画家のウージェーヌ・ル・ポアトヴァンのことで、いまなお元気で仕事をしている、あのすぐれた風景画家のことじゃない。

ぼくたちがソリウールの家で夕飯を食ったということは、とりもなおさず、ぼくたちが酔っぱらっていることを意味する。ル・ポアトヴァンだけが理性を保っていた。もとより、ほろ酔い気分ではあったろうが、それでも、まだしっかりしていた。あのころはぼくたちも若かったものさ。絨毯《じゅうたん》に寝そべったまま、アトリエにつづく小さな部屋で談論に花を咲かせていたものだ。ソリウールは、床の上へ仰向けになって、両脚を椅子の上に投げだしながら、戦争の話をしていた。談たまたま帝政時代の軍服のことになると、思い出したように立ちあがって、大きながらくたただんすから一そろいの軽騎兵の服を取出し、それを着用におよんだわけなんだ。今度はル・ポアトヴァンに擲弾兵《てきだんへい》の服を着せることを強制した。ところが、この男、いっかな承知しようともしないので、ぼくたちは二人がかりでおさえつけ、裸にしてから、むりやり、この巨大な軍服のなかに押しこんだので、やっこさん、そのなかにのみこまれてしまった。

かく申すぼくは、胸甲騎兵の仮装だった。それから、ソリウールはぼくたちに複雑きわまる演習を行わせた。それが一応終ると、彼は大声で言った。『今夜、われわれは老兵である。それゆえに、老兵らしく飲もう』まずポンスに火をつけて、一口に飲みほすと、今度はラム酒のはいったグラスから炎が燃えあがった。ぼくたちは声をかぎりに昔の歌をうたった。ナポレオンの兵隊たちがうたいまくった歌なのだ。

ル・ポアトヴァンは、いくら飲んでも正気を失わずにいたのだったが、その彼が、とつぜん、ぼくたちに黙れの合図をした。それから、しばらくしんとしてから、彼は小声で言った。『おい、おい、だれかアトリエのなかを歩いたぞ』ソリウールがやっとこさで立ちあがると、叫んだ。『泥棒だ！　またとない幸運！』ついで、出しぬけに、ラ・マルセイエーズをうたったものだ。

市民らよ、武器をとれ！

そして、武器棚《だな》の下に駆けつけるや、彼はめいめいの服装に応じて、ぼくたちに武器をわたした。ぼくは一種の火縄銃《ひなわじゅう》とサーベル、ル・ポアトヴァンは、とてつもなく大きな剣付銃、それから、ソリウールは、適当なものが見つからなかったので、乗馬用の拳《けん》銃《じゅう》にし、それをバンドにはさみ、それから、敵船乗込み用の斧《おの》を取って、それをふりまわした。ついで、彼は用心しいしいアトリエのドアをあけ、かくして軍隊は敵地へとなだれこんだ。
そのだだっ広いアトリエは、無数のカンヴァスだの、家具だの、意表に出る珍物だので充満していたが、ぼくたちがそのまんなかに達したとき、ソリウールがぼくたちに言った。『ぼくが司令官になる。まず軍事会議をひらこう。きみは胸甲騎兵だから敵の退路を遮断《しやだん》せよ。つまり、ドアに鍵《かぎ》をかけることだね。きみは擲弾兵だから、ぼくの護衛だ』
ぼくは命ぜられた行動を果して、偵察《ていさつ》実施中の本隊に合流しようとした。ちょうど、大きな衝立《ついたて》のうしろで本隊に追いつこうとした瞬間、ものすごい音が起った。ぼくは蠟燭《ろうそく》を手にしたなりで飛びだした。ル・ポアトヴァンが銃剣の一撃で人体模型を刺したところを、ソリウールが斧をふるって頭をうち割ったはいいが、それが相手ちがいだとわかると、司令官は命令を下して、『慎重を期そう』それから、作戦はふたたび開始された。
すくなくとも二十分間、アトリエのなかをすみからすみまでさがしまわったが、いずれも徒労に終ったので、そのとき、ル・ポアトヴァンが大きな押入れをあけてみる気になった。押入れは深くて、真っ暗だった。ぼくは蠟燭を持っているほうの手を差しのべようとしたところ、びっくりして、思わずあとずさりした。一人の男がそこにいるじゃないか。今度こそ生きている男で、こっちを見ているんだ。

すかさず、ぼくは押入れをしめると、鍵を二まわしした。それから、あらためて会議をひらいた。

意見はまちまちだった。ソリウールは泥棒をいぶし出しにしようとし、ル・ポアトゥヴァンは兵糧《ひょうろう》攻めをもちだし、ぼくは押入れごと火薬で吹っとばそうと提案した。ル・ポアトヴァンの意見が通った。で、例の大きな鉄砲を持っている彼に見張りしてもらって、ぼくたちはポンスの残りとパイプを取りに行った。それから、一同はしめきった戸の前に陣どって、捕虜のために乾杯した。

半時間ばかりたつと、ソリウールが言った。『なにはともあれ、ぼくはやっこさんの顔をしみじみ見たくなったね。力ずくで取りおさえたってよかろうじゃないか？』ぼくが『万歳！』と叫ぶと、各自は武器に飛びついた。押入れの戸はあけられた。と、ソリウールは、からっぽの拳銃をかまえながら、まっさきに突進した。

残る二人も喚声をあげながら、それにつづいた。暗闇《くらやみ》のなかでものすごい押合いがはじまった。そして、ものの五分も正真正銘の格闘がつづけられた後、ぼくたちは老賊といった風態《ふうてい》のやつを明るみに引きずり出した。見れば、ぼろを着た、うすぎたない、白《しら》髪頭《があたま》の男なのだ。

みんなして足と手をしばりあげてから、椅子の上にすわらせた。相手は一言も口をきかなかった。

そのとき、ソリウールは、相当に酔いがまわったらしく、ぼくたちの方にふり向いて、『さて、われわれはこれよりこいつを裁判にかけようではないか』

ぼくもまたすっかり酔っぱらっていたものとみえ、その提案をしごくもっともなものに思った。

ル・ポアトヴァンが弁護する役を引受け、ぼくは求刑する役を引受けた。

賊は、弁護人の一票を除いて、満場一致で死刑の宣告を下された。

『われわれは刑の執行を行うであろう』と、ソリウールは言明したものの、ただ一つ気がかりなことがあった。『この男といえども、宗教の加護なしで死ぬわけにもゆくまい。だれぞ坊さまを呼びに行ったほうがよくはないだろうか？』ぼくはもう時刻がおそすぎると言ってこれに反対した。すると、ソリウールは、ぼくに坊さまのかわりになってはどうかと提案した。また、犯罪人には、ぼくの胸に抱かれて懺悔《ざんげ》することを勧めた。

相手の男は、五分も前から、びっくり眼《まなこ》をパチクリさせながら、いま、自分のかかわりあっているのは、いったい、どういう種類の人間だろうと考えずにはいられなかった。そこで、彼はアルコール焼けのした、しゃがれ声で言った。『旦那《だんな》、ご冗談でしょう』だが、ソリウールは力ずくで彼をひざまずかせた。そして、ひょっとしたら親どもが彼に洗礼式をするのを忘れたかもしれないと気づいて、頭に一杯のラム酒をふりかけた。

そのうえで、男に向って言った。『さあ、その旦那に懺悔しな。きさまの最後の時が来たのだ』

　老賊は肝をつぶして、叫びだした。

『助けて！』その声があんまり大げさなものだから、隣近所の目をさまさせないためには、猿《さる》ぐつわをはめるよりしかたがなかった。すると、彼は床の上をころがり回りながら、はねるやら、のたうつやら、家具をひっくり返すやら、カンヴァスを引裂くやらの大騒動。とうとう、ソリウールもがまんができなくなって、叫んだ。『かたづけよう』そして、床にころがっているこの無頼漢をねらいながら、拳銃の引金を引いた。コツンと、ひからびたちっぽけな音をたてて、撃鉄が落っこちた。なにくそとばかり、今度はぼくが発砲した。ぼくのは、火縄銃だったのだが、自分でもびっくりするほどの火花が飛び出た。

　そのとき、ル・ポアトヴァンが荘重にこう発言した。

『はたしてわれわれにこの男を殺す権利があるであろうか？』

　ソリウールはびっくり顔で答えた。

『われわれはこの男を死刑に処したではないか！』

　だが、ル・ポアトヴァンはそれに屈せず、

『軍人以外の者を銃殺するという法はない。むしろこいつは死刑執行人に引きわたすべきだ。哨兵《しょうへい》詰所へつれてゆこう』

それには議論の余地がないように思われた。みんなして男を起しあげたが、歩けないものだから、モデル台の板の上に乗せ、しっかりしばりつけたうえで、ぼくとル・ポアトヴァンがかつぎ役になれば、ソリウールは、全身武装のいでたちで、しんがりをつとめた。

哨兵詰所の前で、番兵がぼくたちを呼びとめた。急報に接して、駆けつけてきた哨兵長は、ぼくたちだとわかると、ただ笑うばかりで、われわれの捕虜を引取ってくれようともしない。ぼくたちの悪ふざけ、いやがらせ、奇想天外のつくりごとなら、先刻百も承知だったからだろう。

それでも、ソリウールはがんばった。すると、相手の兵士は、ぐずぐず言わずに家に引返すほうが身のためだと、きびしいお達しだった。

部隊はふたたび行進を開始して、アトリエにもどった。ぼくがたずねた。

『この泥棒、どうしたものだろう?』

ル・ポアトヴァンは同情心をおこしたとみえ、この男は非常に疲労していると断定した。事実、このように彼は手足をしばられ、猿ぐつわをはめられ、板の上にくくられ、息もたえだえのようすだった。

そういうぼくもはげしい憐愍《れんびん》の情にとらわれた。酔っぱらいの憐愍というやつかもしれないが、ともかく、猿ぐつわをはずしてやりながら、たずねてみた。

『ところで、じいさん、どんなぐあいだい？』

相手はうめいた。

『いや、はや、もうたくさんで！』

すると、ソリウールも父親みたいになってしまった。いましめをぜんぶといてやると、椅子に腰かけさせ、仲間同士の口のきき方までした。それから、気つけ薬のつもりで、ぼくたちは三人してまたポンスの用意に大急ぎでかかった。泥棒は、肘掛《ひじかけ》椅子におとなしくすわったまま、ぼくたちのすることをながめていた。飲みものの用意ができると、彼にもグラスをわたした。ぼくたちは彼の頭をかかえていてやりたい気持だった。それから、乾杯。

捕虜は鯨ほどにも酒をあおった。しかし、やがて夜明けも近づくと、彼は立ちあがり、ひどく落着きはらった態度で、言った。

『これでみなさんともお別れです。なにせ、わしも自分のうちへ帰らにゃならんで』

ぼくたちはがっかりした。なんとかして引きとめようとしたが、彼はこれ以上とどまっていることを拒んだのである。

そこで握手。ソリウールは蠟燭で玄関口を照らしてやりながら、いわく、

『いいかね、正門のとこの踏段に気をつけるんだよ』

わっとばかり、語り手のまわりから笑声が起った。語り手は立ちあがるや、パイプに

火をつけ、さて、一同の前に身がまえながら、つけ加えた。

「ところでぼくの話でいちばんおもしろいとこは、それが実話だということさ」

# 馬に乗って

その貧しい一家は夫のわずかな俸給《ほうきゅう》でほそぼそと暮していた。結婚すると、つぎつぎに二人の子供が生れた。そして、こうした生活苦は、あのしみったれた、じめじめした、みっともないみじめな気持にさせた。貧乏はしていても、自分の位置だけは保とうとする、あの貴族のみじめな気持だ。

この家の主人、エクトル・ド・グリブランは、田舎の父の屋敷で、家庭教師の老神父に育てられた。けっして金持ではなかったが、どうやら体面だけはつくろって暮していた。

やがて、二十歳になったとき、就職の世話をしてくれる人があって、年俸千五百フランの雇員として、海軍省にはいった。これはまさに暗礁《あんしょう》に乗りあげたようなもの。というのはほかでもない。人生の荒波とたたかうように早くから準備されていなかった人々、実生活を雲間からながめているだけで、何の手段も抵抗力もなく、子供のころから、特殊な才能、特別の能力、争闘にたいする旺盛《おうせい》なエネルギーをたくわえなかった人々、生存競争のために武器も道具もわたされなかった人々、そういう連中はご多分にもれずここで動きがとれなくなってしまうからだった。

役所生活の最初の三年間はじつに惨澹《さんたん》たるものだった。

彼は同郷の知人を幾人か見いだしたが、不運である点も彼と似たりよったりの、いずれも旧弊な老人ばかりで、貴族街ともいうべきサン・ジェルマンのあの陰気な裏町に住んでいた。こうして、彼の交際の範囲も固定してしまった。

こういった貧乏貴族の連中は、近代生活にそっぽを向け、みすぼらしいくせに気位ばかり高いのが特徴で、眠ったように活気のない家々の屋上に近い階に住んでいた。もっとも、こうした家々の上から下まで、借家人はいずれも肩書つきだが、金のないことは二階も七階も似たようなものらしかった。

昔は豪勢だったろうが、主人たちの無為無策のために落魄《らくはく》したこれらの家族たちの念頭をはなれないのは、いつにかわらぬ偏見であり、門地《もんち》を尊んで、貴族の体面をきずつけまいとする懸念《けねん》だった。エクトル・ド・グリブランは、この社会で、自分とおなじように貴族で貧乏な娘を知って、結婚した。

彼らは四年間に二人の子供をこしらえた。

それからまた四年間も、一家は貧乏に追われどおしだった。楽しみといえば、日曜日に、シャンゼリゼを散歩するか、同僚にもらった招待券で、一冬に一晩か二晩、芝居見物に行くくらいのものだった。

ところが、春のはじめごろ、課長から余分の仕事をたのまれて、三百フランという莫《ばく》大《だい》な特別手当をもらったのである。

この金を家に持ち帰り、夫は細君に言った。

「ねえ、アンリエット、これで一奮発しようじゃないか、たとえば、子供たちとピクニックに出かけるとかさ」

で、ああでもない、こうでもない、とながいこと評定したあげく、郊外へお弁当食べに行くことに決めた。

「なあ、おい、めったにないことなんだから、馬車を一台借りようじゃないか、それにはおまえと、坊やたちと、ねえやが乗ることにして、わしはわしで馬場で馬を借りてこよう。わしは乗馬ときては大好きなんで」

そして、まる一週間というもの、このピクニックの話でもちきりだった。

毎夕、役所からもどってくると、エクトルは長男をつかまえては、自分の片脚にまたがらせ、力いっぱいはねあがらせながら、言うのだった。

「なあ、坊や、パパはこんなに馬を走らせるんだぜ、今度の日曜日、散歩に行くときはな」

すると、子供は子供で、椅子《いす》に馬乗りになっては、部屋じゅうをバタバタさせながら、叫ぶのだった。

「お馬に乗ったパパちゃんだ」

そして、メイドまでが、旦那《だんな》さまを驚異の眼《め》で見ずにはいられなかった。なにしろ、旦那さまは馬に乗って、馬車についてくるというのだもの。彼女は食事ごとに、旦那さまの乗馬の話に耳をかたむけ、昔、おとうさまの家にいらっしゃったときの、自慢話に聞きほれた。なにしろ、馬にかけては、みっちり仕込まれたので、両脚で馬をはさんだからには、いやはや、何ひとつこわいものなしと言わんばかり！

細君に向っても、もみ手しいしい、何度言ったかしれない。

「ちょいとばかり手ごたえのあるやつを貸してくれると、わしはかえってありがたいのだがね。まあ、わしの腕前を見ていておくれよ、なんならば、森《ボワ》へ行った人たちの帰るころをねらって、シャンゼリゼを通るようにするのも豪勢でいいね。役所のだれかに会うのもわるくないさ。それだけで上役から一目おかれるもの」

当日になると、馬車と馬とが同時に門前に到着した。さっそく、彼は馬を検査するためにおりてきた。ズボンにはもうちゃんとスーピエ（訳注　ズボンやゲートルをぴんと張らせるため足にかけた紐）をつけさせておいたし、鞭《むち》もきのうのうちに買ってあった。彼はその鞭をしきりにふりまわした。

彼は、馬の四本の脚を、一本一本持ちあげては、さわってみた。首や、脇腹《わきばら》や、脚膕《ひかがみ》をなでた。指で腰骨をさぐり、口をあけて、歯を調べ、年齢を推定した。それから、家族一同がおりてきたので、馬全般に関して、また、とくにこの馬に関して、学理上、ならびに、実際上の小講義みたいなものを一席ぶってから、この馬に折紙をつけた。

一同が馬車に乗りおわると、彼は鞍《くら》の帯革をたしかめてから、鐙《あぶみ》に足をかけ、どんとばかりに腰をおろすと、どうしたことか、馬はあばれだし、あやうく乗り手をふり落しそうになった。

仰天したエクトルは、しきりに馬をしずめようとつとめた。

「これ、どうどう、さあ、さあ、しずかに」

それから、乗せている馬もようやくしずまり、乗っている人間も平衡をとりもどしたとき、彼はたずねた。

「用意はいいか？」

一同異口同音に答えた。

「はい」

そこで彼は命令を下した。

「出発！」

それを合図に騎馬行列はみるみる遠ざかった。

一家の視線が彼の上にそそがれていた。と、こちらはイギリス式の速歩《トロ》よろしく、わざと上下運動をはでにやってみせ、腰が鞍の上に落ちたかと思うと、すぐまた空へでも上るようにはねるといったあんばい式。鬣《たてがみ》の上にのめりそうになることも再三ではなかった。そして、じっと眼を正面に見すえたまま、顔はひきつり、頰《ほお》は蒼白《そうはく》を呈していた。

子供の一人を膝《ひざ》にのせている細君と、もう一人の子供を抱いているメイドとは、ひっきりなしにくり返していた。

「パパをごらんよ、そら、パパをごらんよ！」

すると、二人の坊やたち、馬車は揺れるし、うれしくはあるし、空気はすがすがしいときているので、すっかりはしゃいで、キイキイ声をあげるのだった。この騒ぎに、馬は驚いたとみえ、いきなり駆足《ガロ》をはじめた。そして、乗り手が一生懸命とめようとしているうちに、帽子が地面に落ちたので、それを拾うために、馭者《ぎょしゃ》は馭者台からおりなければならなかった。そして、エクトルは帽子を馭者の手から受取ると、遠くから細君に呼びかけた。

「おーい、子供たちをそんなに騒がせないでくれよ、馬があばれてしかたがないじゃないか！」

ヴェジネの森に着くと、一家は草の上にすわって、かねて用意の重箱を取出して、昼食をした。

三頭の馬の世話は馭者がしていてくれたけれど、エクトルはひっきりなしに立っていっては、自分の馬に手ぬかりはないかと調べずにはいられなかった。そして、馬の首をなでてやっては、パンや、菓子や、砂糖を食べさせた。

彼は宣言した。

「こいつはなかなかのあばれ馬だ。最初のうちは、さすがのわしもちっとばかりてこずったね。が、ごらんのとおり、すぐ牛耳ったろうが？　やっぱり乗り手がわかったんだな。もうこれからはあばれまい」

予定どおり、帰りはシャンゼリゼへ出た。

広い街路は車馬のごったがえし。そして、両側の歩道を散歩する人々の数もものすごく、凱旋門《がいせんもん》からコンコルドの広場にかけて、二条《ふたすじ》の長いリボンが流れているようだった。これらすべてのものの上に太陽の光はさんさんと降りそそいで、四輪馬車の漆を、馬具の鋼鉄を、昇降口の握りを、かがやかせていた。

これら人間と、乗りものと、動物からなる群れは、狂的な運動によって、あふれ出る生命力によって、ただうごめいているかのようだった。そして、方尖塔《オベリスク》は、はるかかなた、金色の靄《もや》のなかに立っていた。

エクトルの馬は、凱旋門を通り過ぎたと思うと、また急に熱気をおびてきて、騎手がいくらしずめようとしても聞かばこそ、車馬のあいだをぬって、おのれの厩舎《きゅうしゃ》をめがけて、大速歩《トロ》をやりだした。

一家の馬車はもうとっくに遠く後方に残されてしまった。そして、「産業館」の前まで来ると、馬のやつ、ひろびろしているものだから、右に曲ったかと思うと、駆足《ガロ》をはじめた。

そのとき、エプロン姿のばあさんが、ひどく落着いた足どりで車道を横ぎろうとしていた。が、それがまっしぐらに駆けてきたエクトルの眼の前だった。馬を制することができなかった彼は、あらんかぎりの声で、叫びだした。

「おーい！　危ない！　おーい！　さがれ！」

耳が悪かったのだろうか、ばあさんは平気で歩いていたものだから、機関車のように突進してきた馬の胸もとに衝突して、三度ほどもんどりをうったうえ、裾《すそ》をはだけながら、十歩も先にころがっていった。

通行人が口々に叫んだ。

「あれを止めろ！」

エクトルも夢中で、鬣にしがみつきながら、わめいていた。

「助けてくれ！」

ものすごいゆさぶりをくったかと思うと、馬の耳の上をまるで弾丸のように通過した彼の体は、急を聞いて駆けつけてきた警官の腕のなかに落ちたのである。

たちまちのうちに、激昂《げっこう》した群衆は、彼のまわりを取りかこんで、身ぶり混りに、わめきたてた。なかでも、一人の老紳士、胸に大きな円い勲章をつけ、堂々たる白髯《はくぜん》をたくわえたその紳士は、ことのほか憤慨しているようであった。彼はくり返し言うのだった。

「とんでもない！　こういうへたなのは、おとなしく家に引っこんでいるものじゃ！　乗れもしない馬に乗って、往来で人を殺すなんて、身のほどを知らぬやつじゃ」

そのとき、四人の男がばあさんをになってきた。まるで死人のようだった。顔は黄色味をおび、頭巾《ずきん》は横っちょにかしがり、全身埃《ほこり》だらけであった。

老紳士は命令した。

「この婦人は薬剤師のところへつれてゆきたまえ。それから、わしらは警察に行こう」

エクトルは、二人の警官につきそわれて、歩きだした。弥次馬《やじうま》連はそのあとにつづいた。と、ふいに、家族の四輪馬車がそこにあらわれた。細君は飛んでき、メイドは度を失い、坊やたちは泣き叫ぶといったありさま。彼は女を一人ころがしたが、たいしたこともないので、すぐ家に帰ると、説明した。おろおろしながら、一家の者たちは引きあげていった。

警察での取調べは簡単にすんだ。名はエクトル・ド・グリブラン、海軍省の雇員だと言ってしまえばそれきりで、あとは負傷者の消息を待つばかりとなった。ようすをききに行った警官がもどってきた。彼女は意識は回復したが、本人の話によると、体の内側がひどく痛むということだった。ばあさんは家政婦で、年は六十五、名をシモンといった。

命に別状はなかったことを知ると、エクトルはほっとした。そして、治療費を負担することを約束してから、薬剤師のところへ駆けつけた。

薬剤師の戸口は黒山の人だかりだった。ばあさんは椅子に倒れたなり、しきりにうめいていた。手はだらりとたれ、腑抜《ふぬ》けのしたような顔をしている。医者が二人がかりでまだ診察の最中だった。手足は無事だったが、しかし、内傷の心配があるということだった。

エクトルは彼女に話しかけた。

「よほど痛いですか?」

「どうも、はや」

「どこがですか?」

「お腹《なか》のなかが、いやはや、どうも火のようで」

医者がそばに来た。

「あなたですか、事故の責任者は?」

「はあ、そうです」

「どっちみち、病院に入れねばなりますまいね。わたしの知っている病院で、一日六フランで引取ってくれるところがありますが、なんなら、お世話しましょうか?」

エクトルはこれさいわいと礼を述べ、安心して家に帰った。

細君は涙にくれながら、待ちわびていた。で、彼女を安心させるつもりで、言った。

「なあに、たいしたことはないさ。あのシモンのばあさんとやら、もうだいぶいいんだよ。三日もすればもうけろりとなるさ。病院に入れるには入れたがね。たいしたことはない」

たいしたことはないそうだ！

その翌日、彼は役所が退《ひ》けると、シモンばあさんのようすを見に行った。ばあさんはさも安楽そうに肉スープを食べている最中だった。で、彼はたずねた。

「あんばいはどうですか？」

と、彼女は答えて、

「それが、旦那、どうにもはかばかしくなくってね。生きた心地もしないくらいで。よくなるどころじゃありませんわ」

医者の言うところによれば、余病を併発するかもしれないので、もうすこし待ってみないとわからないとのことだった。

彼は三日待って、また出かけた。ばあさんは血色もよければ、眼に生気があるのに、彼をみるなりうめきだした。

「旦那、どうにも身動きができませんで。いやはや、こんなあんばいじゃ、わしは死ぬまで身動きできますまい」

エクトルは背すじがぞっとした。彼は医者にたずねてみた。医者もこれには手をあげ

て、

「わたしもよわっているんですよ、さっぱり見当がつかないんで。なにしろ、起そうとすると、わめきだすんですからね。椅子の位置をかえようとしてさえ、えらい声を出すのですから、それもできません。まあ、わたしとしてはばあさんの言うことを信ずるよりほかありませんね。わたしの体じゃないのですから。ばあさんが歩くところを見とどけないかぎり、相手が嘘《うそ》を言っていると推察する権利はないわけですからな」

老婆《ろうば》は陰険そうな眼をしながら、身動きもせず、医者の言葉をじっと聞いていた。

一週間、二週間、やがて、一月たってしまった。シモンばあさんはいっこうに椅子をはなれようとしなかった。朝から晩までよく食い、よくふとり、ほかの患者たちとも元気そうによくしゃべり、じっと動かずにいることにも慣れてきたようだった。思えばこの五十年来、彼女は階段をあがったりさがったり、敷布団《しきぶとん》をひっくり返したり、部屋から部屋へ石炭をくばったり、箒《ほうき》やブラシで掃除をしたりしたのだから、その報酬として当然に儲《もう》けた休息だとでも思っているようだった。

これにはエクトルもほとほとよわり、毎日のようにかよった。やってくるごとに、太平楽をきめこんでいるばあさんは、宣告するのであった。

「旦那、どうにも身動きができませんで。いやはや、ちょっともできませんで」

グリブラン夫人は、心配でたまらなくなり、毎晩のようにたずねた。

「で、シモンのおばあさんはどうですか？」

するとと、そのつど、夫は失望のどん底に落ち沈みながら、言うのだった。

「あいかわらずだ、ちっともかわらん！」

メイドにひまをやった。給金が重荷になったからだ。そればかりか、家計のほうもいっそうつめた。例の特別の手当などもぜんぶふっとんでしまった。

しかたなく、エクトルは四人の名医を呼んで、老婆のまわりに集まってもらった。彼女はおとなしく診察を受け、なでたり、さすったりされながら、意地悪そうな眼でしきりに名医たちをぬすみ見していた。

「ひとつ歩かせてみましょうか」と、医者の一人が言った。

「動けませんです、旦那がた、動けませんとも！」

そこで、医者たちはばあさんをむりにつかまえて、立たせ、二、三歩引きずってみたが、彼女は相手の手からずりぬけて、床の上に倒れながら、ものすごい叫び声を出したものだから、医者たちも腫《は》れものにさわる気持でまたもとの席にもどした。

彼らは慎重論に傾き、けっきょく、いまのところ働くのはむりだろうという結論に達した。

そして、エクトルがこの報告を細君にもたらすと、細君は椅子の上にくずれ落ちながら、つぶやいて言うには、

「いっそ家へ引取ったほうがましだわ。かえって安あがりにつくでしょうから」

彼は飛びあがった。

「この家にだって、おい、冗談じゃない」

でも、いまではすっかりあきらめきった彼女は、眼に涙をためながら、答えた。

「そんなことおっしゃったって、あなた、あたしのせいじゃありませんもの！……」

# 家庭

ヌイイ行きの汽車は、マイヨ門を過ぎて、いましも、セーヌ河に突きあたる大通りを走っている。客車をつないだ小さな機関車は、道路の邪魔ものを遠ざけるために笛を鳴らしたり、そうかと思うと、蒸気を吐いたり、まるで人間が息を切らして走っているときのようにハアハアいっている。おまけにピストンは、ちょこちょこと鉄の脚を運ばせようと、気ぜわしい音をたてている。夏の暮方の重くるしい暑さが道路に落ちると、道路からは、風もないのに、ぱっと埃《ほこり》がたつ。白い、石灰質の濁った、息づまるような、むっとした埃で、それが、じっとりした肌《はだ》へねばりついたり、眼《め》にたまったり、肺臓のなかへはいったりする。

乗客たちは、外気にあたろうと、めいめい戸口のそばに出ていた。

車室の窓ガラスはおろしてあったが、カーテンは、どれも全速力のあおりをくって、はためいていた。ただ数人だけが車内に陣どっているにすぎなかった。（というのは、こういう暑い日には、えて人々は、屋上席や、運転手台に出たがるものだから）車内に残っているのは、滑稽《こっけい》な化粧をこらした、脂肪ぶとりの婦人たち、自分らに欠けている品位を、時はずれの威厳で埋めあわせしようとする、あの郊外地のブルジョワ女である。それからまた、勤め人生活に疲れきった男たちもいる。顔は黄ばみ、胴体はねじれ、肩のごときは一方だけいかっている。けだし、長の年月、机にかじりついて仕事をしてきたせいだろう。そればかりでなく、その心配そうな、しょんぼりした顔には、家庭生活の気苦労だの、絶えない金銭上の不如意《ふにょい》が語られている。昔の夢が無残に破れたその悲しみがありありと見える。それというのも、この連中は、パリ周辺の、あの肥溜《こえだめ》だらけの田園で、庭がわりに花壇が一つついた、漆喰《しっくい》塗《ぬ》りの小住宅で、つましい暮しをしている、あの生活に疲れきった哀れな勤め人階級に属しているからだ。

昇降口のすぐそばに、ふとった小男がいる。顔はふくれ、腹は、ひらいた両脚のあいだにたれさがり、黒ずくめの服装に、勲章をつけている。それがやせた大男と話している。ひどくよごれた太綾織《ふとあやお》りの服を着て、古パナマ帽をかぶった、見たところ、だらしない格好をしている。小男はゆっくりと、ためらいながら話している。だから、ときには、どもりではないかと思われるくらいだ。ふとった小男はカラヴァン氏といって、海軍省の一等属である。やせた大男は、以前、ある商船の補助医をしていたのが、いまは、クールブヴォワ町の広小路に落着いてしまった。そして、数奇にみちた航海生活の後、なおかつ彼に残っているあやふやな医学上の知識をたよりに、この土地の貧しい人たちを診察している。シュネーという名で、自分を先生と呼ばしていた。素行にとかくの噂《うわさ》のある男だった。

カラヴァン氏は、官吏としての几帳面《きちょうめん》な生活をずっとつづけてきた男である。三十年来、毎朝、自分の役所へ、判でおしたように出かける。おなじ道すじを通り、おなじ時間に、おなじ場所で、やはり出勤するおなじ人々の顔に出会う。そして、毎夕、おなじ道すじを自家に帰ろうとすると、またしてもおなじ顔に出会うのだが、その顔が老いぼれてゆくのをずっと見てきたのである。

毎日、場末のサン・トノレの街角で金一スーで新聞を買ってから、例によって、二きれのパン菓子を物色に行く。それから、まるで自首する犯人のような格好で役所に出頭するのである。そして、大急ぎで机に向うのだが、何か自分はあやまちでも犯していて、叱責《しっせき》されはしないかと、心配のたえまがないので、いつもびくびくしていなければならない。

この男の生活の単調な秩序を、何ごとといえども変えるというようなことはなかった。なぜなら、役所の仕事、進級、賞与以外は、いかなる事件も彼には関係なかったからだ。役所にいようが、家庭にいようが、(持参金なしで、同僚の娘と結婚していたので)彼は勤務以外のことを口にしたことはなかった。この男の精神は、人間を愚物にせずにはおかぬ、あの日々の仕事で萎縮《いしゅく》していたため、自分の役所に関係のあるもののほかは、どんな考えも、どんな希望も、どんな夢もいだいていなかったのだ。ただ一つ、役人として得心のゆかない、にがにがしいことがあった。それはほかでもない。あの海軍監督官たち、つまり、銀の飾《かざ》り紐《ひも》をつけているのでブリキ屋といわれているあの手合いが、次長、課長の地位まで昇進してゆくという一事であった。もともと、船に乗って、海上に出るべき人間に、パリで職席を与えるなどは、いかなる意味でも不当だということを証明しようと、毎晩、夕飯を食いながら、彼は細君の前で大いに議論してみせるのだったが、細君も亭主の憤懣《ふんまん》にいちいち共鳴するのであった。

彼は自分が年齢《とし》をとるなどということを感じないうちに、いつのまにか老人になっていた。というのは、学校生活がそのまま役人生活に連続しているからで、つまりは、昔、体の震えるほどこわかった生徒監督が、今日では、やっぱり恐ろしくてしかたのない課長になったまでのことである。これら暴君らのいる部屋にはいろうとすると、彼は全身おののき震えずにはいられない。おそらく、この間断のない恐怖感のためであろう。人前に出たときのぎごちないようす、おどおどした態度、それから、一種の神経的などもり方がいまもって残っているのである。

彼がパリを知らないことは、毎日、おなじ門口へ犬に案内されてくる眼の不自由な人に劣らなかった。そして、たとえ金一スーで新聞を買い、いろいろの事件や醜聞を読んだとしても、それは小役人などを楽しませるために、おもしろ半分につくりあげた架空の物語としか思われなかった。秩序を重んずる人であり、いずれの党派にも属していない保守主義者であり、ただ「新規なもの」にたいしては敵である彼は、政治記事は読まずに飛ばしてしまうのだった。もっとも、彼のとっている新聞というのは、事件ごとに買収される必要から、政治記事だけは歪曲《わいきょく》することをつねとしていたのである。それで、毎晩のように、シャンゼリゼの大通りを帰ってゆくときなど、雑踏をきわめた散策者の群れや、織るがごとき壮麗な車馬の往来をながめても、何かしら、郷里をはなれた旅人が、見知らぬ遠国を旅してでもいるような気持だった。

あたかもこの年は、義務年限の三十年を勤めあげたので、正月一日に、レジョン・ドヌール勲章を授かったのである。それは、「忠義なご奉公」といえば人聞きはいいようなものの、じつは、ながいあいだの、みじめな屈従――帳簿に釘《くぎ》づけされた、あの悲惨な苦役囚の屈従にたいして、この軍隊化された役所が報いたものなのである。この思いがけぬ位階にあずかり、彼はおのれの能力について新しい、高邁《こうまい》な考えをいだくに至ったので、いままでの風俗習慣をがらりと変えてしまった。すなわち、このとき以来、これまでの色ズボンや、気まぐれの上着は、これをいっさいやめて、黒のズボンに、長いフロックを着用することにしたのである。このほうが、きわめて幅広の「リボン」がつりあうからである。そして、毎朝、ひげをそり、たんねんに爪《つめ》の掃除もし、二日目ごとに下着をかえたのも、これを要するに、おのれもあずかっている国家の「勲位」にたいして、礼節と尊敬を示そうとする正当の感情からであった。かくして、またたくまに、身ぎれいな、威厳のある、鷹揚《おうよう》な、まるで別人のカラヴァンになったのである。

自宅では、何かにつけ、「おれの勲章」と言っていた。それがいかにも得意だったものだから、他人のボタン穴にリボンを見ることは、それがどんな種類の、どんなリボンであろうともがまんができなかった。ことに外国の勲章——彼に言わせれば、「みだりにフランス国内では佩用《はいよう》すべきではない」勲章など見ると、とくべつ腹がたった。だから、毎夕、汽車のなかで会うシュネー先生にはとくに悪意をいだいていた。なにしろ、この先生ときたら、白、青、橙《だいだい》、緑と、なにやら色とりどりの勲章をぶらさげているのだから。

この二人の男の会話は、凱旋門《がいせんもん》からヌイイに至るまで、要するに、いつもおなじであった。その日も、毎度のことながら、まずこの地方さまざまな悪弊からはじめた。それもこれもヌイイ町長の横暴からきているもので、日ごろから両人を顰蹙《ひんしゅく》させている問題だった。それがすむと、いったい医者といっしょだとかならずそういうことになるものらしいが、カラヴァンも病気のほうに話題をもってゆくのである。こうやって、無料《ただ》で何かちょっとした要点を聞きとったり、あわよくば、相手にけどられることなく、診断までのみこもうとする魂胆なのだろう。それに、このごろ、母親のことが気にかかっていた。頻々《ひんぴん》としてながい仮死状態におちいるのだった。それに、九十歳という高齢にもかかわらず、彼女はいっこうに養生をしてくれなかった。

母親の高齢はカラヴァンを感動させるとみえ、彼はシュネー先生を見さえすればかならずたずねるのである。

「あんな年齢《とし》まで生きるなんて、よくあることですかね?」

そして、彼は幸福そうに手をもむのであった。それも老母がこの地上にいつまでも生きながらえることをかならずしも熱望しているわけではなく、ただ、母親の長寿は自分自身にも望みえられることのように思われるからだった。

彼は言葉をつづけた。

「いや、まったく、わたしの家はみんな長生きの系統でしてね。だから、わたしにしたって、事故でもないかぎり、それはきっとよぼよぼになるまで生きていましょうよ」

補助医はカラヴァンに憐《あわ》れみの視線を投げたのである。この隣人の赤ら顔、脂《あぶら》ぎった首、ぶよぶよぶとりの両脚のあいだにたれている布袋腹《ほていばら》、この消耗しきった老吏員の全身にわたる卒中性のふとり方をしばし見やったのである。それから、目《ま》ぶかにかぶっていた鼠色《ねずみいろ》のパナマ帽を片手でひょいとあげながら、からかい半分に答えた。

「それがそうともかぎりませんで。あなたのご母堂はコチコチだが、あなたのほうはブヨブヨですからな」

カラヴァンはまごついて、黙ってしまった。

しかし、そのとき、汽車は停車場に着いたので、二人の友は汽車をおりた。すると、ヴシュネー氏が、いつも二人が行きつけの、停車場前のカフェ「地球屋」へさそった。ヴェルモットをおごるというのである。やはり仲間である店の主人が、こちらへ二本の指を伸ばしてよこしたのを、二人は売台の瓶ごしに握った。それから、正午からやってきている、三人のドミノ仲間に加わった。例によって例のごとく、「何か変ったことありませんかい？」というきまり文句つきの、親身の言葉が交わされる。それから、勝負がはじまる。そのうち、おさきにと言って、帰ってゆくものもある。彼らは、顔もあげずに手だけ差出す。それから、てんでに夕飯を食いに家へ帰る。

カラヴァンは、クールブヴォワ町の広小路に近い、小ぢんまりした家に住んでいた。三階建てで、一階は散髪屋が占領していた。

食堂と台所と、全部で二部屋しかなかったが、さんざ修繕した椅子《いす》が、必要に応じて、この二つの部屋を行ったり来たりしていた。カラヴァン夫人が部屋の掃除に没頭しているあいだに、十二歳になる娘のマリー・ルイズと、九歳になる息子のフィリップ・オーギュストは、近所の腕白小僧たちと街路の溝《みぞ》のなかを駆けずりまわっている。

上の三階に、カラヴァンは自分の母親を住まわせている。近所でも有名な、けちんぼうの梅干しばあさんだった。そんなにまでやせているのも、ひっきょう、親切な神さまが、彼女自身の節約の主義を彼女の上に適用なされたからだと言われていた。いつも機嫌《きげん》がわるく、一日として、喧嘩《けんか》のない、腹をたてない日はなかった。近所の人たちが自家の門先に立っていても、八百屋が手車を引いて通っても、掃除夫や悪童たちを見ても、窓からがなりたてずにはいなかった。だから、悪童などはその腹いせに、彼女が外出すると、遠くあとからついていって、大声で、「くそたればばあ！」と言う。ノルマンディ出の、あまり類のないほど粗忽者《そこつもの》のメイドが、家事の手伝いをしていた。事故にそなえて、三階の老婆《ろうば》のわきに寝ることにしていた。

カラヴァンが帰宅してみると、慢性の掃除病にかかっている細君は、がらんとした部屋に散らばっているマホガニー材の椅子を、しきりにフランネルのきれで艶出《つやだ》しをしていた。いつも彼女は糸で編んだ手袋をはめ、色とりどりのリボンでつくったボンネットをかぶっているのであるが、それが、ひっきりなしに耳の上に落っこちてくるのである。そして、彼女が蠟引《ろうび》きをしたり、ブラシをかけたり、艶出しをしたり、灰汁《あく》で洗ったりしているところを人から見られようものなら、いつもきまって言うのであった。「わたしはお金持ではありませんので、宅では万事質素です。でも、清潔がわたしの贅沢《ぜいたく》なんです。そして、この贅沢だけで結構です」

一徹な実際家としてのセンスをもっている彼女は、何ごとにあれ夫の指導者だった。毎晩、食卓で、それから寝床で、夫婦は役所の仕事のことをきり果てしもなく語るのであった。二十も年下の細君を、亭主はまるで教導師かなんぞのように信頼していて、何でもかでも細君の意見に従っていた。

彼女は昔も美しかったわけではなかったが、いまでは、やせぽちの、小柄《こがら》な醜い女だった。といっても、多少の女らしいかよわさはあるはずだから、もとより、服の着方ひとつでじょうずに目だたせることもできようものを、それが無器用ときているので、いよいよもって処置ないのである。スカートはかならず一方にかしいでいるように見えた。そのうえ、人前でも平気で体をところかまわず掻《か》くという奇癖をもっていた。ただ彼女がみずからゆるしている唯一《ゆいいつ》のお洒落《しゃれ》は、彼女が自家でかぶることにしている気どったボンネットに、絹のリボンをふんだんにまきつけていることであった。

夫の姿に気づくと、彼女はすぐに立ちあがって、その頰《ほお》ひげに接吻《せっぷん》しながら、

「あなた、ボタンの店のこと考えて？」

それは彼のたのまれた買物のことだった。しかし、彼はがっかりして椅子に腰をおろした。また忘れてしまった。これで四度目である。

「困ったな、どうしようもないんだ」夫は言うのだった。「昼のうち、いくら考えていたってだめなんだ。夕方になると、おれはきっと忘れてしまうのだから」

だが、しょげているらしい夫を見ると、彼女は慰めてやった。

「いいのよ、いいのよ、あした思い出したらいいわ。役所には変ったことなくって？」

「あったとも、一大ニュースだ。また一人ブリキ屋が次長になったのだ」

彼女はすこぶる真顔になった。

「何課の？」

「購買課なんだ」

彼女はむっとした。

「それなら、ラモンの椅子じゃないの。あの椅子なら、わたしはあなたのことを考えていたのだけれど。で、ラモンはどうしたの？　退職したの？」

彼はつぶやいた。

「退職さ」

ボンネットは肩にずり落ち、彼女の剣幕はものすごい。

「もうだめよ、あの椅子は。いまさら、手のうちようがないもの。で、なんていう人？　あなたの監督官になったのは」

「ボナッソーなんだ」

彼女は、手もとからはなしたことのない海軍年鑑を取ると、調べてみた。「ボナッソ――ツーロン出――一八五一年生――一八七一年、見習監督官となり、一八七五年監督官助手となる」

「この人、航海したことあるの？」

この質問を聞くと、カラヴァンの顔は晴ればれしてきた。陽気な気分がひとりでに腹の底からわいてくるのだった。

「それがバランとおんなじなんだよ、上役のバランとそっくりおんなじなんだよ」

そう言ってから、ますます大声で笑いながら、役所の連中が得意がっている昔ながらの駄洒落《だじゃれ》をくり返すのである。

「あの連中に、ポワン・デュ・ジュールにある鎮守府を視察させるにしても、セーヌ河を舟でやるというわけにはゆかんのだよ。なにしろ、ポンポン蒸気に乗っても船酔いする手合いなんで」

しかし、そんな駄洒落も耳にはいらなかったとみえ、あいかわらず彼女はむっつりしていた。やがて、そろそろ顎《あご》を掻きながら、小声で言った。

「せめて一人でも、袖《そで》の下のきく代議士があったらね。議会があそこの内幕を知ったら、それだけで大臣の首はすっ飛ぶだろうに……」

この彼女の言葉をさえぎって、階段で叫び声が起った。溝からもどってきたマリー・ルイズと、フィリップ・オーギュストが階段を一段一段あがってきながら、打ったり蹴《け》ったりの大騒ぎをやっているのである。母親は、ものすごい剣幕で飛びだすと、二人の腕をつかむや、ぐんぐん引っぱり、部屋のなかへたたきこんだ。

子供たちは、父親の姿を見ると、すぐに走りよってきたので、父親はやさしくいつまでも接吻してやった。それから、腰をおろして、二人を膝《ひざ》にのせると、子供たちを相手にお話をした。

フィリップ・オーギュストはきたならしい子供だった。髪の毛はくしゃくしゃで、頭から足の先までうすよごれがし、阿呆面《あほうづら》をしていた。マリー・ルイズはいまから母親に似ていた。母親のような口のきき方をし、母親の言いそうなことを言い、身ぶりさえまねていた。彼女もまた言うのだった。

「お役所に何か変ったことありまして？」

父親はうれしげに答えるのだった。

「おまえと仲よしのラモンね、そら、毎月、うちへお夕飯に来たでしょう。あのかたもいよいよお別れだよ。あのかたのかわりに、新しい次長さんが来たんでね」

彼女は父親の方へ眼をあげた。それから、早熟な子供らしく、同情的な口調で、

「そんなら、また一人、パパを追いこしちゃったのね」

父親は急に笑いやむと、返事もしなかった。それから、気をまぎらそうと、いまは窓ガラスの掃除に余念のない細君に向って話しかけた。

「三階《うえ》のおかあさん、変りないかね？」

カラヴァン夫人はガラスをこするのをやめて、ふり返り、完全に背中までずり落ちていたボンネットをなおしてから、唇《くちびる》を震わせながら言った。

「そう、そう、おかあさんといえばね、あたし、ずいぶん、ひどい目にあいましたよ！さっき、床屋のおかみさんのルボーダンさんが、うちへ澱粉《でんぷん》を一袋借りに来ましたの。ちょうど、わたしが留守だったので、おかあさんたらどうでしょう。床屋のおかみさんを『乞食《こじき》』呼ばわりして、追い返してしまったんですのよ。だから、わたしがうんと言

ってやったんです。ところが、おばあさん、ほんとうのことを言われるといつものように、聞えないふりをするんですよ。ところが、本当は、わたしなんかより耳ざといんですからね。ただ、ああいうふりをするだけですよ。その証拠には、ひと言も言わずに、さっさと自分の部屋へあがってゆきますからね」

カラヴァンが困って、黙っているところへ、メイドがばたばた駆けつけてきて、夕食を告げた。そこで、母親に知らせるため、いつも片隅《かたすみ》にかくしてある箒《ほうき》の長柄《ながえ》を取って、天井を三度こづいた。それから、みんな食堂にうつり、カラヴァン夫人がスープをついで、老婆を待った。彼女はいっこうに来ないので、スープはさめる一方だった。そこで、そろそろ食べはじめた。そのうち、皿がからになったので、しかたなく、また、待ってみた。カラヴァン夫人は腹をたてて、夫のせいにした。

「おかあさんはわざとしているんですよ。あなたったら、いつもおかあさんの肩をもつものだから」

カラヴァンは、二人のあいだにはさまり、すこぶる困惑のていであったが、マリー・ルイズにおばあさんを迎えにやることにした。そして、自分は眼をふせたまま、身動きもせずにいたが、妻はグラスの脚を、ナイフの先でやけにつついていた。

とつぜん、ドアがあくと、子供一人きりだった。息をはずませ、真っ青な顔をしている。彼女は早口に言った。

「おばあさんが床に倒れているわよ」

カラヴァンはぴょんと立ちあがり、ナプキンを食卓に投げつけると、階段に向って飛びだした。その足音が、重く、急速に聞えてくるのに、細君は姑《しゅうとめ》の悪計だと思っていたから、さげすむように肩をそびやかしながら、このほうはゆっくりとあがっていった。

老婆は、部屋のまんまんなかに、ながながと仰向けになっていた。そして、息子が横にころがしてみても、身動きもせず、ひからびているように見えた。肌は黄色く、まるで鞣《なめ》したような皺《しわ》が寄り、眼は閉じ、歯をくいしばり、やせた体ぜんたいが硬直していた。

カラヴァンは母親のそばに膝をついて、うめいた。

「おかあさん！　おかあさん！」

ところが、カラヴァン夫人のほうは、姑を一目見るや、宣言した。

「なあんだ！　また卒倒しただけのことよ。てっきり、わたしたちの食事の邪魔をするためなのよ」

そこで寝床に運んで、ぜんぶ服を脱がせた。それからカラヴァンも、細君も、メイドも、みんなで体をさすってみた。どんなにさすっても、彼女は意識を回復しなかった。そこで、ロザリーにシュネー先生を呼びにやった。シュネー先生は、シュレーヌの町に近いセーヌ河岸に住んでいた。遠いので、待つあいだがながかった。やっと来た。すぐに老婆を診察し、脈をとり、聴診してから、宣言を下した。「もういけませんね」

カラヴァンはせきくる歔欷《きょき》に身を震わせながら、死体にとりすがった。そして、硬くなっている顔へ痙攣《けいれん》的に接吻しては、おいおい言って泣くものだから、大粒の涙が雨滴のように死人の顔を流れた。

カラヴァン夫人はほどよく悲しみの発作を示した。そして、夫のうしろに立ったまま、しきりに眼をこすりながら、低いうめき声を出していた。

カラヴァンはいきなり立ちあがったが、顔はふくれ、薄い頭髪はみだれ、真の悲しみのため、ひどく醜い。

「でも……先生、確かでしょうか……ほんとに確かでしょうか？……」

補助医は、急いでそばに寄ると、職業的な巧みさで死体をいじってみせた。商人が自分の商品をほめそやすような格好である。

「そら、ねえ、この眼を見てごらんなさい」

補助医が瞼《まぶた》をひっくり返すと、その指の下に、老婆のまなざしがあらわれたが、ふだんとすこしも変っていなかった。瞳孔《どうこう》がいくぶん大きくなっているくらいだった。カラヴァンは心臓に衝撃を受け、恐怖が背すじを走るのをおぼえた。

シュネー氏は死人の収縮した腕を取ると、むりやりに指を開いてから、自分が反駁《はんばく》で

もされたような憤然とした態度で、

「だって、この手を見てごらんなさい。絶対、わたしの言うことにまちがいはありませんから、ご安心なさい」

カラヴァンはころがるように寝台にうち倒れると、牛みたいな泣き声をたてた。細君のほうはあいかわらず空泣きをしながら、さしあたり必要なことをしていた。ナイト・テーブルを持ってきて、ナプキンをかけ、その上に蠟燭《ろうそく》を四本立てて、火をつけた。それから、煖炉《だんろ》の鏡のうしろにかけてあったツゲの枝を取って、皿に立てた蠟燭のあいだにおき、聖水がなかったので、皿には真水をみたした。が、とっさの考えから、その水のなかへ塩を一つまみ入れた。これで清めの儀式になるだろうと考えたからである。

「死」に付随する外形的な用事をすましてしまうと、彼女はただじっと立っていた。そこで、彼女の手伝いをしていた補助医が、ごく低い声で言った。

「カラヴァンをつれ出さなければいけない」

彼女はうなずいてみせた。そして、あいかわらず膝をついたまますすりあげている夫のそばに行き、片腕を取って、立ちあがらせようとすると、シュネー氏がもう一方の腕を取った。

まず椅子に腰をかけさせた。それから、細君は額に接吻しながら、説教をはじめた。補助医も彼女の論法を支持して、がんばりだの、元気だの、あきらめだの、このような突発的不幸に際して人が失わずにはいられないことを勧告するのであった。それがすむと、また二人がかりで両方から抱きかかえて、つれ出した。

カラヴァンはまるで大きな子供のように痙攣的なしゃくりをしながら泣いている。体はぐんなりとなり、両腕はたれ、足もとはふらふらしている。彼は自分が何をしているのかも知らず、ただ両足を機械的に動かしながら、階段をおりていった。

彼はいつも食卓につくときに腰かける肘掛椅子《ひじかけ》におろされた。眼の前の、ほとんどからになっている皿には、食べ残りのスープにまだ匙《さじ》が浸ったままである。それでも彼はなんの感慨もなく、ただじっとして、自分のグラスに眼をそそいだまま、ぼんやりしていた。

カラヴァン夫人は、片隅で先生と話していた。いろいろの手続きをきいたり、さしあたり必要な用務をたずねたりした。シュネー氏は何か待ち顔に見えたが、やっと思いきって、帽子をとると、まだ夕食前だと宣しながら、挨拶《あいさつ》もそこそこに帰ろうとした。彼女は叫んだ。

「まあ、お食事前ですって？　それなら、先生、ちょっとお待ちください。どうぞ、そうなすってください。ほんのありあわせのものですけれど。なにしろ、ご承知のとおり、わたしども、ごちそうなどはないのですから」

彼は遠慮して、辞退したが、彼女はきかなかった。

「どうしてでございましょう。まあ、よろしいではございませんか。こんなときにはどなたかお友達がいてくださると助かりますわ。それに、あなたがいてくだされば、きっと主人もすこしは元気になりますわ。なにしろ、主人には、もっとしっかりしてもらわなければ困りますものね」

先生はにっこり会釈《えしやく》して、帽子を家具の上においた。

「それなら、せっかくですから、奥さん、お言葉に甘えるとしましょう」

彼女は、おろおろしているロザリーに食事を言いつけると、自分も食卓についた。その言いぐさによれば、「ほんの食べるまねごとをするためであり、先生のおつきあいをするため」だそうな。

二人は冷たくなったスープをまた食べはじめた。シュネー氏はスープのおかわりをした。おつぎは、牛のもつ煮が出た。タマネギのにおいがぷんぷんしている。で、カラヴァン夫人は試食することにした。

「これは結構ですな」と、先生が言った。

彼女はほほえんだ。

「そうでしょうか？」それから、夫の方へ向いて、

「ねえ、アルフレッド、あなたもすこし召しあがったらどう？　胃に何か入れておかなくちゃだめよ。今夜、あなたは夜明しですのよ！」

彼はおとなしく自分の皿を差出した。勧められれば寝床にでもつきかねないように、さからうでもなく、考えてみるでもなく、何ごとにも言うなり次第になった。で、彼は食べた。

先生は手盛りで、三度おかわりをした。カラヴァン夫人のほうは、ときどき、大きな肉片をフォークの先で突き刺しては、わざとうっかりしたように、のみこむのだった。

マカロニを盛ったサラダの鉢《はち》が出ると、

「ほう、これはありがたい」と先生はつぶやいた。

が、今度は、カラヴァン夫人はぜんぶの人たちに分けてやった。子供たちがしきりにつっついているコーヒー皿にさえいっぱい入れてやった。子供たちは大目に見られているのをさいわいに、生《き》の葡萄酒《ぶどうしゅ》を飲んだり、また、食卓の下での蹴りあいもはじめていたのである。

シュネー氏は、ロッシーニがこのイタリア料理を好きだったのを思い出した。と、いきなり、

「おや、おや！　韻が合っている。詩ができますよ。こんなふうにやらかすと、

巨匠のロッシーニ
愛好のマカローニ……」

が、だれも聞いてはいなかった。カラヴァン夫人が急に考えこんでしまったのは、今度の事件から当然生ずるいろいろの結果を思っていたからだった。夫のほうは、パンの小さな玉をころがして、それをテーブルクロスの上に並べては、まるで呆《ほう》けたようにじっと見つめている。からからに喉《のど》がかわいて苦しいので、葡萄酒のいっぱいついであるグラスをひっきりなしに口へ持ってゆく。打撃と悲しみのため、はやくも転倒してしまった彼の理性は、ふわふわと浮いているようだった。骨のおれる消化がはじまるときに起りがちの、あの突然の意識朦朧《もうろう》のなかで、彼の理性は踊っているようだった。

もっとも、先生は底抜けに飲んで、相当酩酊《めいてい》していた。そして、カラヴァン夫人みずからも、神経の動揺から来る反動を受けて、水しか飲まないくせに、動悸《どうき》が打って苦しく、頭もすこしぼんやりしてきたようだった。

シュネー氏は、よほどおもしろいらしく、死者たちに関する話をやりはじめた。というのは、ここパリの郊外では、田舎者が多いため、人が死んでも、農夫などによくあるように、まるで平気でいるのだった。死んだのが、父親であろうと、母親であろうと、死者にたいする、その不遜《ふそん》さ、その無神経さときたら、田舎ではざらにあることだが、パリではめったにないことだ。医者は言うのだった。

「そう、そう、先週でしたがね、ピュートー街から呼ばれたので、駆けつけてみると、病人はもう死んでいて、床のまわりには家族の者たちが集まっているのです。ところが、前の日、瀕死《ひんし》の病人がしきりにほしがったので買ってやったのだという、そのアニス酒の瓶をみんなで平然として空けているじゃありませんか」

しかし、カラヴァン夫人は聞いてなどいなかった。ただ遺産のことを思いつづけていたし、カラヴァンはカラヴァンで、頭がからっぽなので、何の話かさっぱりわからなかった。

コーヒーが出たが、気力をつけるためにごく濃くしてあった。それにコニャックが入れてあったので、飲むほどに頬がぽっとほてり、それでなくとも、いいかげんふらついていたので、みんなの心にまだいくぶん残っていた思考力さえもつれてしまった。すると、先生、いきなり、火酒《かしゅ》の瓶を横取りにすると、おつもりということにして、みんなにすこしずつついでやった。すると、一同、口もきかず、ただ消化作用がもたらすあの気持のいい熱気でぼんやりし、食後のアルコールが与えるあの動物的な満足についい陶然となり、茶碗《ちゃわん》の底に黄色いシロップとなっている砂糖入りのコニャックでゆっくりとうがいをするのであった。

子供たちは眠ってしまったので、ロザリーが寝かした。

すると、カラヴァンは、つづけざまに、何杯となく火酒を飲みほすのだった。飲んでおのれを忘れようとする。あの不幸な人々をかりたてる要求に機械的に応じたのだろう。

ふだんのどんよりした眼もかがやいてきた。

先生はようやく御輿《みこし》をあげて、帰ろうとした。そして、友人の腕をとって、言った。

「さあ、ぼくといっしょに来たまえよ。すこし外の空気にふれたほうがいいだろう。気のめいったときには、じっとしていることは禁物なんだ」

相手はおとなしく言いなり放題になって、帽子をかぶり、ステッキを持ち、外に出た。そして、二人して、腕を組んだまま、明るい星夜をセーヌ河の方へくだっていった。なまあたたかい夜のなかに、かぐわしい空気がただよっていた。それは、この季節になると、この付近の庭という庭は花にうずもれるからで、昼間のうちは眠っていた花の香も、暮方になると目をさますらしく、宵闇《よいやみ》を吹きすぎる微風に混《こん》じて、あたりに発散するのであった。

大通りは人気《ひとけ》もなくしずまりかえり、その両側にガス燈《とう》が二列に並んで、凱旋門までつづいている。けれど、はるかかなた、ぼっと赤い水蒸気のなかでパリはざわめいていた。それは間断のないとどろきに似た音響で、それに、ときどき、遠く平野のなかから、汽車の汽笛が答えるらしかった。全速力で走ってくる汽車か、それとも、この地方を横断して、大西洋の方へと遠ざかってゆく汽車なのであろう。

戸外の空気は、二人の男をおそうために、まず彼らの顔を打ってから、医者の平衡を破り、カラヴァンにおいては、夕食以来のめまいを活気づけたのだった。彼は夢のなかででもあるように歩いていった。精神はしびれて、ぼんやりし、はげしい悲しみを感ずるわけでもなく、むしろ、一種の精神的麻痺《まひ》のため、苦しむこともできなかった。それどころか、宵闇にただようなまあたたかい物のにおいに刺激されて、軽快な気分にさえなるくらいだった。

橋まで来て、右に曲ると、河風が冷たく顔にあたった。河は、高いポプラの並木の前を、鬱々《うつうつ》と、しずかに流れていた。そして、星影は、流れに揺れて、水の上を泳いでいるようだった。向う岸に立ちこめている、白い狭霧《さぎり》が、しめっぽい香りを肺臓にもたらす。と、カラヴァンは急に立ちどまった。この河のにおいに、遠い昔の記憶がたちまち胸によみがえってきたからだった。

ずっと昔、まだ自分が子供のころの母親の姿が、ふと見えたのである。あの遠いピカルディの家の戸口の前で、母親は腰をまげてうずくまりながら、わきに下着類を山と積んで、庭を流れている小川で洗濯《せんたく》をしていた。閑寂な田野のしずけさのなかに、洗濯具の音と、「アルフレッドや、せっけんを持ってきておくれ」と、自分を呼ぶ母親の声が聞えるのだった。それのみか、流れる水のにおい、しめった地面から立ちのぼる靄《もや》、泥《どろ》くさい水蒸気さえ、あのときとおなじ感じであり、自分の奥深く忘れずに残っていたその味わいを、そっくりそのまま、母親の死んだ今宵《こよい》ふたたび感得したのだった。

彼は立ちどまった。またしてもはげしい絶望に見舞われて、足が動かなくなったからだ。一条のかがやかしい光線によって、彼の不幸がすみずみまで、ぱっと一時に照らし出されたような気がしたのだ。そして、このそよ風にあたると、いまさら、癒《いや》すべからざる苦痛の暗い深淵《しんえん》に投げこまれてしまった。この永遠の離別によって、彼の心臓は引裂かれたような気がした。彼の生涯《しょうがい》は中途で切断され、彼の青春は、ことごとく、この死のなかにのみこまれて、消えうせたのだ。これで、「以前」というものは、ぜんぶ滅び、青春の思い出は、あとかたもなく消滅したのである。これでもう、昔のことを話してくれる人がなくなったのだ。自分が知っていた人たちのこと、故郷のこと、さては、自分自身のこと、自分の過去の内輪話をしてくれる人がなくなったのだ。これで、彼の一部分は、存在しなくなったのだし、他の部分は、これから死のうとしているのだ。

こうして、思い出の行列ははじまった。彼は若い日の「ママ」をふたたび見るのだった。それは、この人と切りはなしては考えられないほど、ながい、ながいあいだ、着古した服を着ている姿だった。それからまた、忘れていたいろいろな場合の彼女が見えてくる。もうおぼろげの顔かたち、身ぶり、声音《こわね》、習慣、癖、怒り方、顔の皺、細い指の動かし方、こういった見なれた挙措がいちいち眼にうかんでくるのだったが、それもこれもいまではむなしいのだった。

彼は医者にしがみつきながら、わめきたてていた。脚は力がぬけて、ふらふらする。

そのふとった体ぜんたいは、嗚咽《おえつ》のために揺れている。そして、口ごもりながら、言う。

――「おかあさんおかあさん、お気の毒なおかあさん！……」

ところが、相手ときたら、あいかわらず酔っぱらっているし、おまけに、いつも内証でかよいつけの、例の場所へ今夜も遊びに行こうという魂胆だったから、この悲嘆のはげしい発作にがまんできなくなり、河岸の草にすわらせると、患者の診察を口実に、自分はさっさと行ってしまった。

カラヴァンはながいこと泣いていた。やがて、涙もつきはてると、ふたたび、ほっとした気分になり、心もやすらぎ、急に平静になった。

月はのぼっていた。そして、地平線一帯は、まどかな月の光でぬれているようだった。その銀色の反射をうけながら、ポプラの大樹が、そびえ立っていた。そして、野づらにこめている霧は、降りしきる淡雪を思わせた。河は、もう星影を宿していず、ただ一面螺鈿《らでん》におおわれているよう、銀波をただよわしながら、あいかわらず流れていた。空気は甘く、吹く風はかぐわしい。あるものうげな気分が大地の眠りのなかを過ぎている。

カラヴァンは、夜のこの甘い空気を飲んで、心ゆくまで息をついた。すると、すがすがしさ、やすらぎ、この世ならぬ慰めが、肢体《したい》の末端にまでしみこんでくるような気がした。

しかしながら、彼はこの襲ってくる幸福感に抵抗して、「おかあさん、お気の毒なおかあさん」を心のなかでくり返しながら、誠実な人間としての一種の良心から、むりに泣こうと努力した。が、もうそれもできなかった。いまさっきまでは、いろいろのことを思い出して、あんなにはげしく慟哭《どうこく》したのに、いまはどんな悲しい思いも、彼の心を締めつけなかった。

そこで、立ちあがり、家に帰ろうと、とぼとぼ歩きだした。おだやかな自然の淡々とした静けさにつつまれていると、つい知らず、彼の心もまた落着いてくるのだった。

橋まで来ると、発車しようとしている最終の汽車の信号燈が見え、汽車のうしろから、カフェ「地球屋」の明るい窓が見えた。

すると、そのとき、だれかにこの大きな不幸を話して、人々の憐れみを刺激し、同情を一身にあつめたいという欲望がわいてきた。彼はさも悲しそうな顔をして、店のドアを押すと、いつも亭主が納まっている売台の方へ進んでいった。そうしたら、きっとみな立ちあがり、彼の方にやってきて、「おや、どうかしましたか?」と、手を差しのばすものと、彼は期待していたところ、だれひとり、彼の顔の悲しみの表情に気づく者はなかった。しかたなく、売台に肘をつくと、額を両手でおさえながら、「ああ神さま、ああ神さま!」と、つぶやいた。

亭主は彼をまじまじと見ていたが、

「カラヴァンさん、かげんでも悪いんですか?」

彼は答えた。

「いいえ、そうじゃありません。母が死んだのです」

相手は「へえ！」と、気のぬけたようにひとこと言ったきりだったが、ちょうどそのとき、部屋の奥にいた客が、「おい、ビールをくれ！」とどなったものだから、亭主も、すぐそれに、「はーい！……ただいま」とものすごい声で答えると、急いでサーヴィスに出ていったので、あとに残されたカラヴァンはぽかんとしていた。

夕食前と同様、そのおなじテーブルで、ドミノ狂の三人の男が、身動きひとつせず、あいかわらず勝負に熱中していた。カラヴァンは同情を求めに、その人たちのそばに行った。だれも彼に気づかないようすなので、思いきって話しかけてみた。

「あれからね」彼は言った。「ひどい不幸にあいましてね」

三人とも同時にちょっと頭をあげたが、眼は、手に持った札を睨《ね》めたまま、はなれようともしない。

「おや、どうしました？」

「母が死んだのです」

三人の一人がつぶやいた。

「それは、困りましたね」こんな場合、無頓着《むとんじやく》な人たちがよくやる、さもさも傷心にたえぬといった、あのいかにもわざとらしい調子である。もう一人の男は、言うことがなかったので、頭をゆすぶりながら、悲しそうな口笛みたいなのを鳴らしてみせた。三人目の男は、「そんなことか」とでも思ったのか、また勝負をはじめた。

カラヴァンは、いわゆる「衷心からの」言葉を期待していたのだった。それだのに、このような扱いを受けたので、彼らのそばをはなれた。自分のこのような悲しみ、といっても、いまではもう感じられないほど鈍っている悲しみではあったが、それにたいして平気でいられる彼らがしゃくにさわったのだ。

そこで、彼は出ていった。

妻は寝巻姿で待っていた。あいた窓辺の低い椅子に腰かけたまま、あいかわらず相続のことを考えていたのだ。

「服をお脱ぎになったらどうです」彼女は言った。「寝て、ゆっくりお話ししましょう」

彼は頭をあげ、眼で天井を示しながら、

「でも……階上《うえ》には……だれもいないんだろう」

「まさか、ロザリーがついていますよ。あなたは、朝の三時になったら、交替してやってください。ひと眠りなさったらね」

それでも彼は不時のできごとにそなえてズボン下だけは脱がずにいた。頭を首巻でつつむと、妻が夜具のなかにもぐりこんだあとから、自分もはいっていった。

しばらく二人は並んだまますわっていた。妻は考えこんでいた。こんな際でも、彼女のかぶりものはバラ色の結びリボンで飾られていて、それが片方の耳の上にすこし傾いているのは、彼女のかぶるあらゆるボンネットがもっている不可抗的な習慣によるもののようだった。

とつぜん、彼女は彼の方へ顔を向けると、

「あなたはご存じですの？　おかあさんには遺言が書いてあるのかどうか」と、こう言った。

彼は言いよどんだ。

「さあ……ぼくが思うには……きっと、ないと思うが。遺言なんか書かなかったよ」

カラヴァン夫人は、夫の眼をじっと見ていたが、怒気を含んだ、低い声で言った。

「そんなことってありませんわねえ。わたしたちは、これでもう十年も世話のしどおしですよ！　家において、食べさせてあげたではありませんか！　あなたの妹さんなんかには、まねのできたものじゃありませんよ。わたしだってそうですわ。はじめからこんな目にあうのだとわかっていたら、ごめんこうむりましたよ！　ほんとに、こんなこと、おかあさんの恥になるばかりですわ！　おかあさんは生活費を払っていたと、あなたは言うかもしれません。それはそうだったけれど、でも、親孝行は、親が支払う金でどうのこうのというものじゃありませんわ。それには、死後の遺言というもので報いてくれるべきですわ。りっぱな人たちなら、そうするのが当り前よ。ところが、わたしなんかは、いかに苦労しても、骨をおっても、まる損というものですわ！　あ！　あ！　ばかばかしい！　つまらないったらないわ！」

カラヴァンは、やっきになって、くり返して言う。

「ねえ、ねえ、お願いだから、後生だから」

ようやっと、おさまり、日ごろの調子にもどって、彼女は言った。

「朝になったら、妹さんに知らせなければね」

彼ははっとした。

「ほんとだ。ちっとも気がつかなかった。夜が明けたら、すぐに電報をうとう」

しかし、彼女は万事を見とおしている女らしく、それを止めた。

「それは、いけません。電報をうつのは、十時から、十一時のあいだでいいでしょう。そうすれば、妹さんが着くまでに、わたくしたちはなんとでもできます。シャラントンからここまで、せいぜい二時間しかかかりませんもの。あなたが動転したからだと言いわけしたらいいでしょう。朝はやくから知らせたら、ものを没収してやるひまがないじゃありませんか」

けれど、カラヴァンは額をたたいて、言ったのだった。思っただけでもぞっとする、あの課長のことを話すときのいつものおどおどした語調だった。

「それから、役所へも知らさなければなるまい」

彼女は答えた。

「どうして知らせるのよ？　こんな場合は、忘れたってさしつかえないものよ。わたしの言うこときいて、知らせるのはおよしなさい。そら、課長さんだって文句の言いようがないから、うんと困らせてやるのよ」

「ああ！　そうか、そうか」と彼は言った。「それは、ぼくが出勤しないとわかると、やっこさん、例によって、ぷりぷり怒《おこ》るにきまっているさ。うん、これはいい、うまい考えだ。そこで、ぼくは母が死にましたからと報告するんだね。そしたら、やっこさん、黙らずにはいられないからな」

すると、この属吏、三階では老母の死体が、眠りこけているメイドのわきにころがっているというのに、ついこの茶番にうれしくなり、課長の顔を思い出しながら、もみ手をするのだった。

カラヴァン夫人は気がかりになってきた。なにか口に言いだしにくい心配ごとに苦しめられているように見えた。やっと彼女は決心した。

「たしか、おかあさんは、あの振子時計をあなたにくださったんですわね。そら、けん玉を持っている女の子の形をしたの」

彼は記憶をたどっていたが、答えた。

「うん、うん、たしかそう言ったよ。（もっとも、だいぶ前のことだがね。おかあさんがここへ来たときのことだから）たしかそう言ったよ。わしの世話をしてくれたら、この振子時計はおまえにあげるってね」

カラヴァン夫人は安心したらしく、顔をかがやかせた。

「それなら、いまのうちに、こっちへ持ってきておいたほうがいいわ。妹さんが来てごらんなさい。きっと、わたしたちによこしはしないから」

彼はためらった。

「そうかしら？……」

彼女は腹をたてた。

「それはそうですとも。ここへ来られたが最後、どんなことになるかわかったものじゃありません。ともかく、あれはわたしたちのものです。それは、おかあさんの部屋にあるたんすだってそうですわ。あの大理石がはまってあるのね。あれは、おかあさんがご機嫌のよかったとき、わたしにくださったものですわ。ついでにあれも下へおろしておきましょう」

カラヴァンは信じかねるかに見えた。

「だって、おまえ、これは重大な責任問題だぜ！」

彼女はものすごい剣幕で彼の方に向きなおった。

「ああ！　いやになってしまう！　あなたという人はいつだってそれだから！　あんたなんかは、体を動かすよりは、子供を飢死にさせるほうがいいというんでしょう。あのたんすは、おかあさんがわたしにくださったそのときから、ちゃんとわたしたちのものじゃありませんか？　妹さんが不満なら、文句をもってくるのはわたしのとこだからいいでしょう！　わたしはあんな人てんで頭におきませんよ。さあ、さあ、起きなさいってば。これから行って、おかあさんがくださったものを運んでこようじゃありませんか」

カラヴァンは、説伏されて、おっかなびっくり、寝床を出た。そして、ズボンをはこうとすると、彼女がそれを止めて、

「服なんか着なくてもいいのよ。ズボン下だけでたくさんじゃないの。わたしだってこのままよ」

そこで、二人とも、寝巻姿のままで出かけた。音をたてないように階段をあがり、気をつけてドアをあけると、部屋のなかにはいっていった。見れば、ただ四本の蠟燭だけ、ツゲの小枝をそえた皿のまわりにともって、硬直したままやすらかに眠っている老婆を守っていた。というのは、ロザリーは長椅子の上で寝てしまっていたからだ。脚をながとのばし、両手はスカートの上で組み、やはり動かぬ頭をがっくり落している。口はあいたまま、かるく鼾《いびき》をかいている。

カラヴァンは振子時計を手に取った。それは帝政時代の美術に往々見る、あのグロテスクな器物の一つだった。頭にさまざまの花飾りをした鍍金《めっき》の少女像が、手にけん玉を持っていて、その玉が振子になっているわけである。

「それをこっちへよこして、たんすの大理石をお取りなさい」細君が夫に言った。夫は息を切らしながら、言われたとおりにした。それから、渾身《こんしん》の力をしぼって、大理石を肩にのせた。

そこで、夫婦は出かけた。カラヴァンは、戸口のところで身をかがめると、階段を、震えながらおりはじめた。細君のほうは、片手に振子時計をかかえ、もう一方の手で足もとを照らしてやりながら、あとずさりにおりていった。

二人が自分たちの部屋にたどり着くと、彼女はひとつ大きなためいきをついた。

「これでいちばんの大物がすんだのよ。さあ、今度は残りを取りに行くのよ」

ところが、たんすの引出しは老婆の衣類でいっぱいだった。どうしてもこれをどこかへかくさなければならなかった。

カラヴァン夫人は一計を案じた。

「さてと、玄関にある樅《もみ》の木箱を持ってくるとしましょう。あれなら値段にして四十スーもしないのだから、ここに置いてもいいのよ」

それから、その木箱を持ってくると、二人は入れかえをはじめた。

袖口、襟飾《えりかざ》り、シュミーズ、ボンネットなど、二人は、自分たちのうしろに寝ているおばあさんのあわれなぼろ着を一つ一つ取出しては、木箱のなかへきちんと並べていった。明日来るはずのブロー夫人、つまり、死者のもう一人の子供の目をごまかそうとするためである。

それがすむと、まず引出しだけ下へ運んでおいてから、つぎに、身の両はしをめいめい持ちながら、下へおろした。それから、どこへおいたらいちばんつりあうかと、二人ともだいぶまよったあげくに、寝台の真向いの、二つの窓のあいだへおくことに決めた。たんすを据《す》えおわると、カラヴァン夫人は自分自身の下着類をつめた。振子時計はマントルピースの上にした。さてそこで、夫婦はその効果をながめてみた。たちまち二人は満足した。

「とてもいいわよ」と彼女が言うと、

彼も答えて、

「うん、なかなかよろしい」

そこで、二人は寝た。彼女は蠟燭を消した。こうして、一家の者たちが、二階も三階も、すぐに眠ってしまったのである。

カラヴァンが目をあけたときには、もうすっかり夜が明けていた。目がさめたときには頭がぼんやりしていて、できごとを思い出したのは、数分たってからだった。思い出すと、こつんと胸を打たれたような気がした。寝床からはね起きたが、またしても心はひどく興奮し、泣きださんばかりだった。

大急ぎで上の部屋にあがってみると、ロザリーはまだ眠っていた。一晩じゅう眠りつづけたとみえ、昨夜とまったくおなじ格好をしている。彼女を仕事に追いやると、自分は減った蠟燭をとりかえた。それから、母親をまじまじながめながら、あのいかにも深刻そうな思索にふけるのだった。といっても、じつは、死に直面した凡俗な人たちの頭を去来する、あの宗教的な、哲学的な、ありふれた考えにすぎないのだが。

せっかく思索にふけっていたのを、妻に呼ばれたので、下へおりていった。彼女は朝のうちにする用事のリストをつくっておいたのである。彼女からこの箇条書をわたされたが、それには震えあがってしまった。

見ればこう書いてある。
一、役場へ届け出ること。
一、検視医に来てもらうこと。
一、お棺を注文すること。
一、寺へ行くこと。
一、葬儀屋へ行くこと。
一、通知状を印刷屋へたのみに行くこと。

一、公証人のところへ行くこと。
一、親類へ電報うちに行くこと。
そのほかにもこまごました用事がたくさん書きつらねてあった。そこで、彼は帽子を取るや、出ていった。

ところで、この噂《うわさ》はひろまったので、仏さまを拝みたいと、近所の女たちがぽつぽつ来はじめた。

一階の散髪屋では、たまたま客のひげをそっていた亭主と、その細君とのあいだに、このことで悶着《もんちゃく》が起ったほどだった。

細君は、靴下《くつした》を編みながら、つぶやいたのである。「これでまた一人減ったのね。今度のは、けちんぼうだったわね。ほんとに、あんなの類がなかったわ。わたしなんぞは、大きらいは大きらいだったけれど、それでも拝みに行かねばなるまいね」

客の顎にシャボンを塗りながら、亭主は不平そうにつぶやいた。

「またそんな気まぐれを起しゃがる！　女ってしようのねえもんだ。生きているあいだは、さんざいやがったくせに、それでも足りないとみえて、死んでしまったあとでも、まだやきもきしようとする」

それでも細君は、顔色ひとつかえず、語をついだ。

「そうは思っても、どうにもしかたがなくてね。やっぱり行かなくては。なにしろ、そのことで朝からくよくよしているんだから。いまのうち拝んでおかないと、一生、気にかかりそうだよ。いつでも顔が思い出せるくらいよく見ておけば、あとは気がせいせいするだろうと思うから」

剃刀《かみそり》を持っている男は肩をそびやかすと、頰をそってやっている人に向って話しかけた。

「ねえ、旦那《だんな》、そうお思いになりませんか、女なんて、まったくしようのないものじゃありませんか！　わたしは、死人なんか見たっておもしろくもありませんよ！」

しかし、それが聞えたとみえ、細君は答えたが、まことに平然たるものである。

「まったくそうよ！　あんたの言うとおりよ！」

それから、編みものをカウンターの上におくと、自分は二階にあがっていった。

近所の女がもう二人来ていて、カラヴァン夫人と今度の事件の話をしていた。夫人はことこまかに語りきかせていた。

一同は死者の部屋へ行くことになった。四人の女は足音を忍ばせて部屋にはいり、順ぐりに、布団《ふとん》へ塩水をまくと、ひざまずき、お祈りを口ずさみながら、十字を切った。それから、立ちあがると、眼を見ひらき、口を半分あけたまま、いつまでも遺骸《いがい》をながめていたが、そのあいだじゅう、故人の嫁は、顔にハンカチをあてて、むりに絶望的なしゃくり泣きをしてみせていた。

夫人が部屋を出ようとしてふり向くと、戸口のところに、マリー・ルイズと、フィリップ・オーギュストがつっ立っていた。二人ともシャツのままで、ものめずらしそうにこちらを見ている。と、彼女は自分の空泣きも忘れ、手をあげながら、二人の方に駆けよると、大声でどなりつけた。「この餓鬼め、あっちへ行ってろ！」

それから十分後、彼女が近所の女たちの別隊とまた三階にあがってきて、姑《しゅうとめ》のうえにツゲの小枝をふり動かしたり、祈ったり、泣いたりして、ひととおりお勤めをすますと、いつのまにか二人の子供が自分のうしろに来ていた。さっきの手前、今度も二人の頭を打ってやったが、つぎからはもう放っておいた。で、弔問客が来るごとに、二人の子供はかならずうしろからついてきては、部屋のすみにひざまずいて、母親のするとおりのことをくり返すのだった。

午後になると、物見高い女たちの数も減った。そのうち、だれも来なくなった。カラヴァン夫人は、自分の部屋にもどり、葬式の準備に没頭していた。死人はひとりおき放しだった。

その部屋の窓はあいていた。埃《ほこり》っぽい風といっしょに、ひどい暑熱が流れこんでくる。動かない死骸のかたわらで、四本の蠟燭の炎がゆれている。そして、布団の上、眼をとじた顔の上、長く伸ばした両手の上には、小さな蠅《はえ》どもがはったり、行ったり、来たり、ひっきりなしに歩きまわって、自分たちの番の来るのを待ち顔に、老婆の死骸を検視しているのである。

もっとも、マリー・ルイズと、フィリップ・オーギュストは、通りへ遊びに行ってい た。まもなく、彼らは大勢の友達に取り囲まれてしまった。とりわけ、女の子が多かっ たのも、彼女たちは、男の子より抜けめがなくて、生命の神秘をより敏感に嗅《か》ぎつける からであろう。それで大人のようにたずねるのである。

「おばあさま、お亡《な》くなりになったんですってね？」

「ええ、きのうの晩よ」

「死んだ人って、どんななんでしょう？」

そこで、マリー・ルイズは説明して、蠟燭や、ツゲや、顔のことを話してきかせた。 たちまち、はげしい好奇心が子供たちの心に目ざめてきた。そして、彼らも死んだ人の そばへ行ってみたいと言いだした。

ただちに、マリー・ルイズは先発隊を組織した。五人の女の子と、二人の男の子で、 いちばん体が大きくて、勇敢な者たちからなっていた。発見されないために、マリーは みんなの靴を脱がせた。一行はうまく家のなかにはいりこむと、鼠《ねずみ》の一群のようにすば しっこくあがっていった。

部屋にはいると、小娘は母親をまねて、儀式を司《つかさど》った。彼女はおごそかに仲間を指導 して、ひざまずき、十字を切り、唇を動かし、立ちあがり、寝台に塩水をまいた。そして、子供たちがひと塊になって、そばに寄り、こわごわながら、しかしものめずらしげに、うっとりして、死人の顔や手をながめようとすると、とつぜん、マリーはすすり泣くまねをして、小さなハンカチで眼をおさえた。そのうち、戸口で待っているほかの子供たちのことを思い出すと、急にうれしくなり、駆け足でこの第一群をつれ出し、すぐに第二群を引っぱってきた。それに第三群がつづくという始末。というのは、町の悪童たちはぜんぶ、ぼろを着た乞食の子供にいたるまで、ことごとくこの新規の遊びに馳《は》せ参じていたからである。そして、そのたびごとにマリーは、母親のまねごとをじつに完《かん》璧《ぺき》にくり返すのであった。

さすがに彼女も疲れてしまった。別の遊戯が子供たちを遠く引っぱっていったのである。で、おばあさんはぜんぶの人たちから完全に忘れられて、またひとりにされた。暗闇《くらやみ》が部屋にみちてきた。そして、ともしびの炎が揺れて、皺だらけの、ひからびた顔の上に、灯影《ほかげ》がおどっている。

八時ごろ、カラヴァンがあがってきて、窓をしめ、蠟燭をとりかえた。そのはいってくるようすは、いかにも落着きはらい、もう数カ月も前からこの遺骸を見慣れてでもいるようだった。まだいささかの腐敗もあらわれていないことを確かめさえし、夕食テーブルについたとき、それを妻に知らせたら、妻が答えて言うには、「つまり、材木なのよ。あれじゃ、一年ももつでしょうよ」

一家は一言も発せずにスープを飲んだ。子供たちは、一日じゅう放っておかれたので、ぐたぐたに疲れて、めいめいの椅子でいねむりしているし、みんな黙りこくっていた。急に、ランプの光が暗くなった。カラヴァン夫人はすぐにねじをまわした。が、ランプはうつろな音をたてた。喉から出るような、長くのびた音だったが、すぐ消えてしまった。ところで、石油の買いおきがなかった！　雑貨屋へ買いに行っていては、食事がおくれるので、蠟燭をさがした。だが、階上《うえ》のナイト・テーブルにともしてあるのよりほかには一本もなかったのだ。

何ごとにつけ、手っとりばやいカラヴァン夫人は、すぐさまルイズを上にやって、二本だけ取ってこさせることにした。で、みんな暗がりのなかで待っていた。

小娘の階段をあがってゆく足音がはっきり聞えてくる。それから、しばらくのあいだ、ひっそりしていた。やがて、娘があわただしくおりてきた。ドアをあけた。びっくりした顔をしている。前夜、椿事《ちんじ》を知らせたときよりいっそう興奮している。そして、息をはずませながら、つぶやいた。

「おお！　パパ、おばあちゃんがね、服を着ているよ！」

カラヴァンはものすごい勢いで立ちあがったので、そのとたんに、椅子がころがって、壁にぶつかった。彼は口ごもった。

「何？……何だって？……」

けれど、マリー・ルイズは、興奮のあまり喉がつまって、おなじことをくり返した。

「おばあ……おばあ……おばあちゃんが、服を着てるよ……おりてくるよ」

カラヴァンが狂ったように階段を駆けあがると、妻も唖然《あぜん》としてそのうしろにつづいた。そのくせ、三階のドアの前で、彼は立ちどまってしまった。何が出てくるかと思うと、こわくて足がすくみ、なかへはいる勇気がなかったのだ。

カラヴァン夫人のほうは気が強いものだから、ハンドルをまわして、部屋のなかにはいっていった。

部屋は先刻より暗くなっているように思われた。そして、その中央で、背の高い、やせた形のものが動いている。ばあさんがつっ立っているのだ。彼女は眠り病からさめると、まだ完全には意識を回復しないのに、横に寝返りをうって、肘で起きあがり、死の床にともっていた三本の蠟燭を吹き消したのだった。そのうち、力が出てきて、起きあがると、着るものをさがそうとした。いつものたんすがないので、最初、まごついたが、そのうち、木箱のなかに自身のさがしものがすこしずつみつかっていったので、彼女は落着いてそれを身につけた。それから、皿に盛ってある水を飲みほし、ツゲの小枝を鏡のうしろにやり、椅子をそれぞれふだんの場所にもどしてから、下におりようとしていたところへ、息子と嫁とがあらわれたのだ。

カラヴァンは走りより、彼女の手を取ると、眼には涙さえ浮べて、接吻《せっぷん》するのだった。

ところで、妻は、うしろの方から、いかにも偽善者らしいようすで、くり返して言っていた。

「ああ、よかったわ、ほんとに、よかったわ！」

それだのに、当の老婆は感動することもなく、合点のいったようすをするでもなく、石像のようにこわばり、眼も冷たげに、ただ、

「ごはんはもうじきかえ」と、たずねるだけだった。

カラヴァンは気も転倒して、つぶやいた。

「もう、じきです、ママ、お待ちしていたんです」そう言って、彼が不慣れな慇懃《いんぎん》さで老母の腕を取れば、嫁のカラヴァン夫人のほうは、蠟燭を取って、二人の先にたち、足もとを照らしてやりながら、一段一段、階段をあとずさりにおりていった。それは、前夜、夫が大理石を運ぶときにしてやったのとそっくりおなじだった。

二階に着くや、彼女は二階へあがってきた人たちと危うく衝突するところだった。つまり、シャラントンに住まっている一家で、ブロー夫人と、そのあとからついてきた亭主だったのである。

細君というのは、水腫《すいしゅ》患者独特の腹のため、上体がうしろにひっくり返ったような、ふとった、大柄《おおがら》の女だったが、びっくりして眼をむき出し、いまにも逃げだしそうになった。亭主というのは、社会主義の靴屋で、鼻にまで毛が生えている小男なので、猿《さる》そ

っくりだったが、これはまたべつに驚くこともなく、つぶやいた。

「これは、これは、どうしたことか？　生きかえっている！」

カラヴァン夫人は、相手がわかると、いかにも絶望的な身ぶりをした。それから、大きな声で、

「おや！　まあ！……あなたがたでしたの？　これはおめずらしい！」

それだのに、ブロー夫人は、ぼんやりしたまま、意味がわからなかった。彼女は小声で答えた。

「わたしたちは、お宅からの電報で来たんですよ。もうだめとばかり思っていましたよ」

亭主は、うしろから彼女をつねって、黙らせようとした。そして、人のわるい笑いを、その濃いひげのなかにかくしながら、つけ加えて言った。

「お招きくださって、どうもありがとうございます。これでもわたしたちはすぐに来たのですよ」（かねてから両家のあいだにわだかまっている不和をあてこすって）

ついで、老婆が階段の最後の段々までたどり着いたと見るや、急いでその方へ進み出《い》で、顔をうずめている毛を彼女の頰にこすりつけながら、聞えない耳に大声で、

「おかあさん、ご機《き》嫌《げん》いかがです？　いつもお元気でね」

ブロー夫人は、死んだものとばかり思っていた人が生きているので、まったくあっけ

にとられ、母親に接吻することさえしかねていた。そして、彼女の布袋腹《ほていばら》は階段の踊り場をふさぎ、ほかの人たちの通る邪魔をしていた。

老婆は、不安そうな疑いぶかいようすだったが、まだ口はひと言もきかず、ただ自分のまわりの人たちをながめていた。そして、その小さな灰色の眼は、探るように冷たく、一人一人の上に向けられていったが、そこには老婆の心がありありと見え、子供たちは身のちぢまる思いがした。

カラヴァンは説明のつもりで言った。

「おかあさんは、ちょっとかげんが悪かったんですが、いまじゃもういいのです。すっかり、いいのです、そうですね、おかあさん？」

そこで、ばあさんは歩きだしながら、遠いところから聞えてくるような、あのいつもの震え声で答えた。

「卒倒だよ。何もかもちゃんと聞いていただよ」

気まずい沈黙がつづいた。人々は部屋にはいった。それから、急ごしらえの食卓についた。

ブロー氏ひとりうちとけずにいた。そのしかめ面《つら》は、性悪なゴリラそっくりだった。そして、しきりに厭味《いやみ》を言っては、みんなをひどく困らせていた。

しかも、玄関ではベルがひっきりなしに鳴った。そのごとに、ロザリーは夢中になってカラヴァンを呼びに来るので、彼はナプキンを投げ出すなり、飛んでゆくのだった。義弟のごときは、きょうは面会日かとたずねたほどだった。カラヴァンは口ごもって、

「いや、用事があるんで、ただそれだけなんで」

やがて、包みが届けられてきたので、彼がうっかりあけたら、黒枠《くろわく》のついた通知状が出てきた。で、彼は眼まで真っ赤にしながら、包みをとじると、チョッキのなかに押しこんでしまった。

母親はそれには気づかなかった。ただ、マントルピースの上においてある彼女の振子時計が、その鍍金したたけん玉をゆすっているのを一心に見つめていた。そうして、氷のような沈黙のただなかに気まずさがいよいよ増大していった。

すると老婆は、魔法使のような皺だらけの顔を娘の方に向けると、その眼のなかを悪意のひらめきが走ったと見えたが、宣するように言った。

「こんどの日曜日には、おまえのとこの女の子をつれてきなさい。わしは見たくなったので」

ブロー夫人は、顔をかがやかせながら、叫んだ。「ママ、承知しました」ところが、カラヴァン夫人ときたら、真っ青になり、心配のあまり気絶しそうになった。

とかくするうち、二人の男はぼつぼつ話すようになった。そして、些細《ささい》なきっかけから、政治論をおっぱじめた。ブローは、共産主義の、革命的な理論を支持しているので、

ひげだらけの顔に眼をかがやかせながら、ものすごい剣幕で、どなるのだった。

「所有権などというものは、きみ、あれは労働者から搾取《さくしゅ》したものだよ。――土地は、万人の所有たるべきものなんだ。――したがって、遺産なんて、けがらわしい、恥ずべきものですぞ!……」

ところが、彼はあわてて言うのをやめた。まずいことを言ってしまったと思ったか、困っているらしい。そこで、もっとおだやかな語調で、つけ加え、

「しかし、いまはこんなことを議論する場合ではありませんね」

ドアがあいたと思ったら、シュネー先生があらわれた。先生は、一瞬、驚いたが、すぐに平静をとりもどすと、老婆のそばに近より、

「おお! これは、これは、おかあさん、きょうはたいそうおよろしいようですな。いや、わたしもてっきりそうだろうと思っておりましたよ。いまも階段をあがりながら、心のなかで言ったことですわい。あのお年寄り、きっと起きておられるにちがいない、とねえ」

そう言って、彼女の肩をそっとたたきながら、

「まるで新橋《ポン・ヌフ》のようにがっちりしていますからな。このぶんだと、われわれのだれよりあとに残ることでしょうよ」

医者は、腰をおろすと、出されたコーヒーを飲みながら、さっそく、二人の男の会話

に加わったが、ブローの説に共鳴した。というのは、彼自身コンミューンの乱に参加したからだった。

ところで、老婆は、疲れが出たので、自分の部屋へ行きたいと言いだした。カラヴァンが走りよると、彼の眼を見すえながら、言った。

「わしのたんすと時計を、すぐ上へあげておくれよ」

それから、息子がどもりながら、「はい、ママ」と言っているあいだに、彼女は自分の娘の腕を取ると、そのまま行ってしまった。

カラヴァン夫妻が、この惨澹《さんたん》たる災難におしのめされて、無言のまま茫然《ぼうぜん》としているあいだ、ブローは手をもみもみ、コーヒーをゆっくり飲んでいた。

突如として、カラヴァン夫人は、腹がたち、むしゃくしゃし、ブローの方へ突進すると、わめきたてた。「あんたは泥棒《どろぼう》よ、悪党よ、ごろつきよ……その顔に唾《つば》をひっかけてやりたい……その……その……」息がつまって、いい文句が出なかったが、ブローのほうは笑いながら、あいかわらず、コーヒーを飲んでいた。

そこへブローの細君がもどってきたので、カラヴァン夫人はこの義妹のほうにつっかかっていった。そうして、ここに二人の女、ふとった女は、威嚇《いかく》的な腹にものをいわせ、癲癇《てんかん》性のやせた女は妙な声を出し、手を震わせながら、たがいに罵詈《ばり》讒謗《ざんぼう》の言い合いだった。

シュネーとブローが仲にはいった。そして、ブローは自分の細君をぐんぐん肩で押していって、戸外へ突き出した。「いいかげんにせい、このとんまめ、うるさいぞ！」としきりに叫びながら。

そして、この二人が街なかを口論しながら遠ざかってゆくのが聞えてきた。

シュネーも帰った。

カラヴァン夫妻はぽつねんと向きあっていた。

やがて亭主は、こめかみに冷たい汗をにじませて、ぐったり椅子に腰をおろすと、つぶやいた。

「課長になんと言ったものかな？」

# 解説

青柳瑞穂

ギ・ド・モーパッサンは、一八五〇年に生れ、一八九三年に死んでいるが、その文学活動は、三十歳から四十歳までで、たった十年間、そのあいだ、三百六十編にあまる短編、中編、七巻の長編小説、三巻の旅行記、戯曲が二つに、詩集が一巻、合わせて二十九冊の作品を生んでいる。やつぎばやに作品を発表すると、さっさと死んでいったのである。おそらく読書に専念するというような時間もなかったろうし、己れの芸術の方向について深く反省するということもなかったろう。いったん筆を取りだすと、十年間書きなぐり、創作以外の時間は、生活を楽しむことだけに当てていたろう。だから、モーパッサンが自分の芸術に苦しむということは、他の作家にくらべてすくなかったろうことも想像される。

じっさい、彼の師フローベールは、読書と思索に、己れの資源を求めていたのに反し、モーパッサンは生活そのもののなかに求め、生活の沼から手づかみに泥《どろ》をすくいあげて、それをそのまま原稿用紙の上にぶちまけたという感じだ。フローベールの作品のように、芸術品としての洗練された香気のないかわり、モーパッサンには生活そのもののような生々しい、体臭がふんぷんとしていて、彼の作品が今日に生きているゆえんである。

彼の中・短編が三百六十編にあまるといえば、それは人生の万端にゆきわたり、さながら、人生の縮図とも見えるであろう。その一編を取りあげれば、それは大河の一滴、悲劇、喜劇の一コマにすぎないだろうけれど、それが二十編、三十編とつみ重ねられれば、それは一大長編《ロマン》の相をも呈することになろう。事実、長編『女の一生』は、そうした幾編かの短編《コント》から成りたっているとも言えるのである。

さて、その三百六十編の中・短編から、代表作と思われる六十五編をここに選び出し、そして、それぞれが扱っているテーマに従って分類し、それを三巻に分載することにした。つまり、彼の郷土ノルマンディをはじめ、その他の地方に取材した田舎もの、パリ生活を扱った都会もの、そして、彼も従軍した普仏戦争を扱った戦争もの、超自然の現象に取材した怪奇ものである。

すなわち、第一巻には田舎もの、第二巻には都会もの、第三巻には戦争ものと怪奇ものをそれぞれ収録したわけである。しかし、ひとりの作家の作品をこのように色分けすること自体が、そもそも不自然であるだけに、ここに多少の無理の生ずること当然で、たとえば、戦争ものが田舎ものと重なることもあり、一つの怪奇が都会で起るということもありえよう。それは訳者であり、編者でもある筆者にまかせていただくことにし、その他にもかなりの無理のあるのも、これまた認めていただくことにしよう。

本巻は都会ものである。

普仏戦争が勃発《ぼっぱつ》すると、二十歳で、いちはやく従軍したモーパッサンではあったが、戦争もすむと、いったんエトルタに帰省するが、文学を志そうとする決意つよく上京、父の勧めで海軍省に臨時雇いとして採用、その後、フローベールの推薦で文部省にはいったが、この十年間にわたる官庁生活の体験から、憂鬱《ゆううつ》な小役人を主題にした作品を生まずにはいなかった。こうして、文部省に通勤していたが、文学志望をすてず、フローベールをもせっせと訪れて一人前の作家になることも忘れはしなかったものの、さりとて、文学稼業《かぎょう》を一種の水商売と思っていたので、こちらの地位が確立するまでは勤めをやめようとはしなかった。こんなところにもノルマンディ人らしい、モーパッサンの石橋をたたいて渡るような性質が出ていておもしろい。

とはいえ、たまには役所をさぼって、セーヌ河にボートを浮べて、興ずることもしばしばだったが、このスポーツも彼の作品をいろどった。じっさい、モーパッサンはスポーツマンだったと言えるだろう。狩猟を愛し、釣《つ》りを好み、ボートもヨットも得意だった。その点、クロワッセの隠者フローベールとはだいぶちがう。

モーパッサンは終生とくに水辺を愛したようだった。故郷ではエトルタの海岸であり、パリではセーヌ河であり、南へ行けば地中海沿岸である。彼の作品に出てくるパリ近郊の盛り場、アニエール、アルジャントイユ、シャトー、ブージヴァル、ラ・グルヌイエール、メーゾン・ラフィト、ポワシーなど、いずれも水辺である。

さて、モーパッサンが都会生活につきものの夜の女たちを見のがすはずもなく、また、パリ文壇の流行作家になってからは、社交婦人もぞくぞく登場するようになった。『あな』、『蠅《はえ》』、『ポールの恋人』、『春に寄す』は、いずれも水辺に取材した物語である。『あな』は、釣道楽を扱って、モーパッサンの抱腹絶倒式のものの一つ。このパリの職人の景気のいい啖呵《たんか》は、ノルマンディの農夫の憂鬱なほどの無口といい対照をなしている。モーパッサン自身も、セーヌ河なら、いろんな意味での「あな」に精通していたにちがいない。

二十五歳のモーパッサンは、パリから郷里の母につぎのような手紙を書き送っている。「ぼくはボートに熱中しています。そして、ブージヴァルにたむろしているボート仲間のところへおしかけて、ラム酒をねだるために、夜中にたたき起してやりますと、彼らはすっかり驚きますよ。いつぞやも申しあげたように、この船遊びの光景を書こうと苦心しています。ボート遊びにちなんだいちばんよさそうな話を集めたら、きっとおもしろい、真に迫るほどの、ささやかな書物ができると思います」

こうしてこの『蠅』や、『ポールの恋人』や、『春に寄す』が書かれたのであろう。なかでも『蠅』は傑作である。最晩年（一八九〇年）の作だけに、これはモーパッサンの楽しかった青春の思い出の記だということもできるだろう。大気と水に酔いしれた青春時代がおもしろおかしく語られているが、やはり、底には暗いペシミスムが流れている。美しくて、静かなセーヌ河も、底は汚物で充満しているのであった。『蠅』の仲間の「青い小男」は、友人のレオン・フォンテーヌ、「ふちなし帽」は、やはり友人のロベール・パンション。この男はこれを記念に余生はふちなし帽をはなさなかったという。語り手のジョゼフ・プリュニエは言わずと知れたモーパッサンのペンネーム。ごく初期の作品にこれを用いている。

モーパッサンにはエロチックな悪徳を扱った作品もかなりあるが、同性愛の小説は、この『ポールの恋人』が唯一《ゆいいつ》で、その点、非常に大胆な試みだといえる。モーパッサンが三十歳そこそこでこんなテーマを取りあげたというのは、それだけで驚くべきことであり、しかも、分析と心理解剖のこの厄介《やっかい》なエチュードは十分みごとになされている。晩年作『男のこころ』以後に、もしもう一度、この題目を扱ったとしたら、あるいはプルーストの先輩をなしたかもしれないと、この作者の早逝《そうせい》が惜しまれる。

『春に寄す』で、作者は家庭生活と結婚に痛烈な皮肉をあびせかけているが、背景には、いかにも春さきらしい、明るい、なごやかな空気がただよっている。

『首かざり』は本ものと贋《にせ》ものの差の上に基礎づけられた物語。モーパッサンにあって、宝石の輝きは、だまかしの外観を代表することが多い。つまり、だまかしの外観の下に、真実の底を示しているわけである。そして、その底を流れているのは、ペシミスムである。この小説は女の虚栄をいましめたもののように解釈されているらしいが、それははなはだしい見当ちがいである。モーパッサンの作品には教訓的な要素などさらにない。『野あそび』にあっても、表面の陽気さの底を流れているのは深いペシミスムである。都会生活者が、青いものにあこがれて、大地へ逃避し、自由な恋を求めて、水の上に逃げる。そして、自由な恋と単調な結婚のコントラストは、物語の最後の二つの句でクッキリと浮彫りされている。

「あたしも、ここのことは毎晩考えますの」

「おい、さあ行こうぜ。そろそろ帰る時刻だと思うがね」

モーパッサンにあって、いつもみじめな位置におかれるのは男のほうで、それは『野あそび』のように、『勲章』でもおなじである。これはむやみに勲章好きなフランス人に対する痛烈な皮肉。そして、この勲章も、男の才能ゆえではなくて、細君の美貌《びぼう》ゆえにもらえたというところに二重の皮肉が生れる。こうして、作者からひどい目にあわされるのはいつも男である。

『クリスマスの夜』も外観が真実をだます例。外観はふとっていたが、真実は妊娠していたのだった。『宝石』もおなじで、作者は見せかけの下の真実をあばく。もともと、宝石は、モーパッサンにとっては、真と偽の代弁となっている。『首かざり』では、真と思っていたものが偽で、『宝石』では、偽と思っていたものが真であった。ここでもすべてが偶然のいたずらである。

モーパッサンの常套《じょうとう》手段として、未来に対して見通しを開くやり方がある。『かるはずみ』では、夫が関係したいろいろの種類の女たちの話をきいて、妻は、「男だって、やっぱりおもしろいにちがいないわ！」と叫んで、この夫人の今後の生活ぶりが暗示されている。

モーパッサンの短い文学生活において、たえず彼につきまとう題目の一つに、「子供」がある。一夜の抱擁の結果は、後悔の種となって終生残るのである。『父親』の主人公は、若いころ、子供の束縛からのがれたが、年老いて、今度は孤独からのがれるために、ふたたび子供を見ようと欲するのである。なお、『野あそび』では肉体への抵抗しがたい誘惑が、「鶯《ロシニョール》」であらわされているが、『父親』では、「リラの花」になっている。『シモンのとうちゃん』は、とうちゃんをみつけた子供の幸福。モーパッサンにはめずらしく、なにか楽しげな調子で終っている。

『夫の復讐《ふくしゅう》』は、男の嫉妬《しっと》の心理解剖的試みと見ることができる。『ベラミ』の第二部で利用されている。『肖像画』は純然たる心理解剖的エチュード。この母親の肖像画は、作者自身の母ロールの姿かもしれない。

墓場をけがすというのが『墓場の女』の主題なら、彼の出世作『テリエ館』も、やっぱり娼婦《しょうふ》が最初の聖体拝受をけがしている。これも外観が無道徳な底をかくしている例で、喪服の未亡人も、実際は、男をあさっている女だったのである。

美しさと若さのみを生命としている者たちにとって、老年の到着ほど苦痛なものはあるまい。そして、モーパッサンはこのテーマで、『メヌエット』と題して、めずらしいコントを描いている。『メヌエット』という題自身が、すでに古い時代のにおいをもっていて、消えた時代を見いだそうとする試みの、悲しい物語を予言している。そして、ただにこれら老夫妻の悲しみが描かれているばかりでなく、独身者の語り手にとっても、老年はすでに現実的なものになろうとしているのである。

『マドモワゼル・ペルル』『オルタンス女王』『待ちこがれ』いずれも女のあわれさを扱って、第一巻の『悲恋』『椅子《いす》なおしの女』などと同列の哀切ものである。『マドモワゼル・ペルル』は、『悲恋』や『オルタンス女王』とおなじように、老嬢もので、静かな、愛のない生活のなかでの悲劇であるが、この女もかつては一人の男から人知れず愛されたことがあったのを知って、はたして余生がいくぶんでもしあわせになったか、どうか。かすかながらもその望みが、このあわれな物語に光をあたえている。

『オルタンス女王』は雰囲気《ふんいき》の渾然《こんぜん》とした傑作。子供のないあわれな老嬢が、死の瞬間に、子供があると信ずる感動的な場面を作者は設定しながら、その女の家庭と生活を同情ぶかく書いている。しかも、それときわめて力強い対照として、彼女の親戚《しんせき》の者たちは、隣室で遺産を待っているのである。『オルタンス女王』が子供のないことの悲劇だとすれば、『待ちこがれ』は子供に去られることの悲劇であるが、子供がモーパッサンの小説の主要テーマになっている例は多い。

『泥棒』は、三人の芸術家の生活に託して、自分自身の放縦無類な青春をうたっているとも言えよう。

『馬に乗って』においても、モーパッサンは、人生の残酷な不幸に開いた戸口しか見せず、出口はつくってくれない。だから、彼の物語は、しばしば、陰惨な気を呈する。みじめな勤め人が、せっかく一家そろって楽しいピクニックに出たのに、運命の苦い皮肉で、自分の後半生涯《しょうがい》を台なしにしてしまう。すべては不合理である。そして、すべての事件は偶然による結果でしかない。偶然はモーパッサンの作品で大きな役目を演じている。あの『首かざり』も偶然のいたずらにすぎない。

『家庭』の題材は、モーパッサンが海軍省で同僚として七年間つき合っていたみじめな下級官吏の観察から引出したもので、カラヴァンの風貌《ふうぼう》は綿密克明に活写されている。ここにわれわれはプチ・ブルの家庭の俗悪な生活を見る。主人公の役人、その細君、その子供たちは、なんらの理想化もなく描き出されている。これはあくまで自然主義作家の筆であるといえよう。

（一九七一年一月）

モーパッサン
新庄嘉章訳
# 女の一生

修道院で教育を受けた清純な娘ジャンヌを主人公に、結婚の夢破れ、最愛の息子に裏切られていく生涯を描いた自然主義小説の代表作。

モーパッサン
青柳瑞穂訳
# 脂肪の塊・テリエ館

〝脂肪の塊〟と渾名される可憐な娼婦のまわりに、ブルジョワどもがめぐらす欲望と策謀の罠——鋭い観察眼で人間の本質を捉えた作品。

ゾラ
古賀照一訳
# 居酒屋

若く清純な洗濯女ジェルヴェーズは、職人と結婚し、慎ましく幸せに暮していたが……。十九世紀パリの下層階級の悲惨な生態を描く。

ゾラ
川口篤
古賀照一訳
# ナナ

美貌と肉体美を武器に、名士たちから巨額の金を巻きあげ破滅させる高級娼婦ナナ。第二帝政下の腐敗したフランス社会を描く傑作。

フローベール
生島遼一訳
# ボヴァリー夫人

田舎医者ボヴァリーの妻エマが、単調な日常に退屈し、生来の空想癖から虚栄と不倫に身を滅ぼす悲劇を描くリアリズム文学の傑作。

アベ・プレヴォー
青柳瑞穂訳
# マノン・レスコー

自分を愛した男にはさまざまな罪を重ねさせ、自らは不貞と浪費の限りを尽してもなお、汚れを知らない少女のように可憐な娼婦マノン。

サン＝テグジュペリ
堀口大學訳
夜間飛行

絶えざる死の危険に満ちた夜間の郵便飛行。全力を賭して業務遂行に努力する人々を通じて、生命の尊厳と勇敢な行動を描いた異色作。

サン＝テグジュペリ
堀口大學訳
人間の土地

不時着したサハラ砂漠の真只中で、三日間の渇きと疲労に打ち克って奇蹟的な生還を遂げたサン＝テグジュペリの勇気の源泉とは……。

サン＝テグジュペリ
河野万里子訳
星の王子さま

世界中の言葉に訳され、60年以上にわたって読みつがれてきた宝石のような物語。今までで最も愛らしい王子さまを甦らせた新訳。

ジッド
山内義雄訳
狭き門

地上の恋を捨て天上の愛に生きるアリサ。死後、残された日記には、従弟ジェロームへの想いと神の道への苦悩が記されていた……。

ジッド
神西清訳
田園交響楽

彼女はなぜ自殺したのか？ 待ち望んでいた手術が成功して眼が見えるようになったのに。盲目の少女と牧師一家の精神の葛藤を描く。

J・ジュネ
朝吹三吉訳
泥棒日記

倒錯の性、裏切り、盗み、乞食……前半生を牢獄におくり、言語の力によって現実世界の価値を全て転倒させたジュネの自伝的長編。

## 新潮文庫最新刊

山崎ナオコーラ著
この世は二人組ではできあがらない
お金を稼ぐこと。国のこと。戸籍のこと。社会の中で私は何を見つけ、何を選んでいくのだろうか。若者の挑戦と葛藤を描く社会派小説。

蛭田亜紗子著
自縄自縛の私
誰だって人には言えない秘密がある――自縛、ラバースーツ、漁り癖?! 窮屈で健気な女の子たちを描く、ビタースイートな六編。

早見俊著
茜空の誓い
―やったる侍涼之進奮闘剣2―
殿様と訳あり公家のお姫様の結婚話。涼之進、この話うまくまとめることが出来るのか？ 書下ろし痛快時代小説、シリーズ第二弾。

富安陽子著
シノダ！
樹のことばと石の封印
今度の舞台は引き出しの中！ 立ち向かうは恐ろしいオロチ。果たして石の女の術は解けるのか？ 大人気シノダ！シリーズ第二弾。

椎名誠著
わしらは怪しい雑魚釣り隊
―マグロなんかが釣れちゃった篇―
雑魚を愛して早7年。椎名隊長率いる雑魚釣り隊にも、まさかのブランド魚に挑むチャンスがやってきた！ 抱腹絶倒の釣り紀行。

千松信也著
ぼくは猟師になった
山をまわり、シカ、イノシシの気配を探る。ワナにかける。捌いて、食う。33歳のワナ猟師が京都の山から見つめた生と自然の記録。

Author : Guy de Maupassant

# モーパッサン短編集《たんぺんしゅう》(二)

新潮文庫　モ－1－7

昭和四十六年一月三十日 発行
平成二十年七月十日 三十六刷改版
平成二十四年十一月三十日 三十七刷

訳者　青《あお》柳《やぎ》瑞《みず》穂《ほ》

発行者　佐藤隆信

発行所　株式会社 新潮社
郵便番号 一六二―八七一一
東京都新宿区矢来町七一
電話 編集部(〇三)三二六六―五四四〇
読者係(〇三)三二六六―五一一一
http://www.shinchosha.co.jp

価格はカバーに表示してあります。

乱丁・落丁本は、ご面倒ですが小社読者係宛ご送付ください。送料小社負担にてお取替えいたします。

印刷・凸版印刷株式会社　製本・株式会社大進堂



ISBN978-4-10-201407-3 C0197